est le mille cent cinquante-troisième ouvrage
publié chez VLB ÉDITEUR.

Direction littéraire : Alain-Nicolas Renaud
Couverture : Axel Pérez de León
Correction d'épreuves : Caroline Décoste

Catalogage avant publication de Bibliothèque et Archives nationales du Québec et Bibliothèque et Archives Canada
Titre : Plessis / Joël Bégin.
Noms : Bégin, Joël, auteur.
Identifiants : Canadiana 20220006466 | ISBN 9782896499359 (couverture souple)
Classification : LCC PS8603.E428432 P54 2022 | CDD C843/.6—dc23

VLB ÉDITEUR
Groupe Ville-Marie Littérature inc.*
Une société de Québecor Média
4545, rue Frontenac, 3e étage
Montréal (Québec) H2H 2R7
Tél. : 514 523-7993
Téléc. : 514 282-7530
Courriel : vml@groupevml.com

DISTRIBUTEUR
Les Messageries ADP inc.*
2315, rue de la Province
Longueuil (Québec) J4G 1G4
Tél. : 450 640-1234
Téléc. : 450 674-6237
* filiale du Groupe Sogides inc., filiale de Québecor Média inc.

VLB éditeur bénéficie du soutien de la Société de développement des entreprises culturelles du Québec (SODEC) pour son programme d'édition.
Gouvernement du Québec – Programme de crédit d'impôt pour l'édition de livres – Gestion SODEC.

Financé par le gouvernement du Canada | Canada

Nous remercions le Conseil des arts du Canada de l'aide accordée à notre programme de publication.

Dépôt légal : 2e trimestre 2022

edvlb.com

PLESSIS

Note

Les idées et le vocabulaire des personnages de *Plessis* sont ceux de leur époque qui, à bien des égards, est heureusement révolue.

Malgré certains emprunts à la réalité, ce livre est une œuvre d'invention. Les propos de Maurice Duplessis qui figurent en italiques, en revanche, sont authentiques.

Joël Bégin

PLESSIS

vlb éditeur

À mes familles

Ils ont eu l'habitude, pour arrêter plus facilement la cavalerie des peuples voisins, dans le cas où le désir du pillage l'attirerait sur leur territoire, de tailler et de courber de jeunes arbres, dont les branches, horizontalement dirigées et entrelacées de ronces et d'épines, forment des haies semblables à un mur, et qui leur servent de retranchement, à travers lesquels on ne peut ni pénétrer ni même voir.

Jules César

On cherche un homme et on trouve de l'histoire.

Gérald Godin

Prologue

3 septembre 1959

Schefferville n'invitait pas à la détente, même quand on était couché dans le meilleur lit de sa meilleure auberge. Mordant dans une serviette de bain, Maurice observait le plafond d'épinette. Il en détaillait les rainures et les nœuds et, dans leur agencement mouvant, voyait défiler le film de sa vie. Mais ce n'étaient pas les grévistes rossés qui le gardaient éveillé, ni la misère des ouvriers ; ni les bâillons ni les poursuites ni les bills privés ni les maudites interventions en Chambre du député d'Outremont ; ni les Témoins ni les sans-Dieu ni les évêques ni les orphelins de Mont-Providence ; ni Augustine, ni Rose-Aimée, malgré leurs corps adolescents dans leurs robes d'été. Non. Il dormirait comme une souche, même dans le vacarme des émeutes, même au beau milieu du déluge, si ce n'était de son dos, de ce foutu dos qui, chaque nuit depuis quinze ans, le torturait.

Quelque part en 1943, il avait fêté comme d'habitude l'arrivée du soir avec un petit brandy épicé dont le verre ne désemplissait pas. Ses médecins lui répétaient sans cesse que la boisson sied mal aux diabétiques : au diable ! criait-il en les chassant à coups de trique, j'ai une réputation à maintenir ! Il lui fallait rester toujours tenace et insoumis, comme devant le gouvernement d'Ottawa, car la fierté et l'obstination venaient, c'était là son credo, à bout de tout, y compris des troubles glycémiques. Après avoir bu de quoi saouler la moitié du Royal 22e Régiment, titubant dans les couloirs de l'hôtel Windsor, il avait retrouvé sa chambre drapée de satin et de velours. Comme il voyait double, il s'était piqué trois fois les doigts en tentant de rentrer la seringue dans le trou de la fiole. Il avait alors songé à quel point une femme manquait dans sa vie. Il y avait bien ses sœurs et sa secrétaire. Il avait aussi des accointances aux quatre coins du Québec. Et, enfin, il avait la Province elle-même, sa véritable épouse. Mais quand, le soir venu, le brandy faisait branler les murs et tanguer le sol, il ne pouvait compter sur aucune d'entre elles pour le veiller, le border et, baptême, remplir sa christie de seringue d'insuline ! Ses pensées s'étaient mises à voguer vers Augustine, sa robe fleurie relevée par un vent de mai. Elle était fille de marchands et le clan Duplessis désapprouvait leur union. Maurice, la seringue entre les dents, avait baissé ses culottes et s'était tordu le corps pour s'injecter dans la fesse une dose d'insuline un peu trop généreuse. Il avait perdu connaissance et, en tombant, s'était fracassé l'échine sur le calorifère installé sous la fenêtre qui donnait sur le square Dominion.

Le chef de l'Union nationale savait encaisser les coups. Il avait mené la campagne électorale de 1944 le tronc engoncé dans un corset de fer : les photos montraient un homme prématurément vieilli, un fedora couvrant ses épais cheveux grisonnants, se tenant droit, très droit, trop droit. Le 16 juillet, avec le coup de pouce d'une carte électorale passée date, d'un peu d'intimidation aux urnes, des relents de la crise de la conscription et d'une nouvelle mouture du *Catéchisme des électeurs*, Maurice Duplessis avait repris le pouvoir des mains d'Adélard Godbout. Au sortir de ce marathon éprouvant, il avait dormi vingt-deux heures en ligne puis, au réveil, avait promis à ses sœurs, à sa secrétaire, à ses maîtresses et sa chère Province d'arrêter la boisson. Comme il était homme de parole, en tout cas, quand ça faisait son affaire, il avait tenu promesse. Du jour au lendemain, l'alcool avait été remplacé par deux gallons de jus d'orange, qu'il allait pisser à tout bout de champ, n'hésitant pas à interrompre les travaux de la Chambre pour aller se soulager par les deux méats qu'il devait à son hypospadias.

Depuis le soir du calorifère, Maurice était réveillé, chaque nuit, par des éclairs dans sa vertèbre mal ressoudée. Plutôt que de chercher à se rendormir, il repoussait la douleur en se mettant au travail. Mais ici, dans le meilleur lit de la meilleure auberge de Schefferville, il était en congé. Il se leva quand même, lissa ses cheveux, alla masquer de poudre la vilaine bosse qui lui poussait dans le front et enfila ses habits de vacancier : complet safari beige et bottes de cuir mi-mollet. Il avait l'air ridicule, comme toujours lorsqu'il portait autre chose que son trois-pièces satiné. Personne n'avait le cœur de le lui dire, mais il le savait bien. Il se regarda dans le miroir et se mit à regretter d'être venu. Tout le monde lui disait de slaquer la cadence, de prendre du temps pour lui. On lui remettait sur le nez qu'il ne rajeunissait pas. Comme s'il l'ignorait… Les élections s'en viennent ! Les vacances, c'est du temps donné au vide improductif, au passé révolu et au mal de dos. Du temps perdu.

Maurice coinça la trousse à insuline sous son bras et sortit de sa chambre. Agrippé à la rampe, posant les deux pieds sur chaque marche comme les enfants et les vieillards, il descendit l'escalier du guest house où on l'avait logé. Son gallon de jus d'orange l'attendait déjà sur la table basse du salon. À côté, une pile de journaux. Il s'installa à la fenêtre pour admirer la nature rabougrie du 54e parallèle. Le soleil malingre cherchait à percer le toit cotonneux de Schefferville. Quelques sapins nains bordaient le lac Knob étendu aux pieds de l'auberge. Un tapis d'aiguilles, de roc et de lichen couvrait le reste du monde visible. On ne venait pas ici pour la beauté des paysages, c'est certain.

Liette Potage, secrétaire des bureaux de la mine réaffectée au guest house pour la durée du séjour du premier ministre, sortit de la cuisine avec un plateau de fruits coupés. Elle manqua s'étouffer lorsque, tournant le coin du salon, elle tomba sur une paire de fesses : le premier ministre avait bourré sa seringue et, avec la pudeur d'une danseuse, se piquait le haut de la croupe. Elle en échappa son plateau. Les raisins sautèrent sur la moquette gorgée de jus d'ananas. Le premier ministre se reculotta sans se presser, finit son gallon de jus et rota. Liette se confondit en excuses gênées et, tombant à quatre pattes, se mit à ramasser le dégât. Il lui commanda un café, s'installa dans un fauteuil en cuirette et entama sa pile de journaux comme si de rien n'était.

Le cri de surprise poussé par Liette avait réveillé la plupart des invités du guest house. Ils arrivèrent les uns après les autres et prirent place autour de la grande table, couverte de crêpes fines, de fruits hors saison et d'autres denrées que Schefferville importait à gros prix. Liette naviguait dans la fumée des cigarettes pour fournir ces messieurs en café. Puis Timmins et Thompson, les patrons de la minière qui avaient fait venir tout ce beau monde à leurs frais, débarquèrent dans la salle à manger pour proposer d'aller pêcher sur leur rivière privée. Les Amérindiens n'avaient plus le droit d'y aller depuis que le gouvernement de l'Union nationale, remercions Maurice Duplessis ici présent, en avait cédé les droits exclusifs à leur club. On promettait des prises grasses comme le cou à Diefenbaker. Tous dirent oui, sauf le député Maurice Custeau qui, loin des regards de sa femme, comptait fumer tranquillement la boîte de cigares qu'il avait apportée.

Duplessis se leva alors de son fauteuil et s'avança vers la table. L'auberge entière sembla trembler sous ses pas. Tous se turent à la vue du patron, puis Timmins et Thompson, dans leurs cuissardes, renouvelèrent leur offre à son intention :

— Mister Duplessis, allez-vous joindre nous pour un pêche party ?

— Pêcher ? maugréa Duplessis en s'assoyant. Plutôt mourir.

I. LE SAINT-MAURICE

Duplessis entre la vie et la mort • La commande
L'ouï-dire à Mona • L'arbre • Le martyr • Les pitounes
Au parc Champlain • Un tronçon de la 2
Chez Beauparlant • Les mines du Michigan

Duplessis entre la vie et la mort

Le premier ministre dans le coma à la suite de quatre attaques cérébrales

SCHEFFERVILLE, Qué. (PC) – Le révérend père Marcel Champagne, O.M.I., curé de la paroisse de Schefferville, a administré les derniers sacrements de l'Église catholique au premier ministre de la province, M. Maurice Duplessis, jeudi après-midi, à 4 heures et demie.

Le père Champagne retournait au chevet du malade, hier soir, pour réciter des prières.

On se souvient que le premier ministre a déjà été administré de la même façon, en 1942, après avoir été terrassé par une pneumonie. Quelques mois plus tard, il était parfaitement rétabli et reprenait son siège au parlement de Québec.

Le premier ministre souffre également du diabète depuis plusieurs années.

M. Duplessis, a été frappé brusquement et très gravement par la maladie dans ce centre minier isolé, au confins du nord-est québécois. M. Duplessis a subi quatre attaques cérébrales en 24 heures et, hier soir, il était dans le coma, le côté droit paralysé.

Trois médecins, arrivés en hâte de Québec par avion, ne quittent pas le chevet de M. Duplessis. Ils sont arrivés peu après sa première attaque ; l'un deux est un spécialiste des maladies cérébrales de grande réputation.

Le premier ministre, âgé de 69 ans, a subi une première attaque cérébrale, jeudi après-midi, à trois heures, alors qu'il causait avec M. Maurice Custeau, député de l'Union nationale à l'Assemblée législative où il représente le comté de Jeanne-Mance et adjoint parlementaire du ministre du Commerce et de l'Industrie.

Les deux visiteurs se trouvaient dans l'édifice des bureaux de la compagnie Iron Ore of Canada qui exploite la grande richesse minière de la région – le minerai de fer.

À 720 milles de Montréal

À un moment, le premier ministre se dirigea vers une fenêtre puis se tourna vivement vers M. Custeau. Ce dernier s'aperçut tout de suite que M. Duplessis n'était pas bien ; il ne pouvait plus parler. M. Custeau demanda le médecin qui se trouvait au petit hôpital, maintenu par la compagnie à l'intention des mineurs et de leurs familles.

Le premier ministre a été transporté à la villa des visi- *(suite à la page 27)*

— Bout d'ciarge, Viateur, marmonna Gégé entre ses dents, deux fautes en trois cents mots…

Il s'épargna la page 27 et lança *Le Nouvelliste* sur la table en maudissant les patrons qui s'obstinaient à donner à Viateur le titre et le salaire de correcteur. Il arracha un morceau de brioche.

— Vous avez lu, pour monsieur Duplessis ? demanda sa mère qui se battait un œuf. Ils disent qu'il a déjà eu la même affaire en 42 et qu'il s'en était sorti.

— Cha, maman, ch'est un plachement du lobby catholique.

Gégé avala sa bouchée avant de poursuivre.

— C'est Jacques Tranquille qui l'a écrit, l'article. Un ultramontain. Ils travaillent déjà à le canoniser, Duplessis. Ses miracles auront été se ressusciter lui-même, par deux fois, et gagner neuf élections fair and square. L'histoire l'appellera saint Maurice, et comme ça, la région au complet va porter son nom !

Sa mère secouait encore la tête alors que le cadet débarquait dans la cuisine.

— M'man, avez-vous vu mon Cicéron ? P'pa, avez-vous vu mon Cicéron ? Il est jaune pis épais de même !

Ivan virait la cuisine à l'envers. Les cahiers de journaux et les coussins volaient au-dessus des têtes. Non, personne n'avait vu son Cicéron. Guy, le plus jeune des trois frères, dit à Ivan de se grouiller, parce que la cloche du collège sonnerait dans dix minutes.

— Si j'ai pas mon Cicéron, frère Marcelin va me tuer, calvaire !

— IVAN ! cria Louisa en frappant le comptoir de sa paume.

Elle pouvait compter sur son poète amateur de mari pour discipliner les césures à l'hémistiche et les sonnets marotiques des enfants, mais certainement pas leur parlure. Ivan n'avait pas le temps de s'excuser : il fouilla une fois de plus le comptoir encombré, les craques du divan, l'armoire à épices, puis remonta à l'étage pour interroger sa sœur. Elle le prit de vitesse et alla s'enfermer dans la salle de bain, activant le séchoir à cheveux pour couvrir ses cris.

Gégé empilait sa vaisselle avec le reste de sa brioche au bec. Ivan était redescendu et finissait de s'affoler. Le docteur Paul Godin, qui avait regardé distraitement ses enfants se chamailler, se replaça sur sa chaise. Son cerveau décodait toujours les conversations avec un certain délai.

— De toute façon, Louisa, Duplessis ne peut pas avoir eu *la même chose* qu'en 42, dit-il en appuyant bien chaque syllabe. Il avait eu une pneumonie et un prêtre trop pressé avait administré l'extrême-onction. Là, il est question de *quatre attaques cérébrales*. S'il se réveille de son coma, ce qui serait déjà un miracle, le premier ministre ne reparlera jamais.

Mais son épouse, qui escortait deux de leurs fils dans l'entrée, manqua sa docte intervention. Paul intima à son aîné, qui lavait son assiette en vitesse, de bien vouloir cesser ses quolibets à l'endroit de Maurice Duplessis, premier citoyen de la province, bienfaiteur des veuves et des orphelins, et mourant à part de ça. C'était disgracieux. Et puis tout indiquait que Paul Sauvé lui succéderait. Gégé trouverait peut-être moins à se plaindre. On entendit la porte se fermer. Les deux frères étaient partis, *sin Cicero*.

— Faudra le scruter, le Paul Sauvé, pour pas nager dans la marde un autre quart de siècle, répondit Gégé à son père. C'est quand même lui qui a sacré Borduas dehors de l'École du meuble après le Refus global. Remarque, j'aime mieux lui qu'un porte-crottes comme Rivard ou Johnson.

Paul haussa les épaules à l'intention de Louisa qui, de retour dans la cuisine, désapprouvait visiblement le langage du fils, et condamnait plus encore la mollesse du père.

— Il faudra, dit-elle, laisser sa chance au coureur. Monsieur Sauvé est d'un autre style que monsieur Duplessis.

— En tout cas, on aura peut-être moins peur de perdre notre job si on est vu à lire *Le Devoir*. Bon, il faut que j'y aille !

Gégé glissa vers l'entrée, enfila sa redingote puis tenta d'enfoncer sa capine sur ses boucles indomptables.

— Reviens-tu souper ?

Les mots de sa mère rebondirent sur une porte prestement claquée. Gégé ne reviendrait pas souper. C'était soir de spectacle au parc Champlain. Pour tout dire, il ne rentrerait pas coucher non plus. Il avait lâché son cours classique l'année précédente, et avait voulu marquer son émancipation par un acte d'éclat : il louait désormais un petit appartement qui se trouvait en biais de chez ses parents, à quelques pas seulement, ce qui lui permettait de profiter de son indépendance d'un bord de la rue, et du garde-manger et des journaux, de l'autre.

Devant lui s'étendait le cœur et le poumon de la petite ville de Trois-Rivières : le parc Champlain, bordé au nord par la cathédrale de l'Assomption, au sud par la mairie et le poste de police et, plus bas encore, par les grands magasins de la rue des Forges, le marché aux denrées, les deux librairies. Plutôt que de le traverser comme d'habitude pour se rendre au boulot, Gégé s'offrit un petit détour et s'engagea sur Bonaventure. Il aboutit devant l'ancienne maison de son oncle Joseph-Narcisse Godin, riche marchand tenant une usine de paparmanes face au fleuve. Une maison sans charme mais ostensiblement bourgeoise, dans un quartier bourgeois parfait pour une famille qui avait réussi, en deux générations, à s'embourgeoiser.

Les Godin venaient du bas de la rue Notre-Dame, pas très loin, dans la paroisse modeste et inondable de Saint-Philippe. Joseph-Narcisse s'était enrichi dans le charbon, avant les bonbons. Son frère Paul-Victor, avec le fruit de ses études en médecine, avait également réussi à faire traverser sa famille de l'autre côté de la rue Saint-Georges, près du carré de la cathédrale, là où les inondations n'avaient pas d'emprise.

Depuis une vingtaine d'années, la maison de Joseph-Narcisse était habitée par l'honorable Maurice Duplessis et sa sœur. Il la leur avait vendue pour s'en construire une plus belle, plus grosse, et deux rues plus proche de la terrasse Turcotte. Il pouvait entrevoir le fleuve de son salon. La maison des Duplessis, cossue, carrée, parée de briques beiges, se tenait dans l'ombre de l'énorme chêne qui poussait de l'autre côté de la rue. Gégé se rappela le temps où, plus jeune, il croisait le premier ministre en costume trois-pièces, s'affairant à jaser avec ses commettants et à pincer les joues des enfants. Les jours de chance, le Chef glissait deux doigts dans la petite poche de son gilet pour en tirer un dix cennes et le lui garrocher. Gégé, fou comme un balai, allait ensuite s'acheter des réglisses dures au dépanneur du coin.

Sur le perron des Duplessis, des gens déposaient des fleurs au sommet d'un tas d'offrandes. On aurait dit un groupe de païens venus verser des libations à leur dieu mourant, dieu qui, espérait-on, renaîtrait au printemps en même temps que monterait la sève. Gérald Godin salua les pèlerins d'un signe de tête, puis entreprit sa marche vers l'édifice du journal rempli de fautes pour lequel il écrivait des deux mains.

La commande

— Gingras ! Je te mets sur Duplessis !

Le chef Beaulieu avait crié ça de bord en bord de la salle commune, entre deux rots, sans quitter l'horloge des yeux. Il avait hâte de rejoindre sa ligue de quilles, le chef Beaulieu.

— Quoi ? avait répondu Gingras de son bureau, près de la porte d'entrée.

— Fais-moi pas répéter deux fois ! T'es sur Duplessis, Gingras, c'est-ti clair ?

Gingras n'entendait toujours pas. Plissant les yeux, il fit un signe à Bilodeau, qu'on surnommait La Brosse pour des raisons évidentes, assis au bureau d'à côté.

— Qu'est-ce qu'il dit, le chef?

— Il dit que t'es sur Duplessis, c'est-ti clair.

— Hein ?

Il répéta plus fort, pour le chef: « *HEIN* ? », puis s'embarqua dans une de ces salves de questions rhétoriques dont il avait le secret : Qu'est-ce que vous voulez que je fasse avec ça, chef? Les dépositions ont pas été faites là-bas où ce qu'il est mort, Duplessis ? Il est pas mort de la plus plate des morts plates ?

Le brigadier Paul-Émile Gingras ne voyait pas pourquoi la Sûreté provinciale n'était pas en charge de l'affaire, et pourquoi la commande lui revenait à lui, le dernier entré dans le corps de police de la Cité des Trois-Rivières.

— Je t'ai pas entendu, Gingras, pis même si, j'aurais pas écouté, parce que tu fais juste chialer tout le temps. C'est de Monsieur le premier ministre de la Province que tu parles, batinsse !

Le chef traça une croix sur son thorax. La Brosse sentit le besoin de préciser les choses en bâillant :

— Il est pas mort, Duplessis, il est juste dans le coma.

Gingras s'était décidé à aller voir le chef. Il se leva de son bureau au faux fini de bois qui, selon la règle d'ancienneté qui prévalait au poste, était le deuxième plus proche de la porte – La Brosse s'entêtait à occuper le premier – et remonta lentement l'allée bordée de policiers occupés à botcher non pas à côté, mais dedans le cendrier.

Le chef Beaulieu ne tourna jamais la tête vers son officier dont la chemise n'était pas bien rentrée dans les culottes. Il leva la main, paume devant, fut interrompu par son estomac volcanique, et dit tout bas, enfin tenta de dire tout bas :

— Tu comprendras que c'est pas de moi que ça vient. Jamais j'aurions mis un ti-casse comme toi sur Duplessis. Mais faut croire qu'il y a des gens haut placés qui nous font confiance, aux deux. L'Union nationale veut que ce soit le poste de Trois-Rivières qui enquête, pis dans le poste de Trois-Rivières, ils te veulent toi. J'ai eu beau leur dire quel genre d'incapable t'es... Fouille-moi. Ça fait que tu vas m'arrêter tes scènes fatigantes, c'est-ti clair ?

— Oui mon capitaine ! chuchota Gingras en saluant.

— Arrête ton numéro, j't'ai dit ! Pis tu parles de ça à personne. Tu gardes le profil bas. C'est-ti clair ?

Oui, ça commençait à être clair.

— Te v'là détective, ajouta Beaulieu en tendant à Gingras un nouveau badge. Bravo. Bon ! Asteure, tu t'en vas à Québec. Rencontrer ce monsieur-là.

Le chef avait gribouillé, sur un bloc-notes taché de graisse de poulet, le nom J.-D. Bégin.

L'ouï-dire à Mona

Quand on prête l'oreille aux fourches langues qui, à mi-voix, disent ne pas croire à l'histoire de paralysie célébrale et d'infractus, enfin, de crise du cœur, pas besoin d'être détective ou craquepotte pour vite se dire que Schefferville, c'est un bien bel endroit pour un assassinat, au bout du monde, sans route pour y aller, juste le train, et avec juste un médecin, à la solde de la company en plus, et puis, a-t-on jamais remarqué que les ministres des Mines de Duplessis sont, depuis 44, tous des Anglais, et que le siège social de l'Iron Ore est à deux pas de la rue St-James, et que – les nouvelles vont vite – le fils du beau-frère d'une dame du Cercle des fermières, machiniste sur les chemins de fer de Sept-Îles, a appris de source sûre qu'on a trouvé du sang dans ses urines, preuve d'un empoisonnement à l'arsenic ; et hop ! trois jours minimum avant de pouvoir rapatrier le corps, c'est bien assez de temps pour passer la Côte-Nord au complet à l'eau de Javel.

L'arbre

Gingras s'était dit qu'il avait le temps de bummer un souper chez ses parents avant de partir pour la colline parlementaire. Il débarqua dans la cuisine alors que sa mère s'affairait devant le fourneau, préparant l'éternel souper trinitaire : légumes bouillis, bœuf haché en sauce, patates pilées.

— M'man, connaissez-vous ça, un certain J.-D. Bégin ?

— Jos-D., tu veux dire ?

La cuillère en bois dorlotait les morceaux de patates dans l'eau bouillonnante.

— C'est ça, oui.

— Ben sûr, mais pas besoin d'être une Bégin pour connaître Joseph-Damase, la moitié de Lac-Etchemin, ben c'est à lui, et pis c'est le bras droit du premier ministre.

— On l'a-tu déjà vu dans un party de famille ?

— Non, je pense pas. Mais Jos-D. doit pas être ben loin dans l'arbre généalogique. Les Bégin, c'est une grande famille, mais pas tant que ça. On sort de la même souche : deux frères ont débarqué à Lauzon. Ils se sont chicanés, pis y'en a un qui a tué l'autre. Faque on descend toutes de Jacques Bégin.

Devant la face sceptique de son gars, Rose-Aimée Bégin renchérit :

— J'te le dis ! Il l'a néyé dans l'fleuve ! Quand on d'y pense, ça partait pas bien, notre affaire. Au bout de la ligne, ça donne du monde comme Jos-D. qui, si je me rappelle bien… attends minute que je me souvienne…

Les yeux dans ses sourcils, elle pointait des anges dans l'air en formant des mots inaudibles.

— Ça doit être le fils de mon oncle Honoré… ou ben de Joseph ?

Elle tourna son visage vers le salon adjacent, où était avachie sa sœur, Mona Bégin, cachée aux regards par l'angle dans lequel était placé le divan. Le visage égal de Rose-Aimée fut pris du rictus qui précède un éternuement, puis explosa :

— *MONA !* Joseph, Damase, Bégin, c'est-ti pas le fils d'Honoré ?

Il y a de quoi se demander comment la question avait pu se faufiler jusqu'à la cochlée de Mona, mais, entre le ronronnement de la hotte de poêle, le bruit du bouillon et le piaillement de la télévision, on l'entendit rendre le change :

— *NON !* C'est Martial, ça ! Jos-D., son père c'est Damase, des Etchemins.

— Damase, le gars à Joseph ? Le frère de grand-popa ?

— Ben y'a Joseph père et Joseph fils ; lui c'est le petit-fils à Joseph fils.

— Celui qui était instructeur au camp militaire ?

— Non ! Son père à lui !

La mère de Gingras disparut dans le salon pour élucider l'affaire. Il n'y avait qu'avec ses sœurs qu'elle parlait de sa famille ; et elle leur démontrait, avec force noms et rumeurs que, même après vingt-cinq ans passés à Trois-Rivières, c'était comme si elle n'avait jamais quitté Bellechasse. Le père, déjà assis à la table, fumait cigarette sur cigarette. Entendant la voix de sa femme qui s'éloignait, il leva le menton et sourit au vide.

— T'es là, fiston ? Comment ça va au poste ?

De simple travailleur à l'usine de coton, Émilien Gingras était parvenu, grâce aux combines de sa femme, à entrer dans la police de Trois-Rivières, où il avait passé plus de dix ans. Il avait même atteint le grade de lieutenant, au grand bonheur de Rose-Aimée, ce qui le menait à s'occuper de menus larcins et, en concurrence explicite avec le mandat de la police des liqueurs, à enquêter sur les cartels d'alcool qui troublaient les bonnes mœurs de la Mauricie. Se colletailler au milieu interlope comportait ses risques qui, dans son cas, s'étaient concrétisés sous la forme d'une balle reçue en pleine tête, dans sa voiture banalisée, pas loin du boulevard Saint-Jean. Les criminels l'avaient laissé pour mort, mais les Gingras étaient reconnus pour une certaine coriacité qui s'exprimait jusqu'au seuil de la tombe : Émilien s'en était tiré avec deux yeux crevés au milieu d'un visage déformé et, des fois, il oubliait des mots. Le chef Beaulieu, homme pragmatique, avait immédiatement embauché Paul-Émile pour prendre sa relève au poste. Gingras, à qui ses études au Séminaire Saint-Joseph ne souriaient pas particulièrement, lâcha les manuels de rhétorique pour saisir mollement un sifflet de brigadier.

— Bah, vous savez, c'est toujours pareil, répondit-il à son père.

— Même avec la mort de…

Il cherchait le nom, ça paraissait, mais Gingras se plaisait à le laisser repêcher ses mots.

— Avec la mort de… voyons! du cheuf?

— Il est pas mort encore, faut croire.

En fait, le coma du premier ministre excitait passablement les troupes du corps de police de Trois-Rivières. On attendait les funérailles avec impatience. Plus de monde en ville, ça signifiait plus de brosses, de grabuge, de batailles. Les policiers auraient peut-être même le droit de détacher la matraque à leur ceinture. La Brosse en salivait déjà.

— Y'a toujours Peter Veillette qui fait semblant d'enquêter sur votre attaque. Il fait juste niaiser à son bureau toute la journée. Un vrai incompétent. J'essaie de convaincre le chef de mettre Chalifoux sur le cas. Il veut rien savoir.

— Laisse les choses suivre leur cours, fiston…

Dans les faits, les choses s'étaient arrêtées bien vite. *Le Nouvelliste* avait rapporté un attentat contre la vie d'un officier solide et intègre ; les dangereux délinquants armés étaient, selon les estimations policières, de taille moyenne, de poids moyen et d'âge moyen, et portaient des vêtements peu voyants, peut-être sombres ; la population était appelée à collaborer à l'enquête. Aucun citoyen n'avait répondu à l'appel. Sans témoin ni piste, le cas de l'attaque d'Émilien Gingras s'était retrouvé sur la tablette poussiéreuse des enquêtes irrésolues.

Sur ce, Rose-Aimée revint piler ses patates, sa sœur sur ses talons. Coutume, le petit chat roux que Mona avait amené de Lévis, fermait la marche.

— Attends, j'vais te faire un dessin. J'peux-ti écrire là-dessus ?

Mona pointait du doigt un napperon de papier dentelle.

— 'Tu folle ? C'est de la collection, ça ! Si Popaul salit le sien, tu pourras le prendre, mais tant que c'est tout blanc, pas touche ! Sinon… Sinon, oublie ta soirée de cartes dimanche !

Il faut savoir que depuis l'attaque de popa Gingras, Rose-Aimée était la seule à conduire l'automobile dans cette maison-là. Mona et Renée-Ange étaient mieux, donc, de ménager leur petite sœur si elles voulaient aller assouvir leur passion pour le Joffre dans leur club de cartes du Cap.

— Bon bon bon. Y'a rien pour écrire, icitte ! cria Mona. Maison d'ignorants ! Sauf toi, mon beau Paul, ben sûr, t'es allé dans une bonne école. Bon, écoute-moi bien, toi.

Mona s'était tournée vers sa sœur pour tracer à son tour des embranchements invisibles dans l'air.

— Mettons qu'on part de Jacques Bégin. Onze enfants, dans l'ordre : Elzéar, Ignace, Marie-Hermine, Arma, Élie, Joseph le père, Simonin, Jasmienne… Daphélia… il m'en manque deux… Renée-Ange ! cria-t-elle dans la direction de la salle de bain. Renée-Ange, aide-moi donc !

— Elle est pas là. Elle est partie au couvent voir Rosélia.

— Bon, on repart de Joseph, père : suis-moi ben. Six enfants : Joseph fils, Jacques, Marie, Gratien, Joséphine, Charles. Toi c'est là que tu te fourres…

— MARIE-MONIQUE BÉGIN ! Surveille-toi donc ! Pis tasse le maudit chat de sur ma belle table !

— … que tu te GOURRES, j'ai dit, bon ! Que tu te g-o-u-r-r-e-s, parce que Joseph et Gratien, leurs plus vieux s'appellent les deux Damase. Damase à Gratien il est parti travailler dans l'Ouest comme magasinier. Damase à Joseph, que tout le monde appelait Le Prude, il est resté sur la terre paternelle à Lac-Etchemin.

— Oué ! Le prude ! Ça me revient… on était allés passer une semaine là, quand popa avait amené moman à Ogunquit.

— C'eeeeest ça. Lui qui avait une petite oreille.

— Oh ouihihihi ! confirma Rose-Aimée. Faque, Paul-Émile, Jos-D. Bégin, c'est le cousin de matante Lisa et mononcle Furiel, qui avaient le dépanneur au coin de Couillard. Donc, c'est ton…

— AU COIN DE CHARLAND ! cria Mona, qui était retournée s'affaler dans le divan avec le chat pour regarder son programme.

Rose-Aimée roula les yeux, puis continua.

— C'est ton grand-oncle. Sauf que les deux familles se parlent pas ben ben, depuis que mononcle Esdias s'est prononcé pour la conscription, le maudit.

Rose-Aimée commença à garnir ses assiettes qu'elle déchargeait prestement sur les napperons en papier dentelle. Gingras, qui baillait parce que son père avait baillé parce que tout ça l'ennuyait passablement, saisit l'occasion pour placer sa deuxième question.

— Faut que j'aille dans le coin du Parlement, tantôt, moman. Sauriez-vous me faire un petit plan pour me rendre ?

Elle le saurait, et pas à peu près. C'était pas mêlant : elle oubliait plein de choses, Rose-Aimée, mais jamais un chemin. Elle était allée au carnaval, quand elle était plus jeune. C'était resté gravé à jamais.

— Ben sûr coco. Mais tu vas où exactement ? Sûrement pas au Parlement, hein !

Elle agrémenta sa boutade d'un rire gras et d'un coup de coude : impossible que quelqu'un de sa famille, de son quartier, ait jamais affaire là-bas.

— Mettons que vous m'indiquez comment aller au Parlement. Je m'arrangerai après.

— OK. Mais il va falloir que tu suives mon plan à la lettre, appuya-t-elle d'un coup d'index.

— Oui moman.

— Pis je veux que t'amènes Ti-Mile chez Marcel demain. Je pourrais frotter mes chaudrons avec ses joues.

— Oui moman.

— Bon, le pére, c'est l'heure de souper. T'as le steak haché en bas, les pétates à gauche et pis les carottes à droite. Mange, avant que ça refroidisse.

Oh, fourbe et vilaine moman. Baveuse comme un crapaud. À droite, ce n'étaient pas des carottes, mais bien du chou de Siam, que tous les Gingras, depuis que l'arrière-grand-père s'était fendu le côlon à force d'en manger dans les tranchées durant la Grande Guerre, abhorraient.

Le martyr

La veille, ils avaient quitté la toute nouvelle bourgade du Cap-de-la-Madeleine. Le père Jacques y avait bâti la réduction de la Conception, enceinte où les Jésuites enclavaient les Algonquins pour leur inculquer la sédentarité et l'Évangile. Ils cheminaient maintenant vers les terres superstitieuses de Chaouinigane afin d'y établir une nouvelle mission. Le père Jacques avait remonté sa soutane aux hanches pour avoir les jambées franches dans la forêt laurentienne. Suivaient son fringant acolyte Pierre et un petit Huron né sous le nom de Sacesnio, mais rebaptisé Innocent, en l'honneur du pape. Les trois hommes avançaient à la queue leu leu en psalmodiant une douce prière célébrant Jésus le Marcheur, prenant garde à ne pas perdre de vue la rivière, sur leur flanc gauche, entre les feuilles.

Mais voilà. On a beau connaître les langues et en arpenter les sous-bois depuis vingt ans, on n'apprivoise jamais complètement le pays. C'est pourquoi le bon père Jacques, qui ouvrageait pour le salut des âmes farouches d'Amérinde, fut bien peiné, mais pas tout à fait surpris, quand une douzaine d'Agniers en maraude bondirent des bosquets environnants. Face aux crécelles et aux casse-têtes, il choisit la voie diplomatique. Il eut néanmoins le soin de pousser le jeune Innocent devant lui comme médiateur et bouclier. Deux assaillants empoignèrent Innocent et le tirèrent à l'écart. Les autres se mirent à trouer les deux missionnaires à l'aide de leurs fusils hollandais, avant d'aller battre la croche sur leur crâne à coups de gourdin.

Nous sommes en 1652, tout près de l'actuel Saint-Jacques-des-Piles. Les Agniers larguent les corps de Jacques Buteux et du fringant Pierre dans les eaux claires du Saint-Maurice, précisément là où, deux siècles plus tard, commencerait le flottage du bois en direction des scieries de Trois-Rivières.

Les pitounes

À peu près au milieu de la ligne de partage laurentienne qui tranche la province en deux, l'eau du ciel glisse et se rassemble, par mille ramifications, en un cours qui conflue avec le fleuve au lieu dit des « trois rivières », là où Jacques Cartier, abusé par le jeu des îles, avait cru un bref instant avoir affaire à trois affluents différents. Une rivière y coulait, sauvage et turbulente, que les Algonquins appelaient Métabéroutin, la décharge du vent. On la renomma Saint-Maurice, vers 1730, pour l'accorder à la seigneurie sise à l'emplacement de l'actuelle Trois-Rivières. Elle avait une tout autre allure avant qu'on ne la bourre de billots, dès le XIXe siècle ; avant que le gouvernement, pressé par l'industrie des pâtes et papiers et la Shawinigan Water and Power, ne construise à la hauteur de La Tuque un barrage afin de faciliter le flottage et la production d'électricité ; avant qu'on n'érige un plus grand barrage encore, trente ans plus tard, engloutissant d'autres terres sacrées, improductives aux yeux de l'industrie ; avant qu'on ne revire le courant de deux rivières abitibiennes pour agrandir le réservoir Gouin, augmenter son débit, et faire d'elle un gigantesque convoyeur de pitounes à destination des scieries. Quand les poètes et les peintres célèbrent les grands paysages et la majesté du Saint-Laurent, ils donnent tout à la nature et oublient de chanter la force de l'homme qui, trois cents milles plus haut, arrache les rivières à leur lit pour les faire rentrer à la shop, elles aussi.

Enfant, Gégé passait tous ses étés sur la ferme de son grand-père maternel, à Sainte-Anne-de-la-Pérade, où il s'employait à démarier les betteraves et à échetonner le tabac pour quelques dollars par semaine. Dès le printemps 1946, il était allé y passer quelques semaines pour aider symboliquement, avec ses bras de garçonnet, ses grands-parents à préparer les terres pour les semailles. Heureusement, Hector et Edwidge Marceau pouvaient aussi compter sur René Pastorale, un jeune homme tout frais revenu de la guerre, qui faisait des menus travaux dans les paroisses le long du fleuve. Ainsi Gérald et René travaillaient-ils la terre gelée, de bonne humeur, alors que devant eux, les glaces descendaient tranquillement à Québec.

Le Saint-Maurice, gonflé par le dégel, écrasait les pauvres estacades plantées devant les moulins à papier de Trois-Rivières. À la hauteur du pont qui relie la ville au Cap-de-la-Madeleine, l'une d'entre elles céda et, le temps de crier chiotte, libéra cinquante mille pitounes dans le Saint-Laurent. Les hurlements se relayèrent de village en village jusqu'à arriver aux oreilles de René Pastorale qui lâcha tout (en l'espèce, son paquet de cartes taché de bette) et embarqua Gérald dans sa Chevrolet pour foncer jusqu'à Batiscan. Entre le Cap-de-la-Madeleine et Grondines, les autobus scolaires et les magasins étaient vides. Munis de cantouques, les jeunes, pis René, pis tout le monde qui tenait sur ses pieds, bravaient les tours de rein pour sortir les billes qui caressaient les rives du fleuve. On les stockait près des chalets d'été, sur la plage, les terrains municipaux, le playground de l'école, partout ; on les enchaînait pour les voyager avec des camions, des Ford DeLuxe et des tracteurs agricoles ; on les empilait en pyramides, en étoiles, en tapons.

Après, on attendit. René et Gérald, leur linge étendu à sécher sur les rondins, s'étaient assis sur leur tas. Ça ne prit pas une heure qu'une couple de chars débarquèrent en trombe de Trois-Rivières pour faire les premiers constats. Quelques heures après, ce fut le tour des Chrysler Imperial, noires et brillantes, qui avaient flyé aussi vite que le leur permettait la route 2, d'arriver en procession direct de Montréal. Des *misters* à chapeau en sortirent, se léchant le majeur pour tourner les pages de leurs calepins, prenant des notes partout où il y avait du billot. Ils revinrent une semaine plus tard avec des dizaines de grumiers et une liasse de chèques.

Le matin du jour dit, René patientait, flanqué à nouveau du petit Gérald, près de son tas. Le gars de la compagnie de papier leur présenta un contrat et un chèque. Il savait lire les chiffres, René, mais il se trompait des fois. Surtout que 596$, ça le mettait assez excité pour pas voir clair. Gérald lui fit un signe de tête, signifiant que le compte y était. René traça un beau X sur la bonne ligne du contrat en se disant que, tabarnaque de tabarnaque, c'était le plus beau jour de sa vie.

Au parc Champlain

— On parle mal, hein ?

Gégé leva les yeux de son carnet, où il était en train d'esquisser des bateaux qui se faisaient charger de papier. Les deux débardeurs crottés, arborant moustache et salopette de jobbeux, s'étaient tus et le regardaient.

En rentrant de Shawinigan, où il était allé couvrir la Classique de canots avec son collègue Henri Dargis, Gégé avait expédié son article. Pendant qu'il écrivait, penché sur ses genoux dans l'auto, Dargis lui avait raconté, avec force superlatifs, comment il était passé proche, très jeune, de se farcir la femme à barbe d'un cirque qui avait planté son chapiteau près de chez lui. Ça l'avait affecté, avait-il confessé, parce que désormais, il ne durcissait plus qu'avec les dames velues. Une fois rendu à l'édifice du *Nouvelliste*, Gégé, qui maîtrisait la technique dite « à deux doigts », avait tapé son texte en moins de quinze minutes. Ça lui laissait une grosse heure avant d'aller rejoindre ses amis au parc Champlain. Il s'était laissé glisser par la rue des Forges jusqu'au port, avait trouvé un banc face au fleuve et s'était mis à dessiner un transatlantique qui témoignait que Trois-Rivières, capitale mondiale du papier, avait sa place sur le globe, qu'il fournissait en fibres, pulpe, pâte, chiffons, feuillets, papier lettre et papier journal.

— Pardon ?

Un des gars se racla la gorge et s'excusa de nouveau de parler grossièrement. Gégé répondit, dérouté, qu'il ne les avait pas entendus. Puis il les salua poliment et rangea son modeste attirail de poète croquiste dans la poche intérieure de sa veste en tweed avant de remonter la pente douce qui le ramènerait vers le centre de la ville. Il ruminait, en proie à un trouble vague devant la honte du débardeur pour sa parlure, qui était celle de tout un peuple, cette gêne du bègue qui tique en entendant sa propre voix et qui, partant, tend à se confiner aux marges de la parole, à la frontière du silence.

Dans le soleil déclinant de septembre, le parc Champlain pompait en lui tous les jeunes gens de la région, qu'il expulserait après le spectacle dans les rues environnantes. Gégé suivait lui aussi le fil invisible qui le tirait dans les allées sinueuses bordées de chênes immenses. Au centre du parc s'élevait, majestueux, le kiosque à musique. Dans sa robe blanche à dentelle verte coiffée d'un drapeau fleurdelisé, le kiosque accueillait une fois le mois l'Union musicale des Trois-Rivières.

Gégé vit Petro accoté au buste de Benjamin Sulte. Georges Pietraszkiewicz, qu'on imaginait volontiers issu d'une lignée illustre de nains polonais, cherchait à compenser sa petite stature par la fréquentation assidue de la salle de poids et haltères du Séminaire ; ses larges épaules étaient à peine contenues par une chemise carreautée d'une impeccable propreté, prête à éclater. On ne se risquait jamais à se moquer de ses quatre pieds onze, ni, d'ailleurs, à prononcer son nom en entier, de peur d'invoquer par mégarde les démons de la vieille Europe. Petro s'engueulait, comme à l'habitude, avec Papouille. Parcide Poulin, qui donnait une claque dans la face de quiconque l'appelait par son vrai nom (professeurs compris, curé ou pas curé), formait un couple mal assorti avec Petro, qu'il dépassait pratiquement de deux têtes. Sa grande angoisse à lui concernait ses cheveux, qui quittaient le navire beaucoup trop tôt à son goût ; c'était d'ailleurs un secret de polichinelle qu'il testait toutes sortes de mixtures pour retarder l'inévitable. Désespéré, il en était rendu aux fientes de pigeon coupées avec du sperme – le sien, Dieu soit loué. On le savait parce que le pensionnat du Séminaire Saint-Joseph de Trois-Rivières n'accordait que peu d'intimité, et que c'était là qu'avait atterri Papouille, premier-né d'une famille argentée de La-Visitation-de-la-Bienheureuse-Vierge-Marie qui s'était brouillée avec les pères de Nicolet. Mais personne n'osait se moquer de ses cheveux clairsemés et poisseux, de peur de recevoir une gifle ou, pire encore, de se faire casser en deux par son meilleur ami, Petro.

— Pis, quoi de neuf? lança Gégé en arrivant à hauteur de ses copains.

— Georges pense qu'on devrait s'enligner sur la talle du nord-ouest, dit Papouille.

— J'te l'dis, Godin, c'est les plus bandantes jamais vues. Sont parées pour la guerre, dit Petro en caressant à bout de bras les cheveux de pierre de Benjamin Sulte.

— Moi j'ai cerné une gang proche de la fontaine, reprit Papouille, qui se pointait le visage en parlant. Je suis pas mal sûr que j'en reconnais une qui vient du bas du Cap. C'est une vraie Marie-Madeleine, pré-Jésus. Elles sont peut-être moins belles que celles à Georges, ça reste à voir, mais au moins, c'est des valeurs sûres si je me trompe pas.

— Laisse faire, Pap ! Ta dernière valeur sûre, 'était passée date ! dit Petro, qui se trouvait brillant.

— Godin ! Papou ! Rore Petro ! Avez-vous-tu vu les rosières à ras la source ? Fortuites en crique, pareil !

Celui-là, avec son créole de fond de rang saupoudré de Virgile, c'était Willy Tourigny. On disait de lui qu'il finirait sans doute au Parlement. La vérité, c'est qu'on n'était vraiment pas sûr de ce qu'il avait entre les deux biscuits, Tourigny. C'était sa force. Il pouvait facilement passer pour un génie. En tout cas, on lui souhaitait ça, la colline, parce que son père ne donnait pas l'impression de vouloir lui léguer la terre ancestrale de Saint-Narcisse.

— Bon, fit Gégé, laissez-moi faire le tour. On se rejoint dans dix minutes.

— Moi, dit Petro, mon idée est faite. Je vous attends ici.

Papouille croisa ses longs bras en silence.

— Qui qui s'est parqué là, étron galeux? Y veut une taloche su'a pointe ou quoi?

Tourigny s'éloigna du groupe, toutes voiles dehors, pour aller dire au gars stationné devant la cathédrale qu'il risquait la guillotine.

De la bande, seuls Gégé et Gingras – qui était supposé s'en venir, il était où, donc? – ne termineraient pas leur cours classique. Gingras avait été absorbé, comme on le sait, par la police municipale quelques mois auparavant. De toute façon, le monde du Séminaire n'était pas le sien. S'il n'avait pas obtenu une bourse réservée aux jeunes des quartiers pauvres, il n'en aurait jamais passé la porte. Il n'était pas mauvais à l'école, remarquez bien. Il avait mémorisé des pans entiers de vocabulaire latin et grec, s'était livré au calcul de la cerclure du cercle et la quadrature du quadre, avait appris d'Aristote que le plaisir sexuel sert à aligner les canaux pneumatiques, avait goûté les discours de Tite-Live et assimilé bon nombre d'autres connaissances pratiques. Mais on aurait dit que le savoir n'atteignait jamais véritablement sa conscience; que son éducation lui avait appris à décrypter les signes d'un langage étranger sans qu'il n'accède à leur sens; bref, il savait lire les étiquettes sur les cannes mais n'avait pas d'ouvre-boîte. En tout cas. Pour Gégé, c'était exactement l'inverse. Il échouait bien des cours – à cause de cette bosse des maths qui, disait-il, lui faisait défaut –, mais absorbait et perçait tous les signes de la culture. Il se considérait comme trop libre pour embrasser les professions libérales et s'enlignait sur les Beaux-Arts, à Montréal. La peinture était sa vraie voie. Il jouait au journaliste, le temps de se ramasser un peu d'argent, avant de décamper dans la métropole.

Gégé se mit à inspecter le jardin dans une déambulation mesurée. C'est vrai que la bande du nord-ouest avait de quoi impressionner. De vraies amazones. Mais qu'est-ce qu'il leur dirait ? Comme d'habitude ? Lambeaux d'arc-en-ciel courtines de bleu tu vas à quelle école ah oui vraiment aimes-tu ça tu veux faire quoi après je veux dire après les études tu veux rester à Trois-Ri ou partir après le concert on pense monter à Shawi manger une frite qu'est-ce t'en penses ? Son apprentissage de la séduction avait d'abord consisté à placer de la ponctuation là-dedans. Et vous savez quoi ? C'est Hull qui l'avait dépucelé, plus précisément Michèle Monroe, dans un motel tout ce qu'il y a de plus louche, parce qu'à Trois-Rivières, avec tout le monde qui se connaît et les rumeurs galopantes, avec l'ombre de la cathédrale qui couvre le parc chaque après-midi, il était inhibé comme une taupe. Depuis cette première fois, avec une amie d'amis poètes rencontrée dans un bar, et depuis qu'il savait que Trois-Rivières serait incapable de le retenir, il se sentait libre. Ça devait se sentir, car il faisait désormais d'excellentes rencontres dans son petit appartement.

Petro, Papouille et Benjamin Sulte avaient été rejoints par le prince : Léonce. Crinière auburn, brillante comme le bouclier d'Achille, corps aux proportions dignes de Vitruve, nez noble, accoutrement élégant marchant sur la crête du négligé, Léonce avait cet air resplendissant que tout le monde enviait. C'était d'ailleurs le seul, de toute leur cohorte au Séminaire, à avoir le privilège de se faire appeler par son prénom. Il servait tout le groupe lors des soirées au kiosque : il abordait les filles le premier et les gagnait à la cause commune puis, naturellement, se matchait avec la plus belle – même s'il était le seul qui pensait, à la fin du cours, revêtir la soutane. Ainsi la distribution des filles suivait une tout autre logique que celle des tours de bras et des compétences rhétoriques pour révéler la véritable hiérarchie du groupe : Léonce en premier, avec Godin derrière puis, dans un ordre plutôt incertain, Gingras, Petro, Papouille-le-chauve et Tourigny, qui se contentait généralement des restes. Mais c'est toujours en bas de la pyramide qu'il y a le plus de mobilité.

Justement, s'ils ne se bougeaient pas le cul bien vite, les plus belles hardes seraient bientôt attaquées par d'autres argonautes, et il leur faudrait se rabattre sur les bouts de comptoir, les fins de série et les minounes en solde. C'est horrible de parler de même, mais ce sont les mots que Gégé choisira dans ses mémoires.

Le voilà qui revenait de son tour d'inspection.

— Tiens, Léonce ! Manque plus que Gingras, remarqua-t-il en comptant ses amis.

— Ah non, y s'ra pas là. Que'qu'hose pou'la pitance, une urhence, ajusta Tourigny qui s'était informé au poste.

On figurait bien Paul-Émile Gingras, pris d'une bonne envie, se ruer vers les bécosses. Mais rater une soirée au kiosque pour répondre à l'appel impérieux du devoir ? Voilà qui titillait l'imagination de ses amis rassemblés au parc Champlain.

— C'est lui le pire, dit Papouille en se dirigeant vers la fontaine. Il sait pas ce qu'il manque.

Un tronçon de la 2

Gingras savait ce qu'il manquait. Les gars fréquentaient religieusement les soirées musicales au kiosque depuis trois ans. Pour lui, le charme s'était peu à peu estompé. Il aurait aimé sauter la musique pour arriver au moment où les plus chanceux allaient peloter une grégousse dans l'auto à papa. Parfois, des couples durables sortaient de ce ballet. Eux, on ne les revoyait plus au parc. On les retrouvait plutôt enlacés dans l'obscurité des derniers bancs du cinéma Impérial, rue Saint-Maurice. C'était ce qui était arrivé à Gingras. Au son du *Tantum ergo* entonné par la chorale de l'orphéon, il avait rencontré Pauline, une infirmière qui chaperonnait sa jeune sœur. La magie de Léonce avait opéré et, tandis qu'il prenait en mains la petite, Gingras fuyait avec la grande. Ils vécurent leur idylle discrètement, les soirs d'orage ou cachés du jour par des stores pâles. Mais Pauline sentit bientôt que Gingras n'avait pas la maturité et l'envergure voulues pour qu'elle se présente au monde accrochée à son bras, et leur différence d'âge, quelque dix ans, semblait les repousser peu à peu l'un de l'autre. Elle le quitta avec toute la gentillesse dont elle était capable. Alors seulement, on avait revu Gingras au parc Champlain, plus que jamais pisse-vinaigre, et habité d'un désir informe de changer de peau.

Pour l'heure, Gingras était au volant du tacot banalisé qu'on lui avait confié pour son enquête. La route était belle, puisqu'elle traversait des comtés de l'Union nationale. Il n'était pas allé souvent à Québec. Et jamais au Parlement. Il roulait sur le chemin du Roy en consultant de temps en temps les indications que sa mère lui avait écrites dans la main. Il se mit sur ses gardes à partir de Donnacona, comme sa mère le lui recommandait, et avisa toutes les intersections pour ne pas rater la rue Maïs-en-épi, près de la ferme Langlois. Drôle d'adresse pour un parlement. Et pas mal la campagne, se disait-il. En arrivant à la ferme Langlois, au cœur de Neuville, il alla interroger la fille du stand à propos du 24, rue du Maïs-en... Se mordant la joue, il comprit que Rose-Aimée lui avait monté un bateau et que le deux piasses qu'elle lui avait donné, eh bien, c'était pas pour qu'il se paye un ice-cream float sur la Grande Allée. Il chargea deux douzaines de blés d'Inde dans le coffre en sacrant, demanda son chemin à la fille du stand, qui lui recommanda une botte de radis Mirabeau, puis repris la route en priant le Seigneur que son grand-oncle ne soit pas trop regardant sur les retards.

Chez Beauparlant

Le hot dog atterrit devant Gégé dans une barquette de carton. Il alla sur le côté de la pataterie pour quérir ketchup et moutarde.

Entre deux trombes du jazz-band enterré par son propre trompettiste, au parc Champlain, la gang de gars avait invité leurs toquades à Shawinigan. Les filles avaient hoché la tête d'aplomb. On était partis avant la fin de la venue, dans deux chars, sur la route zigzagante qui longeait le Saint-Maurice. Gégé, au volant de la Buick à papa, une main sur la cuisse d'une certaine Dorothée, voyait Petro lui coller aux fesses, puis se mettre à sa hauteur dans la voie de gauche. Tourigny, le seul qui n'avait pas réussi à se pairer ce soir-là, sortait son buste par la vitre pour donner une idée au paysage d'à quoi ça ressemble, un gars de Saint-Narcisse. Papouille, Léonce et les filles sur leurs genoux, à l'arrière, n'émettaient que des bruits de succion. Ainsi lancés à une vitesse déraisonnable sur les sinuosités coincées entre la falaise et la rivière, ils avaient trompé la mort jusqu'au stand à patates de Lionel Beauparlant, qui avait les meilleures frites à l'est de Terrebonne.

Quand Gégé vit que les pompes ne rendaient que de l'air au-dessus de son hot dog, il héla la serveuse.

— Désolé, mon beau, on est à sec de condiments depuis midi. Les poches rentrent juste demain. Je peux te le virer en michigan gratis, par exemple.

Ça n'intéressait pas Gégé. Autant mettre de l'ail sur une plaie. Les filles attendaient un peu plus bas, sur la 5e. Il contempla un instant la possibilité de manger le hot dog nature. Non. Du jour où on découvre l'assaisonnement, il n'y a plus de retour possible à la fadeur du monde. On pouvait comprendre pourquoi les navigateurs et les empires étaient prêts à mourir et à tuer pour des épices. Gégé crissa sa barquette dans la poubelle et rejoignit le groupe hilare rassemblé autour de Léonce qui racontait comment, un soir de février, il avait hurlé au feu de cierges et était parvenu à faire sortir les frères du Séminaire en jaquette sur Laviolette.

Les mines du Michigan

Prosper Cloutier, qui, comme beaucoup de Canadiens français, portait fort mal ce prénom, avait vu le jour à Saint-Narcisse-de-Champlain. Vers 1890, il se trouva pauvre comme Job et endeuillé, de surcroît, de sa fiancée, perdue aux mains de la polio. Il s'en fut donc au Michigan, où il avait quelque connaissance, et se fit mineur dans la bourgeonnante localité d'Iron Mountain. Jour après jour, il rentrait dans sa pension la face noircie de limaille de fer. Il s'en fourrait également une poignée dans les poches que, jour après jour, il déversait dans une tasse en terre cuite. Au bout de la semaine, il parvenait à la changer pour un two bits, qu'il sauvait en vue d'acheter une bague de mariage.

C'est qu'une fois par mois, le ghetto français d'Iron Mountain s'animait plus qu'à l'habitude. Les deux douzaines de familles, qui formaient un de ces Petits Canadas qui essaimaient un peu partout dans le nord-est des États, s'engouffraient dans le deux-pièces de Louis-Honoré Caron pour veiller.

Les coups de pics que Prosper Cloutier donnait à la journée longue sur le roc continuaient, le soir, de résonner dans ses bras. Au son du violon de Jean-Baptiste L'Écouillé, les vibrations envahissaient tranquillement son corps en entier, des mains aux épaules, du dos au bassin, puis ses jambes devenaient légères, libres et déliées, presque animées d'une vie propre. Tous s'entendaient pour dire que si c'était pas le diable en personne, c'était pas loin.

En foulant le plancher en grosses planches, Prosper coudoyait toutes sortes de formes, mais surtout celles de Victoria Gauthier, elle aussi native de la Batiscan. Les veillées finissaient très tard, au son du chapelet récité par Louis-Honoré. Mais personne ne se bâdra quand les jeunes gens skippèrent en douce le chapelet pour aller danser une dernière gigue dans la ruelle de terre derrière le maréchal-ferrant. La lumière orange du petit matin était comme amortie par la poussière qu'ils soulevaient. C'était beau à voir.

L'enclave canadienne d'Iron Mountain était encore trop petite pour avoir sa paroisse française. Les querelles de clocher avec les Irlandais de la place n'aidaient pas non plus. C'est pourquoi les évêques du Québec dépêchaient périodiquement des prêtres missionnaires dans les Petits Canadas pour officialiser les unions, confesser les pécheurs et baptiser les nouveau-nés. Quand il arriva à Iron Mountain, en 1895, le père Zéphyrin Mignault eut fort à faire avec les Cloutier. Prosper et Victoria furent d'abord faits mari et femme. Quelques minutes plus tard, on baptisa d'un seul coup leurs deux premières filles, Auréa et Emma, qui étaient nées sous les auspices de la troupe des veillées à Caron. Mignault décida de baptiser par anticipation le troisième enfant que Victoria tenait déjà dans son ventre.

En 1898, les Cloutier laissèrent les terres des Menominee derrière eux et rentrèrent en Mauricie, bilingues comme leurs pieds, et juste assez riches pour empiler trois autres enfants dans leur appartement.

II. QUART DE NUIT

Jos-D. • Forestville • Les ragots du Neptune
Auréa • La Pastorette • Bonenfant
Le monde est petit, vous allez voir • Le Club Renaissance
Last call • Alcools • Viraillages • La voie du progrès
La confrérie de l'Old Homestead
Aide-toi et l'Union nationale t'aidera
La filière polonaise • Les marches du musée

Jos-D.

Gingras se stationna au pied du Parlement et gravit nonchalamment le grand escalier semi-circulaire. En haut, il tourna le coin et se retrouva face à face avec un adolescent qui pointait vers lui une flèche encochée sur son arc tendu. Une famille abénaquise figée dans le bronze gardait les portes du Parlement. Le plus jeune, l'archer, guettait pour l'éternité son gibier dans les constellations du ciel de Québec. Accueillir le monde de même, non mais tu parles d'une idée, grommela Gingras.

Il frappa à la monumentale porte de chêne aux ferrures massives. Faute de réponse, il finit par tirer sur la poignée. Il dut s'y prendre à deux mains, mais à sa surprise, la porte s'ouvrit dans un grincement. Il passa la tête dans l'embrasure et sortit son badge, comme pour se donner le droit d'être là. Le hall était désert. Des chants et des voix résonnaient au loin, échos d'une messe célébrée dans la pénombre.

Devant Gingras, un large escalier de bois chocolat se mariait bien aux lambris à blasons qui ornaient le grand vestibule. Percevant une clameur, il s'enfonça à pas longs dans le couloir de droite, où il croisa les portraits des orateurs de la Chambre d'assemblée, toge noire et gants blancs, tous surmontés d'une lampe à tableau de cuivre. Il croisa un homme éméché qui claudiquait, la chemise sortie des pantalons. Les bureaux de l'Union nationale, c'est où ? Suivre l'odeur du gros gin ? Merci Monsieur.

Quand il atteignit les bureaux des députés et des ministres, Gingras retrouva l'ambiance des neuvaines au sanctuaire Notre-Dame-du-Cap. La foule déambulait par détachements dans les couloirs. Ça semblait brasser dans le bureau du whip Maurice Bellemare, où s'engouffraient une bande de rougeauds dépenaillés qui trinquaient dans le couloir comme à la taverne. Bousculé par un banc de copistes, passant des tortues en costard, étourdi par l'incessant vacarme des téléphones et des bêlements fatigués, Gingras fit péniblement son chemin jusqu'à une de ces portes capitonnées de cuir brun qu'il avait cru propres aux maisons de fous. L'écriteau indiquait : Joseph-Damase Bégin / Député de Dorchester / Ministre de la Colonisation.

Ici, tout était calme. L'œil du cyclone, sans doute. Gingras fut accueilli par deux charmantes assistantes dans une petite antichambre.

— Oui ? Monsieur ? Vous êtes ? dit l'une.

— Détective Gingras, du corps de police de la Cité des Trois-Rivières.

— Vous avez rendez-vous ? dit l'autre.

— J'imagine.

— Il est à l'agenda, Thérèse ?

— Hum… Non. Mais tu sais, ces temps-ci…

— Asseyez-vous là. Je reviens.

Et elle revint, après avoir murmuré quelques mots dans la porte entrebâillée, pour signaler au policier que le seigneur des lieux lui accordait audience.

Gingras entra dans le bureau de son grand-oncle. Un homme chauve et bouffi raccrocha son téléphone et s'avança avec énergie.

— Paul-Émile ! Chus ben content de te voir !

Ils se serrèrent la pince, Gingras espérant que sa main barbouillée d'encre ne salirait pas celle du ministre de la Colonisation.

— Bonjour mon oncle. Monsieur le ministre. Comment, euh, vous portez-vous ?

— Voyons, voyons. Tu peux me tutoyer. Pis appelle-moi Jos-D., comme tout le monde. Assis-toi ! Rose-Aimée va bien ?

Gingras fut surpris par la familiarité que le bonhomme à bretelles semblait avoir avec sa famille, alors que les deux sœurs s'étaient échinées sur sa place à lui dans l'arbre généalogique. Le ministre remarqua son étonnement et lui dit que les Bégin n'étaient jamais bien loin les uns des autres.

— Oui, répondit Gingras, je sais… les deux frères qui se sont entretués.

Jos-D. éclata d'un grand rire.

— Mais non, mais non, mon petit, le fratricide, c'est du folklore, dit-il en reprenant sa contenance.

À son avis, les Bégin voulaient donner un air biblique à leur lignée. Il mentionna Caïn et Abel, Jacob et Esaü, Absalom et Amnon, et une quinzaine de noms que même les curés se gardaient de nommer. La vérité, c'était qu'on n'en savait rien, de leur origine. Jacques Bégin était apparu sur les terres de Lauzon comme par enchantement.

Il avait beau avoir été vendeur de chars, Jos-D. en avait lu, des livres, ça se voyait. Comme son patron, il se donnait des airs d'ignare pour mieux faire croire à sa base qu'il était né, comme elle, pour un petit pain. Il se servit un nouveau scotch sans en offrir à Gingras, et continua :

— J'ai entendu, pour ton père. Mes sympathies. On vit dans un monde de fous. C'est rendu que Marie-Monique et Renée-Ange habitent chez vous, c'est ça ?

On aurait dit que le politicien avait épluché son dossier personnel avant de le recevoir. Gingras s'en trouva agacé. Même que ça lui chatouillait les molaires.

— C'est ça.

— Tu sais que t'as pas le nez des Bégin, toi ?

Jos-D., lui, l'avait. De même que leur tendance à boire. C'était un pilier de l'Union nationale. Député des premières heures, dès la fusion avec les renégats de l'Action libérale nationale qui avait donné naissance au parti en 1935, il était ministre de la Colonisation depuis la fin de la guerre. Mais sa fonction la plus décisive se déployait dans l'ombre : il était l'organisateur en chef du parti depuis vingt ans. Si Duplessis avait gagné cinq élections, c'était donc grâce à lui. Il créait les associations locales, repêchait des hommes de confiance, choisissait les thèmes de campagne, inondait les journaux et la radio de publicités incisives, inventait des slogans efficaces, savait monter les scandales en épingle ou les dégonfler comme des baudruches, selon qu'ils touchaient les libéraux ou l'UN ; il produisait des calendriers et des collants et des affiches et des macarons et des bouteilles et des boîtes d'allumettes à l'effigie du Chef, afin de s'assurer que l'Union nationale soit partout et tout le temps dans le quotidien de ses électeurs. C'est lui qui avait eu l'idée des « petits chiffres », en réservant les plaques d'immatriculation numérotées de 1 à 4000 aux amis du parti. Si Duplessis était la tête de l'UN et Gérald Martineau, en tant que gestionnaire de la caisse électorale, son ventre dodu, Jos-D. Bégin en était très certainement le cœur. Pour ce qui est de l'âme… les enchères demeuraient, à ce jour, ouvertes.

— Bon. Les choses sérieuses. Comme tu le sais, j'ai demandé à ton chef de te mettre sur un dossier délicat.

— Là-dessus… je ne savais pas que les chefs de police répondaient des politiciens.

— On est les élus du peuple, mon garçon ! On représente le peuple et sa volonté. On écrit les lois. Les policiers les font respecter. Au fin fond, tous les services publics répondent de nous. Tu vois ? Et quand ça foire, on est responsables. Des politiciens ont démissionné parce qu'ils livraient pas la marchandise. Ou la volaient. T'es peut-être trop jeune pour avoir connu ça, les culottes à Vautrin ? Le pauvre Irénée avait pigé dans les coffres de son ministère pour s'acheter une paire de pantalons avant d'aller visiter ses colons en Abitibi. Cette affaire-là, ça a donné des munitions à Duplessis, tu peux même pas croire ! Tellement que Taschereau lui-même a démissionné ! Mais c'est ça qui est ça, ça montre qu'on a de lourdes responsabilités. Des fois, il faut faire des demandes inhabituelles pour les assumer. Alors oui, j'ai besoin de toi pour voir ce qui est arrivé au premier ministre. Il est pas mort encore, tu vas me dire, mais on n'a pas le luxe de faire comme si il allait s'en sortir. On tient pas longtemps politicien avec des contes de fées dans la cafetière !

— Alors pourquoi...

— Pourquoi une enquête ? Pourquoi toi ?

Gingras pensa que les politiciens habiles devaient tous avoir cette aptitude, mais il ne pouvait pas dire que ça lui plaisait, que Jos-D. lise dans ses pensées de même. C'était simple, continua le ministre. Par respect pour la mémoire de Maurice Duplessis, qui avait été un homme méfiant et avait bien souvent eu raison de l'être, il estimait que c'était son devoir d'écarter tout doute quant à la possibilité d'une mort non naturelle.

— Pis si je t'ai demandé toi, c'est parce que t'es de la famille. Je sais que je peux te faire confiance. On est comme ça, les Canayens, tricotés serrés. C'est-ti pas vrai ? En plus, tu viens d'un corps municipal. La Sûreté provinciale, on a beau tout faire pour la contrôler, c'est un vrai nid d'espions.

Gingras fronça les sourcils. Jos-D. vida son scotch d'une traite et posa son verre sur une pile de dossiers en équilibre précaire.

— À Trois-Rivières, t'es sur le terrain, parfaitement placé pour enquêter tranquillement, sans attirer les regards. Pis je veux que tu travailles seul. C'est plus sûr. En un mot, je veux que tu sois mon homme dans la place.

— Mais… je prends mes ordres de mon chef.

Le ministre fit claquer sa langue, mais ses yeux étaient gais.

— Bien sûr. Bien sûr. Je te demande rien d'autre que de continuer à les suivre, ses ordres. La loyauté, c'est notre pain pis notre beurre ! Et pis, si t'as besoin de quelque chose, tu demandes.

Gingras hocha la tête. Beaulieu était clairement un hochet pour le ministre.

— Aimes-tu ta job, Paul-Émile ?

Gingras ne répondit rien.

— Tu sais que le chef Beaulieu approche de la retraite ?

— Vraiment ? Il me semble que…

— Non non, fais-moi confiance, ça prendra pas cinq ans.

Gingras hocha de nouveau la tête. Un hochet. Et lui, Gingras, qu'était-il d'autre, dans les grosses mains désormais tachées d'encre de Jos-D. ?

— Il a l'air un peu vieux jeu, vieille garde. Les temps changent. Faut du sang neuf!

Gingras sentit qu'on lui prenait les gosses, et qu'on les caressait, sans gêne aucune, tout en laissant planer la possibilité de les lui exploser sur le bas-ventre. Thérèse entra, se faufila derrière le bureau du ministre et se pencha pour lui souffler quelque chose à l'oreille. Quand elle rebroussa chemin vers l'antichambre, le policier remarqua, sur une de ses fesses joliment moulées par une jupe de coton beige, des traces d'encre bleue.

— Tu m'excuseras, mon garçon, mais j'ai encore une grosse nuit devant moi. T'imagines bien que Maurice continue à nous faire travailler fort, d'où il est: il faut préparer un nouveau chef. Vu l'état des troupes ce soir, laisse-moi te dire que ça sera pas beau au Salon de la race dans les prochains jours. Une chance qu'y'a pas de caméras, parce que la race, elle aurait honte.

Forestville

Au même moment, la taverne Neptune était sur le point d'être le théâtre d'une autre de ces manifestations bizarres qui se multipliaient sur la Côte-Nord depuis des semaines, parmi lesquelles l'étonnante livraison de ce tout nouveau produit, le ski-doo modèle K, à des trappeurs de la Papinachois, le prodige du sourire de la statue de la Vierge de Sainte-Thérèse-de-Colombier, la grossesse inespérée d'une dizaine de femmes stériles, la résorption d'un foyer de polio sans qu'il n'y ait eu de victime, et l'enregistrement d'une année record tant en termes de lampions allumés sans incendie majeur que d'hommes violents fauchés au chantier. La dévotion avait atteint son comble, et toute famille frappée par la bonne fortune se faisait un devoir d'envoyer un fils au Séminaire Sacré-Cœur de Charlesbourg pour en faire un père eudiste.

Valérie Degasconradissontaglianiverville attendait que sa chambre soit prête au motel du coin. Elle était en train de rentrer à Montréal de la Minganie, où elle avait visité les monolithes en compagnie d'un pêcheur poète nommé Roland Jomphe, et s'était réfugiée au Neptune après qu'un camionneur l'eut larguée là, au milieu de Forestville. Forte de son ignorance des lois et des enseignes, Valérie avait poussé la porte de l'établissement réservé aux hommes et, sirotant une Dow payée trop cher, s'était mise à griffonner de mauvaises rimes. Un premier gars était venu la voir alors qu'elle jouait avec les sons de *beuverie* et de *boiseries ;* ça donnait pas les gros chars, des lignes comme *Beuserie du gloup-matou.* Le gars voulait lui faire faire un tour de char jusqu'à son bloc, t'sais celui avec les fleurs en plastique devant. Ouste ! *Ouste en titi.* Un deuxième, un jeune chasseur à en juger son garniment, lui proposa de lui montrer sa collection de guns dans sa mobile home. Baste ! *Basse-térie.* Elle écrivait dans son petit livret déchu, qui à la fois accueillait sa vie créative et en confirmait la faillite. Il ne faut pas écrire dans l'espoir d'être lue, se disait-elle avec lassitude. Approfondir sa subjectivité, sa vie intérieure, cela devait se suffire. Un troisième la surprit par-derrière, en lui demandant si c'était de la pouwézie qu'elle écrivait de même puis, en chuchotant tellement proche de son oreille que ça lui faisait des chatouilles, si elle voudrait pas – euphémisons – créer un poème à deux sur un motif répétitif. Dehors ! *D'ores et de jade.* Il faut écrire pour soi, pas pour les autres ; c'est tout ce qui compte. À force de se le répéter, elle finirait peut-être par y croire. Elle sentit qu'un quatrième homme s'approchait et, au moment où elle s'apprêtait à sacrer son camp pour se faire harceler ailleurs, Valérie le vit, cet homme, blême, presque phosphorescent, un néon dans la nuit. On s'écartait de lui, comme pour se dégager de son aura morbide. Il portait une chemise au tissu fin imprimé de motifs étranges. Impossible qu'une boutique de Forestville tienne ça. De longs cheveux noirs lustrés, rejetés vers l'arrière, et des yeux profondément enfoncés dans leurs orbites, composaient l'essentiel de sa physionomie délavée par la mer. Il demanda cordialement si la place devant Valérie était libre, et s'y assit avec grâce.

Personne au Neptune n'aurait pu reconstituer la teneur de leur échange, mais il relevait de la thaumaturgie, des arts obscurs cachés dans les traités du ciel, des vieux rites païens déposés dans des chansons de veillées. Pour Valérie Degasconradissontaglianiverville, les sons et les lumières de la taverne s'étaient étouffés pour ne laisser sensibles que la voix et le pâle visage de l'inconnu. Elle le fixait sans gêne. Avec cette voix qui portait en elle les voiles de cent navires et les arômes des marchés du Levant, il lui dit des mots inconnus d'elle et qu'elle comprit pourtant, elle entendit la langue des poètes, des indignés et des sages. Elle lui demanda son nom ; il en avait autant qu'il y avait de fleuves et d'aiguilles aux sapins : Crachat des dieux, Apollon musagète, Calliope araignée et Papa Legba, Hermès trois fois grand, tête d'Orphée ou Bragi à longue barbe, Meadhbh la mielleuse ou Brigide d'Érin, choisis, choisis mon nom ! Mais surtout, Valérie, respire ! Car elle manquait d'air, la pauvre, surnageant avec peine dans la taverne vidée de formes et de couleurs, remplie par ce visage irréel, ce menhir sur lequel des ombres se mouvaient. Valérie vous dirait elle-même que, si elle avait été capable de mettre sur papier ne serait-ce qu'une fraction de ces visions, elle aurait été l'oracle d'un nouveau monde.

Combien de temps l'entretien dura-t-il ? Il aurait fallu une horloge pour le dire, mais il n'y en a pas au Neptune, lacune qui permet de garder les clients une ou deux bières de plus. Ce qui est su, c'est que l'homme étrange a proposé un marché à la jeune femme, comme c'est l'habitude des esprits qui fréquentent les auberges. Il lui offrait l'inspiration. Il parla de la contrepartie, mais Valérie Degasconradissontaglianiverville n'écoutait plus. Elle dit oui, oh oui ! L'homme sortit de sa chemise un flacon d'hydromel ; il leur faudrait en boire trois verres pour sceller le pacte. Mais le flacon était vide, et la barmaid ne savait pas ce que c'était. Ils se rabattirent sur de la bière d'épinette. Elle but. Il but. Ils se serrèrent la main. Elle a peut-être couché avec lui après, elle n'est plus sûre.

Les ragots du Neptune

Outre la version officielle, retenue par l'establishment et relayée par les grandes courroies de la transmission radiophonique, la supputation la plus populaire relevait, sans surprise, de l'entrecuisse. Il ne fallait pas chercher midi à quatorze heures. On attend de l'homme de pouvoir une concupiscence, certes canalisée, mais dont le vice ne peut pas ne pas s'exprimer sur la couchette. Un honorable premier ministre sans libido, chaste ou, pire encore, vierge, ça ne passe pas le test de l'imagination médiane.

Il apparaissait ainsi évident et tout naturel que Maurice s'était endurci le célibat pour cacher son drôle d'urètre et éviter de trop répandre une chaude-pisse mal soignée (voilà pourquoi il tirait rouge), et que, s'il avait eu beau serrer la vis aux foutoirs de la province, c'était pour l'apparat, puisque les filles s'étaient reconverties dans le spectacle avec services spéciaux en loge, et que Schefferville, c'était pas un voyage d'affaires si-vous-voyez-ce-que-je-veux-dire, à-soixante-neuf-ans-peux-tu-croire.

Auréa

Gingras sortit du bureau de son grand-oncle et alla aspirer de grandes bouffées d'air par une fenêtre entrouverte. Assis dans l'alcôve, il alluma une cigarette. Il se sentait seul, sans expérience, sans moyens et, pour tout dire, sans enthousiasme face à l'enquête dont il venait d'hériter.

Tout désemparé qu'il était, il jouissait pourtant du luxe d'ignorer la véritable ampleur de sa tâche. La commande de Jos-D. Bégin aurait eu quelque chose de terrifiant pour un homme mieux informé. S'il l'avait été, Gingras aurait su, par exemple, que le premier ministre trônait comme une araignée au centre d'une immense toile de patronage dont il percevait les plus infimes vibrations, qu'elles soient causées par une stryge communiste ou par les pets de l'évêque de Rimouski ; une épeire affamée, connectée à tous les lieux de pouvoir de la province. Bref, Gingras n'était pas sorti du bois s'il voulait vraiment détortiller l'écheveau et dénombrer tous ceux qui, dans la province, auraient pu vouloir la mort de Maurice Duplessis.

Gingras décelait, dans le tapage qui s'élevait du couloir voisin, quelques notes beuglées d'une marche funèbre. Une bande d'imbibés tourna le coin. Un bedonnant décravaté, s'en détachant, s'avança d'un pas précaire.

— Heum… je t'ai jamais vu dans le coin, toi… T'es qui ?

Son haleine déformait l'air.

— Gingras. Paul-Émile.

— T'es pas le nouvel adjoint à Rivard, toujours ?

— Non. Police.

Un sentiment naquit dans le cœur de Paul-Émile Gingras lorsqu'il sortit son badge de détective. Un sentiment nouveau, incertain et enivrant. Quoi que ce fût, ça se recroquevilla bien vite quand l'homme lui arracha l'insigne des mains pour le mordre avec sa canine, avant de l'examiner comme un écu douteux.

— Un ti-cul de la police… Hé les gars ! Un ti-cul de la police, dans le Parlement !… Ben tant mieux, dit-il plus bas en lançant le badge à Gingras, parce que j'ai pensé que t'étais peut-être un espion des libéraux… pis les taupes, ben, elles méritent pas une once de ce beau whisky-là, ajouta-t-il en tendant sa bouteille. Même qu'on t'aurait peut-être pas laissé partir…

Gingras rit jaune puis, pour prouver quelque chose, prit la bouteille, avala une grosse lampée, et la rendit au bedonnant qui entonnait à présent un chant vaguement grégorien avec ses camarades.

— Tu sais-tu c'est quoi l'ironie, dans toute cette histoire-là ? continua le bonhomme. M'en vas te le dire !

C'est qu'on vient de ravoir notre job, nous autres, les attachés politiques, maintenant que Duplessis est pus là... Il faisait toute tout seul ! Mais l'affaire, c'est que sans Duplessis, on va la reperdre en même temps que les élections ! T'a pognes-tu ?

Gingras répondit à l'attaché ventru qu'avec un pareil entregent, il n'aurait certainement pas de problème à se trouver une nouvelle job.

— Je t'aime ben, toi. Tiens, prends une autre bonne glou. Un toast pour not' bon monsieur Duplessis, Chef entre les chefs !

L'homme prit une Dow de la main d'un maigrichon à la chemise trempée de sueur et la cala, pendant que Gingras attrapait la bouteille de whisky pour prendre une autre gorgée.

— Bon, envoyez, vous autres, on va au hall des orateurs ! Qui c'est qu'y'a envie de pisser ?

— Moi ! Moi ! C'est à mon tour d'arroser Valmore Bienvenue ! lança un innocent qui avait noué sa cravate à son front.

Attends-moi, ti-gars, tu vas tomber si chuis pas là, chanta la petite troupe en s'éloignant.

Le moment était venu, pour notre policier maintenant pompette, de s'éclipser. Il prit la direction opposée et croisa une autre gang avec laquelle, s'abandonnant au carnaval pathétique, il prit encore quelques lampées de fort. Il se mit alors, lui aussi, à chanter les refrains de chansons grivoises, dont l'écho frappait fort le plancher carrelé et les hauts plafonds. Des députés sortaient régulièrement des bureaux pour crier aux autres de se la fermer, mais la hiérarchie était, pour une nuit, renversée. La piétaille avait envahi les couloirs, comme lors d'une victoire électorale, mais pour chanter la fin d'un âge parlementaire et politique : le leur.

Un homme, soudain, tomba à genoux devant Gingras pour réciter une prière :

Genoux salis Joseph,
Vous qu'la grâce divine a comblé.
Le Sauveur a reposé ent'vos bras
et grand-*hic* ! s'vos yeux.
Z'êtes béni entre touézommes et Jésus,
l'enfant divin de vot' virginale épouse, ébène-*hic* !
Singe Zèphe, donnez paupière office de Dieu,
Priez pour nous : Daneault, Soucy, de
famille, de sant-*hic* ! et de travail,
jusqu'à nos derniers jours,
éteignez nos secours à l'heure de not'mort.

La prière avait attiré plusieurs moineaux, qui marmottèrent leur *amen* en chœur. Gingras s'approcha de la porte devant laquelle ils s'étaient massés et, plissant les yeux pour aligner les lettres qui dansaient un peu sur la plaque de cuivre, lut : Maurice Duplessis / Député de Trois-Rivières / Premier ministre / Procureur général. Il aurait imaginé le bureau du premier ministre tout autrement. Une porte dorée, encadrée de grandes colonnades corinthiennes. Accessible par un monumental escalier en colimaçon, doré lui aussi. Cernée de deux zouaves piopolissois, et qui s'ouvrirait sur une horde de valets. Mais non. Rien ne distinguait la porte molletonnée des autres, à part la dévotion dont elle faisait l'objet.

Gingras l'entrouvrit sans frapper. Une femme d'une soixantaine d'années était assise à un petit bureau. Deux rangs de perles éclatantes striaient son cou enserré dans le col haut d'une veste mauve bien boutonnée. Ses lunettes en papillon débordant sur son grand front, elle prenait des notes, le téléphone coincé entre l'oreille et l'épaule.

— Non, il n'y aura pas d'entrevue ni de commentaire. Non. Non. Non. Ce sera tout ? Je ne sais pas. Ce sera tout ? C'est ça, oui, au revoir.

Elle raccrocha et posa son regard sévère sur l'intrus.

— Oui ?

Tout le monde, à Trois-Rivières, connaissait la secrétaire de Duplessis. La bouche molle, Gingras se présenta. Auréa Cloutier se rajusta sur sa chaise et tendit la main vers le téléphone, qui s'était remis à sonner. Elle souleva le combiné et raccrocha sans répondre.

— Je vois. Le garçon d'Émilien Gingras. Vous me disiez de quoi, aussi.

Auréa Cloutier était au service de Duplessis depuis 1923, époque où il n'était qu'un simple avocat alcoolique installé au centre-ville de Trois-Rivières. Il venait tout juste de perdre ses premières élections. La secrétaire du bureau d'avocats Duplessis et Langlois s'était imposée d'emblée comme une formidable informatrice. Trente-cinq ans durant, elle avait employé sa nature méthodique et infatigable à noter décès, noces, baptêmes, célébrations diverses, maladies, honneurs et filons politiques touchant les citoyens de Trois-Rivières; elle envoyait en rafales lettres de félicitations, rappels en vue des élections, sollicitations pour la caisse électorale; elle tenait le compte des partisans, des opposants, des neutres et des volages; elle était, à elle seule, une indispensable mine de renseignements. La carrière et les victoires de Maurice Duplessis étaient tout autant celles d'Auréa Cloutier.

— Que puis-je faire pour vous, détective Gingras?

— Mes pieds m'ont mené jusqu'ici, et je me dis que tant qu'à y être, vous êtes probablement la personne tout indiquée pour commencer mon enquête, c'est ça que je me suis dit. Dans le fond, Madame Cloutier…

— Mademoiselle.

— Hein?

— C'est *Mademoiselle* Cloutier.

— Pardon. Mademoiselle Cloutier, j'aimerais savoir si vous pensez que l'état de Duplessis…

— *Monsieur* Duplessis. Personne ne vous a appris les bonnes manières, vous?

— Pouvez-vous me laisser finir? Pensez-vous que l'état du premier ministre pourrait être dû à autre chose qu'un accident céréb…

— Ce sont les betteraves, Monsieur, les betteraves, et rien d'autre.

Gingras, surpris, esquissa un sourire.

— Pardon ?

— Il mangeait un pot de bettes dans le vinaigre par jour.

Auréa Cloutier recula sèchement sa chaise et montra à Gingras les deux caisses de pots Mason qui se trouvaient sous son bureau. Gingras se pencha pour les observer de plus près. L'un d'entre eux arborait une petite étoile blanche, qu'il ne put s'empêcher de toucher du doigt ; c'était une faiblesse du verre, qui céda sous la pression et laissa couler sa pisse mauve. Gingras se releva en faisant comme si de rien n'était. Auréa Cloutier, qui était allée fermer la porte, revint s'asseoir.

— Oubliez ces histoires révoltantes. Elles sont colportées par des médisants qui veulent salir la réputation de monsieur Duplessis. Comprenez bien, il n'était pas insensible à... vous savez. Mais il ne voulait pas se marier. Il disait qu'il était marié à son travail. Et je n'ai jamais vu un amour aussi profond. Il ne s'arrêtait jamais. C'est ça qui l'a tué. Le travail.

Devant l'air désemparé de Gingras, dont l'esprit était encore distrait par le bocal qui se vidait, elle prit une grande inspiration et confia à voix basse :

— Les mauvaises langues disent que monsieur Duplessis serait atteint par une maladie, vous savez, honteuse. Qu'il faisait du sang. Mais c'est faux. C'était les bettes.

Ça devenait intéressant, mais Gingras s'efforça de garder le cap.

— D'après vous, certaines personnes auraient-elles pu vouloir attenter à sa vie ?

— Je lui avais dit de ne pas partir ! Qu'il devait prendre du repos. Il y a deux ans, il était parti aux Bahamas pour sept jours de vacances. Il était parti le samedi. Et qui j'ai trouvé, le mardi, à son bureau, en complet, en train de dicter une lettre ? Remarquez qu'arrêter la politique, ça l'aurait tué aussi…

— Oui, d'accord, mais j'aimerais que vous répondiez, Madame Cloutier. Pensez-vous à des personnes qui auraient pu…

— Mademoiselle !

Gingras se confondit en excuses et attendit la suite.

— Voilà tout ce qu'il y a à dire, détective Gingras : il avait une espèce de bosse au front, il avait une toux sèche, il dormait juste quelques heures par nuit, il avait l'air au bout du rouleau… Fatigué, très fatigué. Il n'aurait pas dû partir là-bas, dans le Nord. Il disait que ça allait lui faire du bien, le grand air. Qu'il allait se reposer, là-bas. Mélange à gâteau, tout ça ! Vous pensez qu'il réussissait à m'en passer, monsieur Duplessis ? Après trente-six ans ? Pas une ! Jamais ! Oh non ! Je savais très bien que là-bas, il allait continuer à travailler.

Elle commençait à se tordre les mains. Auréa Cloutier n'était pas connue, pourtant, pour perdre aisément la maîtrise d'elle-même. Mais c'était une nuit spéciale pour tout le monde.

— Donc, d'après vous, c'est son état de santé qui a causé sa mort, et rien d'autre.

— Coudonc ! C'est-tu Jos-D. qui vous en a conté une ? Essayez pas de m'en passer, vous non plus. Je veux plus en entendre parler, de ces affaires-là. Savez-vous ce que c'est, vous, de travailler tous les jours avec un homme comme ça ? D'être aux côtés de l'homme le plus puissant de la province, d'un homme qui avait une vision pour nous, pour son peuple ? Qui réussissait à tenir le fédéral à distance ? À nous désendetter ? À développer notre belle province ? Un homme d'une rare droiture ! J'ai trente-six ans de service, moi Monsieur ! Trente-six ans aux côtés de Maurice Duplessis ! Chaque élection, chaque piqûre d'insuline oubliée pour son damné diabète, menaçait de me faire perdre ma job. Comme ça, d'un coup ! Pas comme vous, là, vous, vous roulez tranquille vers votre retraite, sauf si vous avez une grosse malchance, comme votre popa...

Elle s'interrompit un instant, laissant passer le malaise.

— J'étais la seule à pouvoir entrer dans sa chambre au Frontenac, vous savez, pour trier son courrier, envoyer ses costumes au nettoyage... une confiance absolue. Passer douze heures par jour avec un homme comme Maurice Duplessis, vous pouvez pas imaginer ce que c'est. Savoir qu'on vaut quelque chose juste par la manière qu'il nous regarde, demande notre avis ? Vous pouvez pas savoir ce que c'est, d'être à une porte d'épais de toutes les grandes décisions, de demander au président du CN de patienter au bout de la ligne parce que le Chef est occupé, et puis maintenant, de savoir que, dans les jours qui s'en viennent, je vais devoir vider nos deux bureaux. Et puis après, tout va être fini, je vais me retrouver sans but, sans job, sans avenir, à la poubelle ! Comme un vieux mouchoir ! Est-ce qu'on a fini, là, parce que j'ai eu une journée épouvantable et j'aimerais ça rentrer chez nous avant minuit.

Gingras aurait voulu lui reposer sa question, mais il reconnut qu'une telle douleur commandait le silence. Auréa Cloutier ajusta sa jupe, s'épongea les yeux avec précaution et dit, en soupirant :

— Allez donc voir Jean-Charles. Il saura mieux répondre à vos questions que moi.

— Jean-Charles ?

— Bonenfant. Le bibliothécaire. C'est par là, ajouta-t-elle en pointant dehors le mur nord de l'hôtel du Parlement. Prenez la passerelle. Les soirées rafraîchissent.

La Pastorette

Quand René Pastorale était réveillé par les spasmes de son dos, qui le punissait pour la chasse aux pitounes, il glissait une main sous l'oreiller, tâtait son chèque, et son lumbago s'évanouissait d'un coup. Il se rendormait et rêvait invariablement d'une maison blanche et jaune, une petite maison canadienne bâtie sur un terrain en pente.

Il la chercha longtemps, sillonnant les rues, les culs-de-sac et les ruelles de la ville, jusque dans les rangs profonds de la périphérie. Quand il confia son découragement à sa tante, elle s'empressa de lui dire que les causes matérielles devraient être confiées à saint Joseph. C'est sa spécialité. La recherche d'un emploi, d'un terrain, d'une maison… crois-y, René, demande, prie avec confiance et saint Joseph t'exaucera ! René crut, demanda et pria. Et il fut exaucé. Au bord de ce Saint-Maurice qui avait conduit jusqu'à lui 596 $ sous forme de billots de bois, les rayons percèrent les nuages pour tracer sur le sol un carré miraculeux correspondant exactement, certificat d'arpentage à l'appui, à un lotissement privé, adjacent à un chantier naval désaffecté. Il donnait sur la rue Notre-Dame, tout juste à la sortie du pont d'acier reliant Trois-Rivières au Cap-de-la-Madeleine. La rivière, en face, s'éjouissait en enveloppant les érables à sucre. René changea son chèque un peu fripé et signa l'acte notarié sans même le regarder parce que, de toute façon, il n'en aurait pas compris un mot.

Il se fit bientôt engager comme manœuvre à la papetière juste en face, de l'autre bord de la rivière. Celle-là même qui lui avait racheté ses billots. Il y poussait de petits chariots remplis de copeaux de bois jusqu'aux piscines chimiques où ils seraient lavés et blanchis. Au terme de son premier quart de travail, il maîtrisait parfaitement sa tâche, et n'avait plus qu'à répéter les mêmes gestes, mille fois par jour, jusqu'à la retraite. Le soir, assis sur son perron en construction, il regardait la Wayagamack lui souffler sa boucane puante au visage. René, en retour, tirait sur sa pipe et poussait vers l'usine des cercles de fumée.

Il se rendait au travail en vingt minutes en empruntant à pied le pont du chemin de fer, comme tous les gars qui logeaient dans le bas du Cap. Il gagnait de quoi manger. C'était en masse. Dans ses temps libres, il montait les murs de sa maisonnette, des fois avec des collègues qui étaient contents de fuir leur appartement rempli d'enfants, des fois avec le jeune Gérald qui venait faire une corvée. Il allait souvent glisser sa chaloupe sur le fleuve, entre deux trains de bois, passant par les corridors à bateaux aménagés par la Saint-Maurice River Boom. Les mains croisées derrière la tête, une mâchée de tabac dans la joue, sa canne à pêche entre les cuisses, il taquinait le maskinongé à petits coups de poignet. Il saumurait ses prises dans les pots de verre que lui avait légués sa mère, avec un peu de fromage aux herbes par-dessus.

René Pastorale avait trouvé le sol de son espèce, tranquille éden où brûler doucement la bougie qu'il avait reçue de Dieu.

Bonenfant

L'interminable soirée de Paul-Émile Gingras s'étirait dans le bruit des bouteilles vides qui frappaient le carrelage et le son des rires mêlés de plaintes qui s'échappaient des bureaux du Parlement. Il était vingt-trois heures passées et la fête des Fous ne présentait aucun signe de relâchement. Il arpentait les couloirs depuis un moment, à la recherche de la passerelle qu'Auréa Cloutier avait mentionnée. Il dut se résoudre à aborder des buveurs pour leur demander le chemin de la bibliothèque de la Législature, renseignement qu'il n'obtint qu'après avoir ingurgité une demi-douzaine de biscuits à la gelée des frères Leclerc arrosés de brandy: tournez le coin, montez d'un étage, revenez sur vos pas, virez à droite, prenez nord-nord-ouest, vous y êtes.

Gingras traversa finalement le ponceau qui menait à l'édifice Pamphile-Le May. Il entra à tâtons dans la bibliothèque. Une seule lueur venait troubler les ténèbres, illuminant d'un grand triangle orangé un coin du plafond. Là-haut, dans un coin de la mezzanine, se trouvait le cabinet de l'infatigable Jean-Charles Bonenfant.

Le bibliothécaire était assis derrière un bureau richement orné et luisant de vernis, sur lequel étaient posés un téléphone en bois et en laiton et une lampe de lecture dont les rayons fouettaient un épais volume, ouvert. Derrière lui, sur une console adossée à un plein mur de rayonnages, trônait une imposante machine à écrire. Il y avait là plus de livres que Gingras, Papouille, Petro et Léonce réunis en liraient jamais. Seuls Gégé et Tourigny – si son génie se confirmait – pourraient peut-être rivaliser. Bonenfant, dont le nœud de cravate était encore bien serré, détonnait parmi les larbins dissolus rencontrés de l'autre côté de la passerelle. Ses lèvres hautes et minces, que surplombait une petite moustache noire, lui donnaient un air affable. Cet homme respirait la bienveillance et le discernement. Il se leva prestement et contourna son bureau pour accueillir son visiteur.

— Bonsoir Monsieur. Monsieur… ?

Gingras déclina son identité aussi distinctement qu'il le put, en tendant sa main molle et humide au bibliothécaire.

— Paul-Émile… détective Paul-Émile Gingras.

— Enchanté de faire votre connaissance, détective Gingras. Que me vaut l'honneur de votre visite ?

— On m'a dit que vous sauriez répondre à toutes mes questions…

— Vous avez dû parler à des personnes impressionnables, de l'autre côté.

— C'est Auréa Cloutier qui m'envoie.

— Ah, mademoiselle Cloutier ! Elle me tient dans une estime que je ne mérite pas. Mais c'est bien aimable de sa part de me penser si clairvoyant.

Gingras rassembla ses esprits pour expliquer sommairement le motif de son enquête.

— Pauvre monsieur Duplessis ! soupira Bonenfant. Un terrible coup du sort. Une vraie tragédie. Puis-je vous offrir un verre d'eau ? Je ne tiens rien d'autre, je le crains.

Sans attendre la réponse, Bonenfant s'éclipsa quelques secondes pour revenir avec un petit verre d'eau claire. Gingras le but d'une traite.

— Je me demandais si vous aviez des livres de famille ?

Le bibliothécaire prit un air intrigué.

— Je veux dire, des livres où on peut retracer les parents, les grands-parents…

— Ah, des ouvrages généalogiques ! Sur les Gingras ?

Le policier secoua la tête et le regretta aussitôt.

— Sur les Bégin.

Gingras n'avait jamais porté d'intérêt particulier à ses racines. Pourtant, il n'arrivait pas à chasser de son esprit cette histoire de frères bibliques qui auraient été au fondement de sa lignée. Il avait comme une envie de réfuter Jos-D…

— Malheureusement, nous ne tenons pas de généalogies sur la colline. Ça a beau être la bibliothèque du peuple, j'essaie de concentrer notre budget sur l'acquisition d'ouvrages ayant partie aux domaines de législation du Parlement.

— C'est toujours mieux que chez nous à Trois-Rivières...

— Notre Québec a encore beaucoup de chemin à faire en lettres, en sciences, en arts, je voudrais dire, en éducation en général...

Bonenfant se tut. Une critique du gouvernement unioniste, même à mots couverts, ne convenait pas à cette sombre soirée. Le regard vide de son visiteur le rassura.

— Puis-je faire autre chose pour vous ?

L'effet de l'alcool s'était transformé en lassitude. Gingras avait envie de s'étendre sur une étagère, dans l'épais silence de la bibliothèque, et de dormir jusqu'à ce que le soleil, traversant les vitraux magnifiques, l'éveille. Il cligna des yeux énergiquement.

— Mademoiselle Cloutier m'a dit que vous connaissiez... connaissez bien le premier ministre.

— Je ne crois pas que vous dire le contraire serait parler bien franc.

L'esprit de Gingras s'entortilla autour de la réponse. Il secoua la tête à nouveau, plus précautionneusement.

— Vous le connaissez d'où ?

— J'ai été son secrétaire personnel pendant trois ans. Lors de son premier mandat.

— Auréa Cloutier n'était pas là à l'époque ?

— Oui, bien sûr, mademoiselle Cloutier le suit depuis ses tout débuts. Voyez-vous, *un* secrétaire et *une* secrétaire n'ont pas les mêmes tâches. Les choses sont ainsi faites…

— Et c'était quoi, vos tâches ?

— Mademoiselle Cloutier s'occupait d'intendance – l'agenda, la correspondance, tout cela. Moi, je rédigeais des notes, esquissais des projets de loi, effectuais des recherches pour monsieur Duplessis.

— Je vois. Et comment vous êtes atterri là ?

— Concours de circonstances. La vie n'est faite que de cela, n'êtes-vous pas d'accord ?

Jean-Charles Bonenfant recula sa chaise pour croiser une jambe. Il lissa sa petite moustache et s'alluma une cigarette. Il en offrit une à Gingras, qui se précipita dessus.

— J'ai fait mon droit avec Jean Lesage, l'actuel…

— Oui, oui, attendez, dites rien… coupa Gingras. Le journaliste !

— Le chef de l'opposition, plus exactement, détective. Nous avons fait notre droit ensemble. C'était déjà tout un homme, à l'époque. Chaque année, un concours d'éloquence était organisé entre les étudiants en droit de Québec et ceux de Montréal. En 1934, je faisais équipe avec lui, et nous…

— Avec Duplessis ?

— Non, avec Jean Lesage. Jean et moi avions raflé les grands honneurs du concours sous l'œil attentif du président du jury, qui n'était nul autre que Maurice Duplessis. Il était alors, depuis peu, le chef de l'opposition officielle.

Gingras semblait mêlé comme un paquet de cartes. Avec l'indulgence d'un père, le bibliothécaire reprit lentement :

— Au moment du concours, il y a vingt-cinq ans, monsieur Duplessis venait de réussir le coup fumant d'unifier les forces d'opposition de la province et de se hisser à la chefferie du parti qu'il se proposait de fonder. Il mettait sérieusement en danger le règne de Louis-Alexandre Taschereau et des libéraux. Mais je vois que je vous ennuie... J'en viens au principal : il faut savoir que cet homme n'oubliait *rien*. J'étais devenu journaliste à la sortie de l'université. Quand mon journal est tombé en grève, Maurice Duplessis est venu me repêcher. Je lui avais fait bonne impression au concours d'éloquence. Entre-temps, il était devenu premier ministre.

Gingras était de plus en plus évaché sur sa chaise de bois. Sa cigarette lui brûlait régulièrement les doigts, ce qui le gardait éveillé. Il prenait alors des notes dans son carnet. Il réviserait tout ça avec Gégé pour se démêler. Il connaissait ça, lui, la politicaille.

— Si je commence au commencement, il vient d'où, Duplessis ?

— Les Plessis sont un ensemble de vieilles familles de Touraine et d'Anjou. Le nom vient d'une clôture d'arbres tressés que les Romains, déjà, rencontraient en Gaule. Ils se sont répandus – les plessis, petit p – aux XIVe et XVe siècles, à cause des actes d'enclosure à l'anglaise imposés aux terres communales...

Ça remontait trop loin, évidemment, mais Gingras retrouvait un plaisir qu'il n'avait connu que dans les cours du frère Marcelin, au Séminaire, à écouter la voix nasillarde de ce professeur éloquent. Il toussota tout de même.

— Mais je vois que n'est pas ce que vous vouliez savoir. Pardonnez-moi.

— Y'a pas de mal, pas de mal... Si je vous demandais simplement ce que vous pensez du fait que Duplessis ait subi un incident de santé à Schefferville...

Bonenfant se raidit imperceptiblement, puis se leva, écrasa sa cigarette et rassembla plusieurs feuilles éparses sur son bureau pour en faire une belle pile.

— Je ne voudrais pas paraître impoli, détective Gingras, mais j'ai cours demain matin à l'Université.

— Oui, bien sûr, je ne veux pas abuser de votre temps. Avant de nous séparer... vous pensez quoi de Maurice Duplessis, de l'homme, je veux dire ?

— Je pense que mon appréciation de monsieur Duplessis n'a pas d'importance.

— Je veux juste avoir une idée de qui c'était. Ça m'aiderait.

— Je ne sais pas quoi dire, par où commencer, dit Bonenfant en glissant les papiers dans son porte-documents.

— Êtes-vous en bons termes ?

— Bien sûr, bien sûr. C'est lui qui, quand il a été battu en 1939, n'ayant plus de travail pour moi, m'a fait nommer assistant bibliothécaire ici. Je lui dois ma carrière.

— Les circonstances, hein ?

— Exactement. Ça me fait penser… Attendez-moi quelques instants.

Jean-Charles Bonenfant disparut à nouveau dans la noirceur. Une minute, puis deux passèrent. Gingras se mit à observer le bureau : les livres classés avec soin, ses meubles massifs, les hauts plafonds et les plantes grasses. C'était le cabinet d'un notable du siècle dernier, tout empreint d'une aristocratie en voie de disparition. Soudain, son œil fut attiré par le volume qui trônait sur la table. On entrevoyait sa reliure précieuse, d'un rouge vif. Les pages ouvertes présentaient une planche, le dessin d'une espèce d'entonnoir creusé à même la terre, qui ressemblait à une tour de Babel où l'eau, les flammes et mille bestiaux hybrides concouraient à faire tomber les âmes dans le vide… Le policier fut arraché à cette vision d'enfer par le retour du bibliothécaire.

— Je voudrais vous offrir ce livre.

Gingras le prit entre ses mains, caressant le carton gaufré de la couverture.

— C'est un ouvrage de Pamphile Le May. Le premier directeur de cette bibliothèque. Un grand homme de lettres. Trop peu connu.

— *Contes vrais*. Un livre de contes ?

— Vrais. De contes, vrais.

Le cours classique n'y avait rien changé : Gingras détestait lire. Il cherchait la manière de refuser le cadeau de cet homme si bienveillant sans le froisser.

— Je vous résumerais les choses ainsi, détective : soit la littérature cherche à imiter la réalité et, comme elle n'y parvient jamais complètement, on la relègue au statut de divertissement, de fausseté, d'évasion, soit, deuxième option, la réalité s'inspire de la fiction : combien d'histoires d'amour ne sont que de mauvais calques des pièces de Shakespeare ? Combien de vos collègues se prennent pour Maigret ?

— Je ne vous suis pas.

— C'est la vraie beauté des livres. Ils nous font réfléchir. Ils vont à notre rythme. Comme des échasses sous nos pieds. Bernard de Chartres disait que grâce à eux, on est perché sur les épaules des géants. Ne croyez-vous pas qu'il avait raison ?

Gingras fut sauvé par la sonnerie du téléphone de bois et de laiton qui, déchirant le silence, rebondit sur les murs du bureau pour aller se perdre dans la bibliothèque. Bonenfant décrocha puis écouta quelques instants avant de répondre : « Oui. Oui, bien sûr. Bonsoir, Monsieur Bégin. »

— C'était Monsieur le ministre de la Colonisation. Il me demandait de vous dire d'aller rencontrer Walter Duchesnay, le garde du corps de monsieur Duplessis.

— D'accord, oui, je vais faire ça, dit Gingras en notant le nom.

— Quand il n'est pas avec Monsieur le premier ministre, il traîne généralement au Club Renaissance, le club de l'Union nationale. Ce n'est pas très loin, sur la Grande Allée. Dépassez la place George-V, puis continuez sur un quart de mille. Ce sera sur votre gauche.

— Est-ce que vous me dites que… que je devrais y aller maintenant ?

— Monsieur le ministre a dit « sur-le-champ », fit le professeur, l'air navré.

Gingras soupira. Cette nuit n'aurait décidément pas de fin.

— Bonne chance, Monsieur Gingras. Je vais vous accompagner jusqu'à la sortie.

Mais le téléphone sonna de nouveau. Bonenfant décrocha, écouta un instant, puis bloqua le bas du combiné de sa main.

— Excusez-moi, un imprévu. Vous connaissez votre chemin ?

Le monde est petit, vous allez voir

Fryderyk ne reverra jamais sa terre natale. Alité place Vendôme sur une couche souillée où il se noie de l'intérieur, il conjure sa sœur Ludwika, débarquée de Varsovie, de faire autopsier son corps, terrifié qu'il est d'être enterré vivant. Le lendemain, le scalpel ouvre de la gorge au pubis le génie tuberculeux. Le docteur Jean Cruveilhier retire le cœur qu'avait brisé George Sand et le dépose dans une urne de cristal remplie de cognac, que Ludwika rapportera en Pologne. Il sera conservé dans un pilier de l'église de la Sainte-Croix de Varsovie. Nombre de ses partitions autographes iront grossir les collections du trésor national.

En août 1944, alors que les insurgés polonais tentent de libérer Varsovie, le général SS Erich von dem Bach-Zelewski s'empresse de rejoindre l'église de la Sainte-Croix. Il en ressort avec un grand flacon de liquide ambré. Le barbare sauve le cœur de Chopin de la destruction qu'il a lui-même orchestrée : ses troupes sont en train de raser la ville. Sur le parvis, son regard croise celui, plein de fiel, d'une fille de dix-sept ans aux palettes écartées.

Un soldat pousse rudement Alicja Poznańska, du bout du fusil, vers un camion en partance pour Oberlangen.

Le Club Renaissance

Gingras n'avait pas hérité du don de sa mère pour les itinéraires, et quand il aboutit, après maints croches et retours sur ses pas, à la place D'Youville, il faillit tout sacrer ça là pour entrer, au diable Jos-D., dans la première brasserie. Mais il se passa les mains dans la face, chassa cette envie d'un grand respire, puis remonta vers Saint-Cyrille et la Grande Allée. Les côtes et les vents de Québec voulaient sa peau, ça au moins, c'était clair. En haut de l'escalier de pierre du Club Renaissance, il dut laisser passer une petite minute pour que se dissipent les lumières qui serpentaient sur sa rétine.

Il était si tard que le portier avait déserté son poste. Le club politique de l'Union nationale, habituellement animé par tous les satellites de la planète politique, était presque vide. Deux-trois gratte-papier chuchotaient près d'une fenêtre. Derrière le bar, le tenancier astiquait des verres devant un homme robuste dont le crâne lisse luisait sous l'éclat des néons. Il sirotait un bock en feuilletant *Le Temps*. Chaque fois qu'il tournait une page du journal unioniste, il en faisait claquer le papier pour le raidir. Ça faisait ressortir les grosses veines de ses bras.

— Walter Duchesneau ? dit Gingras en s'approchant.

— *Duchesnay*, pas Duchesneau, fit l'homme sans lâcher son journal.

— Pardon, Monsieur Duchesnay. Détective Paul-Émile Gingras, police de Trois-Rivières. C'est Joseph-Damase Bégin qui m'envoie.

— Oui, je sais. Viens t'asseoir, boy.

Il était bilingue, mais les mots et les accents se mêlaient, et on goûtait parfois l'eau dans le vin et le vin dans l'eau. Gingras s'assit sur un tabouret en cuirette. Il héla le barman et commanda un café. Celui-ci ralluma son percolateur en soupirant.

— Grosse nuitte, hein ? dit Duchesnay. J'voudrais pas être à ta place. Tu mets les pieds dans un nique à feu, mon pitte. Tu dois faire attention à toi.

— Merci pour les encouragements. Dites-moi, vous êtes à l'emploi du premier ministre depuis quand ?

— Bon, cut to the chase, *detective*. Tout ce que je peux te dire que tu sais pas déjà – et compte-toi chanceux que Jos-D. m'ait demandé de te parler –, c'est l'histoire des bijoux.

Un autre qui ne répondait pas aux questions. Gingras était en train de comprendre à la dure que son badge n'en imposait qu'aux petites gens. Tenté un instant de frapper le bar de son poing, il avisa le diamètre des bras de Duchesnay, et se rabattit sur un plan de secours : le laisser parler, prendre des notes, passer au travers de la nuit. Les combats, ce serait pour demain. Il sortit son calepin en bâillant. Les Bégin sont des couche-tôt, c'est connu.

Le garde du corps commença son histoire à peu près de même : « Ça fait douze ans que c'est secret, sauf pour ce qui est paru dans les journaux. Le 25 février 1948 : je m'en rappelle comme de ma première pipe. Mister Duplessis m'appelle et me demande d'aller porter une letter à la mère supérieure, à l'Hôtel-Dieu. Elles ont vingt-quatre malles pleines de bijoux polonais dans leurs voûtes depuis deux ans. Pas des broches à cheveux d'grandma là, des vrais jewels ! T'imagines, une gang de nonnes qui gardent l'équivalent de soixante millions de dollars sous leur jupon ? *Sixty millions*. C'est pour ça que je te dis que c'est matière à assassination. La mère supérieure, Saint-Henri – je me rappellerai toujours de son nom ridicule, mais tsé, je dis ça en tout respect –, elle lit la lettre pis elle me demande : c'est qui ça, Duchesnay ? Je la regarde avec un grand sourire, pis je me pointe les shnolles. Elle a sonné une petite clochette pis un beau petit brin de sœur est arrivé. Une de celles que tu pries pour qu'elle dénonne, ou en tout cas, qu'elle ait du lousse dans les chastity vows. Elle m'a escorté dans des corridors ben sombres. J'aurais pas pu trouver mon way out, je te jure, ces vieilles bâtisses là… On est arrivés dans une cave toute en pierre. Humide comme la culotte de la petite nonne. Le plafond bas. Perfect spot pour une p'tite vite. Mais j'aime trop ma femme. On était arrivés devant le trésor. J'ai compté les vingt-quatre valises noires. J'en ai ouvert une pour voir.

Je suis pas sentimental, mais ce qu'y'avait là-dedans, c'était vraiment quelque chose de spécial. »

Il s'interrompit le temps de crier :

— Jeannot, une autre ! Pis des chips ! Pis coules-en donc another pour la police !

Le barman s'exécuta, abaissant le levier du fût avec une parfaite maîtrise de la technique masturbatoire qui permet de former un beau col.

— Vous auriez pas dû, dit Gingras en bâillant. Le café est prêt ?

— Deux minutes, répondit Jeannot en disparaissant dans le backstore.

L'odeur laissait pourtant croire que le café était non seulement prêt, mais en passe de tourner en sirop. Jeannot revint et posa un sac de chips devant Duchesnay, qui en mangea une et fut soudainement transporté sur les rivages de la Nouvelle-Angleterre, où ses parents l'emmenaient, jadis, en vacances.

— What the fuck is this ? hurla-t-il en portant le sac à ses yeux. *Des Yum Yum* ?

Les verres suspendus au-dessus du bar vibrèrent. Le barman revint prestement devant le garde du corps, qui lui demanda ça venait d'où, ces chips-là.

— C'est un gars de Warwick… répondit l'homme, craintif.

Le costaud lui fit signe de continuer. Alors il continua, d'une voix chevrotante :

— Il est venu nous en porter une couple de caisses, cette semaine. Gratis ! Juste pour qu'on les essaie…

Duchesnay se lécha les doigts un à un, puis serra un poing qu'il abattit sur le comptoir. Les chips volèrent dans les bocks et les cheveux du barman, qui lâcha un cri aigu.

— Tu me remballes tout ça, pis tu me donnes les caisses. Tu sers only des Duchess, c'est-tu clair, maudit sans-dessein ? Y lui manque une bolt, à ton gars de Warwick. Si jamais y repasse, tu m'appelles. Donne-moi un sac de Duchess.

Il ouvrit sèchement le nouveau sac et le tendit à Gingras.

— Merci, euh, mais je les aime pas tellement...

— Je le sais ben qu'elles sont pas bonnes. Tu penses que le goût, c'est ce qu'il y a de plus important ? Tu penses que les gens mangent ce qu'ils aiment, boivent ce qu'ils aiment, votent pour ce qu'ils aiment vraiment ? Ben non, mon homme, on les shape, leurs goûts. Quand ta job pis ton portefeuille dépendent d'une compagnie de chips, trust me, ses chips finissent par goûter bonnes.

Le garde du corps referma la parenthèse.

— Bon. Ce qui faut comprendre, c'est que les jewels avaient été placés là par les Polonais. Babinski et Polkowski avaient fait sortir le trésor du pays au début de la guerre, pour pas que les communistes ou les nazis mettent la main dessus. Quand Mackenzie King est venu sur le bord de reconnaître le gouvernement communiste, les deux Polonais se sont dépêchés de stasher les valises à l'Hôtel-Dieu. Les politiciens avaient quand même une petite gêne à envoyer la police dans un monastère, you see.

Gingras voulut l'interrompre pour lui demander de répéter les noms des deux Polonais, mais Walter Duchesnay n'était pas un homme qu'on coupait.

— La GRC débarque quand même au couvent, en janvier 48, pis a demande poliment à voir les coffres. Les sœurs sont pas chaudes chaudes, mais elles peuvent pas trop dire non, you know them. Je peux-tu te dire que Duplessis était en sacrament ! Première fois de l'histoire que la police entrait là ! C'était un méchant blasphème pour lui. C'est Mère Saint-Henri en personne qui a écrit au Chief pour lui dire. Elle avait sûrement pas le goût de se retrouver avec une vraie descente de la GRC, sans la belle politesse. Faque Duplessis m'a envoyé au couvent.

Duchesnay finit sa bière avec les chips molles qui avaient coulé au fond.

— Heille, je vois l'heure là. Je suis un peu pressé. J'ai une job à faire. Tu peux venir, m'a te conter le reste.

— Une job ?

— Yes, une job. Jeannot, donne-nous deux quilles pour la route.

Le barman sortit les bouteilles du frigidaire. Un peu inquiet, Gingras tapota le comptoir de zinc puis, oubliant son café et sa vessie pleine, prit la bière et suivit le garde du corps, qui avait enfoncé un chapeau beige sur son crâne et faisait trembler les verres à chacun de ses pas bourrus.

Last call

Jean-Charles Bonenfant avait attendu quelques instants avant de reprendre sa conversation au téléphone.

— Auréa ? Vous pouvez parler.

— Avez-vous reçu la visite du jeune homme ?

— Oui.

Auréa Cloutier n'était pas d'une nature décontractée, mais Bonenfant ne l'avait jamais sentie aussi tendue.

— C'est moi qui vous l'ai envoyé. J'étais en train de, comment dire, de pogner les nerfs ! Je ne savais pas quoi en faire. Je lui ai fait une saynète pour m'en débarrasser.

— Ça n'a pas été un problème. Il était saoul, mais poli et, étonnamment, fort peu curieux. Il vient de partir.

— S'il retient de sa mère, il pourrait nous en causer, des problèmes. Sinon, il n'y a rien à craindre.

— Cela reste à confirmer, mais en effet, il n'est pas complètement imprudent de le penser.

— Vous parlez trop bien pour que je vous comprenne, parfois. Bonne nuit, Jean-Charles.

— Bonne nuit, Mademoiselle Cloutier.

— Oh, Jean-Charles ?

— Oui ?

— Savez-vous si ce dont… si les bills sont prêts ?

— Il a fallu les faire traduire. Article 133 de la Constitution : parution dans les deux langues dans la *Gazette officielle*. Mais ils seront prêts, à l'imprimerie, à la première heure.

— Merci. Vous êtes certain de ne pas vouloir m'accompagner ? C'est quand même vous qui…

Bonenfant contemplait la carte reproduite dans son livre rouge.

— J'en suis bien désolé, Mademoiselle Cloutier, mais je me suis rendu aussi loin que je le pouvais. Tout cela n'est encore que conjectures ; nous ne sommes pas certains de ce qui s'est passé. Laissez-moi vous demander, une dernière fois, de renoncer à ce voyage. Si vous vouliez bien patienter encore un peu…

— Votre prévenance me touche. Mais c'est décidé.

— Il ne me reste plus, alors, qu'à vous souhaiter bonne chance. Soyez prudente.

— Bonne nuit, Jean-Charles.

— Bonne nuit, Auréa.

Bonenfant raccrocha, fourra le gros volume dans sa serviette et éteignit la lampe de lecture. La bibliothèque perdait son veilleur.

Alcools

Liette Potage finissait de nettoyer les grands plateaux. Elle s'était fait aller la lavette rondement, parce qu'elle avait un rendez-vous en dehors de la ville. Elle hésitait à savonner le dernier. C'est que monsieur Duplessis en personne l'avait touché de ses doigts jaunis par les cigares. Les empreintes étaient encore bien visibles. Elle s'émerveillait que la même main qui pouvait, d'une signature, décider de la vie ou de la mort d'une ville, accomplisse également les gestes les plus banals.

— Liette, my dear, could you please do the laundry as soon as possible? I'd like the Premier to sleep in clean sheets tonight...

C'était le fôremane Gordon. Liette, qui avait des rudiments d'anglais, fit semblant de ne pas comprendre.

— Quoi, Monsieur Gabriel? Je vous ai pas bien entendu!

Gabriel Gordon, qui avait bien compris le jeu de sa secrétaire, tiqua. Il n'employait le français qu'avec les rares politiciens et industriels canadiens-français qui s'aventuraient à Schefferville, et toujours dans l'attente que ceux-ci passent à l'anglais.

— I'll say it one last time : *I*, want *you*, to *do*, the *laundry*. Lauuuuuuun-dry. I'm heading back to the office, now.

Liette attendit que Gordon soit bien parti, mit le plateau argenté sous son bras, prit sa sacoche et sortit à son tour.

Elle roula quelques kilomètres avant de s'engager sur la route de la mine. Elle croisa d'énormes camions d'extraction qui soulevaient sur leur passage des nuages de poussière occultant l'horizon. À l'entrée de la mine, des mineurs attroupés jasaient, sans doute de la fête du Travail qui approchait. Leur excitation était visible. Beaucoup descendraient de nuit à Sept-Îles pour la fin de semaine, et remonteraient lundi avec une gonorrhée.

Liette se demandait comment elle allait le reconnaître. C'est lui qui la trouva.

— Qu'est-ce qu'il te faut, ma belle Liette ?

Elle sursauta et se tourna vers la voix claire. Le jeune homme avançait droit sur elle. Qu'il est beau ! Beau, beau, beau ! pensa Liette en serrant sa sacoche. Ses cheveux noir de jais faisaient ressortir sa pâleur, et les pans de sa belle chemise voletaient dans le vent. Ça ne se vend pas à Schefferville, ce genre de tissu.

— C'est... vous ? Je m'attendais pas à... dans les sermons... je vous figurais pas vraiment de même.

Il eut un sourire moqueur. Le soleil, en frappant ses dents, éblouit un mineur qui passait.

— Bon, qu'est-ce que ce sera ?

Elle hésita. Il ouvrit sa chemise. Une douzaine de fioles pendaient à des languettes. Goldwasser pour la fortune, whisky pour un meurtre ou une disparition, bourbon pour le pouvoir, crème de menthe pour la jouvence, gin pour un bébé, hydromel pour l'inspiration… Il laissa passer un instant, puis reboutonna sa chemise et se pencha à l'oreille de sa cliente :

— Pas besoin de chercher. Je vois clair dans ton âme.

Liette rougit. Elle, d'habitude si loquace, avait perdu sa langue.

— Je suis plus certaine de… Ce serait inconvenant, pour une femme sortable comme moi… Vous voyez ce que je veux dire ?

Elle voulait sauver son mariage. Ranimer la passion. Son mari, comme tant d'autres, avait été dépravé par Schefferville, qui n'offrait guère d'autres exutoires aux mineurs que la taverne et le cabaret clandestin. Elle voulait le tirer des griffes de la tentation, et ne voyait qu'un moyen : se faire elle-même tentatrice, irrésistible.

— Si tu es venue me voir, c'est pas pour qu'on se fasse des tresses, Liette. Écoute ton cœur.

Elle acquiesça, les yeux au sol, rouge comme une pivoine. Elle marmonna :

— Et qu'est-ce que vous attendez en retour ?

— On en parlera plus tard.

Elle avait trop avancé pour reculer. Le beau jeune homme lui tendit le philtre d'amour. Elle le prit.

— Bon. Pour closer le deal, comme vous dites, il faut que tu boives ça, dit-il en sortant de sa chemise trois petits verres, dans lesquels il versa le contenu d'une fiole de schnaps à la cannelle.

Liette Potage trempa ses lèvres dans le premier verre.

— Ouh, ça picote !

Viraillages

— Comme ça, t'es de Three Rivers you too, hein?

Gingras ne répondit pas, occupé qu'il était à se donner des petites claques dans la face pour se réveiller. Ils passèrent à côté d'une Fiat blanche piquée de rouille.

— J'ai passé des maudites belles soirées là-bas avec le Chief. La bière est pas chère. Pis les filles... J'aime beaucoup ça, Three Rivers.

Une belle Plymouth Belvedere brune.

— Maintenant qu'il est où il est, Mister Duplessis, je peux te le dire: c'était toute qu'un player. Il avait son image de vieux garçon, mais moi, je l'ai conduit chez des madames aux quatre coins de la province!

Au bout de la rue, Duchesnay décapsula les deux bières contre une poubelle puis fit demi-tour.

— Le pouvoir, c'est un méchant stimulant. Ça attire les madames.

— Comme un aphrodisiaque, précisa Gingras d'une voix pâteuse.

— C'est ça. Comme les mussels.

Ils repassèrent la Belvedere et la Fiat pour s'arrêter devant un Westfalia bleu crème.

— Tu montes-tu, young man ?

Gingras regardait la plaque d'immatriculation où ne figurait que le nombre 14. Duchesnay sourit.

— Plus ton number est petit, plus t'es proche du Chief. Bon, monte.

Le garde du corps fit démarrer son drôle de véhicule.

— Je reviens aux jewels. Après avoir checké les valises dans le sous-sol du monastère, je retourne voir Duplessis pour toute lui conter. Pis là il me dit, l'air ben sérieux : « Duchesnay, tu les sors de là avant quatre heures à soir. Comment tu le fais, je m'en fous : tu les amènes au musée des plaines. Mais garde ça mort. »

Il avait essayé d'imiter le Chef, mais avec ses yeux bleus, son drôle de français cassé et ses épaules de lutteur, ça prenait de l'imagination pour y croire.

— Mais pourquoi il voulait ça ? demanda Gingras.

La dimension politique de son enquête continuait de lui échapper. À la différence de Gégé, pour qui même l'approvisionnement en ketchup d'une cantine cachait une dynamique de pouvoir, il ne s'intéressait aucunement à la chose publique. Il s'était souvent fait rappeler par le chef Beaulieu que son père avait obtenu sa job de brigadier par les grâces de l'Union nationale – et donc, qu'il en avait hérité par la même largesse. Gingras s'en était foutu jusqu'à ce qu'on lui dise que les lendemains d'élections, les policiers étaient tenus de divulguer sous serment, à genoux devant le curé et les

Évangiles, avec déposition écrite et tout le tralala, pour qui ils avaient voté. Donc, si Jos-D. Bégin souhaitait vraiment avoir un rapport perspicace et circonstancié sur le premier ministre, il avait manqué de jugement en choisissant son petit-neveu pour le faire. Duchesnay prit une gorgée de bière en donnant un coup de volant pour s'engager dans une rue cossue de Montcalm.

— Le p'tit gars catche pas vite ! Duplessis voulait ça parce que ça allait lui donner un moyen levier de négociation avec le fédéral ! Je veux dire, le provincial qui tient tête à Ottawa en matière d'affaires extérieures... it's a good one ! Mais tsé moi, je joue pas la game politique. J'obéis au boss. Je savais même pas que c'était une business controversée. Je m'en doutais, but hey... Pis va pas croire que Duplessis voulait s'enrichir avec ça. Il s'en sacrait de l'argent. Anyway. La GRC surveillait l'entrée de l'hôpital 24/7. Pas moyen de sortir par le front door. J'ai pris huit bonhommes en civil de la Police provinciale, pis deux camions du ministère des Travaux publics. On s'est parqués en arrière comme de rien pis on a chargé les valises par le loading dock. Y'ont rien vu, les Mounties ! À six heures moins quart, les bijoux étaient dans une chambre forte du musée provincial, pis je soupais avec ma femme.

Le Westfalia avait emprunté des one-way, pris des côtes abruptes qui faisaient toussoter le moteur et crisser les freins, tourné à gauche à droite sur des virages en épingle. Duchesnay négociait tout ça en tétant sa quille ; celle de Gingras s'était à moitié renversée sur ses pantalons, ce qui lui avait cruellement rappelé l'impérieuse nécessité de se soulager. Alors qu'ils fonçaient à toute allure dans Saint-Sauveur désert, il demanda à Duchesnay de s'arrêter au bord de la route.

— Tu feeles pas ? Hey, dégueule pas dans mon beau West, là !

Gingras sortit et, la main sur un phare, arrosa un arrêt-stop assez longtemps pour le faire pousser, puis rembarqua en lâchant un soupir. L'air chaud de l'habitacle l'enveloppa et il se mit à somnoler, le coude accoté dans la portière. Il sursauta quand le Westfalia s'arrêta sec devant un bar miteux de Saint-Vallier.

— Reste icitte, je reviens dans pas long.

Duchesnay disparut dans la taverne de Jos Dion. Gingras, soudain nerveux, fixait la porte. Après quelques minutes, elle s'ouvrit violemment, laissant passer le vol plané d'un petit homme qui, en s'écrasant sur le trottoir, déchira son veston trop grand pour lui. Duchesnay sortit à son tour, asséna un coup de poing à la figure du pauvre bougre et le tira par le cou jusqu'au Westfalia. Il le poussa sur une des banquettes arrière puis reprit sa place au volant, dégoulinant de sueur.

— J'ai juste un autre stop à faire. J'étais rendu où ?

Gingras accusait le choc.

— Bonsieur Duchéday, implora le nouveau passager au nez cassé, il be faut jusde un beu blus de temps ! Jusde un beu blus !

— Toi, shut up, oubedon j't'en sacre une autre ! T'avais rien qu'à payer en temps !

Le garde du corps s'essuya la moustache avec son biceps.

— Ah oui ! Les bijoux étaient rendus dans la chambre forte. J'ai faite faire une serrure spéciale pour la porte.

— Bais… Bonsieur Dublessis va sûrebent bourir…

— Ta yeule j'ai dit ! Ta loyauté, elle va au parti, pas à un homme ! Bon, comme je disais, boy, c'est encore moi la seule personne qui a le code de la…

— Sauf vodre resbect, Bonsieur Duchéday, ce gue vous dites là, sur le barti, ça sodde cobbe les bots d'un cobbudiste…

Le Westphalia fit une embardée sous le coup de frein de Duchesnay, qui passa entre les sièges avec une grâce étonnante pour empoigner son homme.

— Je disais, continua-t-il en marquant ses mots de terribles coups de poing, que je suis le seul, à avoir, la combine, de la porte.

Il lâcha le petit homme inconscient, revint à l'avant, sortit de sa poche un mouchoir louche, épongea son front et ses phalanges ensanglantées, puis regarda le policier avec un sourire inquiétant.

— Y'en a plenty qui aimeraient ben ça, me pogner pis me torturer pour que je crache le code. J'vais pas leur donner c'te plaisir-là, trust me.

La voie du progrès

René Pastorale plantait un dernier clou dans la moulure jaune serin au bas de sa porte d'entrée quand il remarqua les petits hommes à chapeau dans son quartier. Ils pointaient la rivière, le pont, puis les maisons. Ils ouvraient les bras pour encadrer des volumes dans l'espace, s'indiquant les uns aux autres des constructions invisibles. Ensuite, ils revinrent avec des casques, des caps d'acier et de drôles d'instruments de mesure. Quand ces énergumènes vinrent cogner à la porte de la Pastorette, René décida que leur ouvrir serait une funeste erreur. Mais on n'arrête pas le progrès, même en s'encabanant.

La lettre du ministère de la Voirie arriva quelques semaines après dans sa boîte à malle. René alla travailler comme d'habitude, mais marcha un peu plus vite, tapotant régulièrement la poche de son pantalon pour y sentir l'enveloppe. En arrivant à la papetière, il demanda à Philip, le contrôleur du convoyeur no. 5, de la lui lire.

Trois-Rivières, le 13 juin 1946

N'en déplaise à quiconque, l'Amérique du Nord d'après-guerre nécessite des projets porteurs qui sauront mobiliser la communauté autour d'enjeux communs. Le peuple du Québec se doit d'être le porte-flambeau de ces idéaux et, parmi lui, la communauté industrieuse et éclairée des Trois-Rivières, capitale mondiale du *paper*, sera sans doute et à coup sûr la locomotive de l'avenir de demain. Maintenant, mais sans hâte, le gouvernement de la Province de Québec décrète la fin d'un romantisme pédestre qui n'a fait que trop de ravages dans les chaumières de nos foyers. Grâce à une planification visionnaire à l'image des métropoles du futur, le gouvernement de la Province de Québec réaffirme ses valeurs par plus modernes que la modernité. Que les rails de tramway soient arrachés des centres-villes, que l'automobile envahisse la terre immobile !

Il en résulte que dorénavant est donc décidé de repercer les côtes des villes sœurs par le remplacement, cinquante (50) mètres plus au nord, du vieux pont d'acier sur le Saint-Maurice. En revanche de la place et lieu tiendra une merveille, un étalon quatre voies à la largeur de nos ambitions, un passeport élégant et gracieux pour l'est et l'ouest du centre. Le nouveau pont Duplessis, baptisé ainsi en l'honneur de notre bienfaiteur sur recommandation unanime du conseil municipal de Trois-Rivières, sera livré en l'an de grâce 1948.

— Are you OK, man ? demanda Philip.

René avait blêmi. Il se mit à courir pour traverser la salle des machines – *Hey, you can't run in here* ! cria un contremaître –, ne prit même pas la peine de changer de souliers dans le vestiaire et sortit dans l'air vicié par les vapeurs chimiques des pâtes et papiers. Crisse, ça se peut pas, maudit câlisse, ça se peut pas, crisse, marmonnait-il en boucle en se pressant vers le Cap-de-la-Madeleine. Peut-on le blâmer ?

René n'avait rien d'un sportif mais, aussi vite que le lui permettaient sa mécanique cardiovasculaire et ses grosses bottes de caoutchouc, il fonça nord-est à travers les herbes hautes et les bandes boisées pour s'engager sur le pont du chemin de fer. Il posait un pied par traverse, s'efforçant de ne pas manquer son coup et tomber dans la rivière, trois étages plus bas. Sur l'autre rive, il prit à gauche et se traîna en ahanant jusqu'à la hauteur du vieux pont d'acier sur le Saint-Maurice. Il arrêta enfin sa course et se mit à faire de grands pas mesurés qu'il comptait par dix sur ses doigts rongés pas l'acide. Au cinquantième, il tomba à genoux, implorant le Seigneur. Ses larmes mouillèrent la première pierre plate du chemin qui menait à la porte jaune serin de sa chère maison, là où, en l'an de grâce 1948, déboucherait le nouveau pont Duplessis.

Trois mois plus tard, une pépine défonçait le toit de la Pastorette.

La confrérie de l'Old Homestead

— Où est-ce que je te drop, mister ?

Walter Duchesnay partait pour Montréal. Gingras n'y était jamais allé mais, comme la plupart des Trifluviens, il détestait quand même cette ville qu'il savait sale, nauséabonde, dangereuse et, surtout, à moitié anglaise. Ce qu'il aurait voulu, en fait, c'était retourner chez eux.

— Au Parlement, si c'est possible.

— C'est pas ben ben convenient pour moi. Je vais te laisser en bas devant l'escalier, t'auras juste à monter, OK ?

Gingras regarda les jointures tuméfiées sur le volant. Oui, ce serait OK.

— Je peux vous poser une dernière question ? dit le policier dont ce serait, en fait, la première.

— Hit me boy.

— Comment ça se fait que vous êtes pas avec Duplessis, à Schefferville ?

— Qu'est-ce tu veux dire, boy ? Que c'est de ma faute ? Que je l'ai pas protégé ? C'est ça ?

— Non ! Jamais voyons… jamais dans cent ans… Je m'excuse, Monsieur Duchesneau, si… baragouina Gingras en gardant un œil sur la poignée de sa portière.

— DuchesNAY !

— Mon doux Seigneur ! Désolé, pardon… Monsieur Duchesnay…

— J'te niaise ! Relaxe, j'te niaise. Les gens diront ben ce qu'ils voudront, pis penseront ben ce qu'ils voudront, mais le Chief avait besoin de moi icitte, à Québec. La company était supposée assurer sa sécurité là-bas, anyway.

Gingras, à moitié rassuré, poursuivit son interrogatoire. Duchesnay croyait-il que le genre de méthodes qu'il employait avec les ennemis et les amis du parti aurait pu attirer des ennuis à son chef ? Le garde du corps eut un rire gras. Bien sûr. Mais tout le monde faisait pareil : les libéraux, les fédéraux, les créditistes. Tout le monde. Duplessis n'avait rien inventé. Il avait perfectionné le système, c'est tout. Il avait aiguisé la lame du patronage et de l'électoralisme. Quand Gingras lui demanda s'il connaissait des ennemis à Duplessis, Duchesnay se mit à réciter une liste sans fin de groupes et d'individus qui allaient des Témoins de Jéhovah aux « orphelins » internés à Mont-Providence pour sauver de l'argent. Gingras prenait des notes aussi vite qu'il le pouvait. Les noms s'empilaient comme un tas de bois à corder.

— Et vous croyez que quelqu'un dans ces gens-là aurait pu aller jusqu'à…

Le garde du corps se rembrunit.

— Tu serais surpris de pour quoi le monde est prêt à tuer. Écoute, j'ai une idée, là. Je vais te laisser dans le Vieux, à un bar que je connais. Si tu veux voir ceux qui haïssent Duplessis : best place in town. La gang de mangeux de marde à Laporte se tiennent là. Les Polonais aussi. Tu vas pouvoir faire ton enquête, pis moi, je vais pouvoir être à Montréal avant le soleil.

Le Westfalia remonta en toussant les serpentins à pic qui les séparaient de la vieille ville. Derrière, la tête inerte du petit monsieur continuait de repeindre la banquette en rouge.

— Tiens, c'est là. Hey. Conseil d'ami. Ils vont te dire d'aller à Schefferville. Vas-y pas.

Gingras, étourdi, débarqua devant un restaurant au toit rouge pétant malgré la nuit. La maison à colombages, coincée entre deux bâtisses cubiques, avait un air de vieille Europe. Attiré par la lumière chaude irradiant des fenêtres en verre épais de l'Old Homestead, il entra.

Il fut aussitôt enveloppé par une épaisse fumée. Dans le cliquetis des verres, il se frotta les yeux puis se mit à scruter les visages. Il arrêta une waitress qui portait deux énormes chopes.

— Pardon, y aurait-il des Polonais ici ce soir ?

— Si tu te cherches une secrétaire, mon homme, tu t'es trompé de place.

— Je suis de la police.

— C'est ça, c'est ça, ti-gars, pis moi je suis dans la marine. Trouve-les tu-seul, ti-coune, ou scrame. Je travaille, moi là.

Gingras s'approcha d'une grande table entourée de banquettes. Une dizaine d'hommes y étaient assis, visiblement depuis plusieurs heures.

— Le Cheuf se meurt, vive le Cheuf!

Ils frappèrent leurs bocks qui éclaboussèrent la table déjà collante. Gingras les interrompit pour leur demander s'ils connaissaient les deux hommes que Duchesnay avait décrits comme des habitués. Il sortit de sa poche son calepin magané.

— Poloski... et Bob... Baski?

— Pol*ko*wski et Ba*bin*ski! Bien sûr, ils sont là-bas! Mais attends minute, mon p'tit, viens t'asseoir avec nous deux secondes.

L'homme, grand et mince, moustache et lunettes fines, s'était levé pour lui serrer la main.

— René Chaloult, mon p'tit. Ancien député de l'Union nationale, puis libéral, puis indépendant et à jamais nationaliste. Assieds-toi près de moi. Tiens, prends un drink... Ce soir, on boit à Duplessis, maître incontesté de notre Province! On se raconte nos meilleurs souvenirs. Moi, j'ai perdu mon siège à cause de lui. Quand j'ai plus été d'accord avec lui, bing bang pouf, mes deux mille voix de majorité ont disparu.

— Attention, jeune homme, si vous le laissez parler, il va vous dire que...

— Mais ce n'est pas la seule chose qu'il m'a volée!

Chaloult monta sur la banquette et se mit à scander, la main tendue devant lui :

— Vous ai-je déjà dit, Messieurs, que j'étais le véritable père de notre beau drapeau ? Maurice me l'a volé. Il a volé mon idée. Je ne suis pas mécontent du résultat, remarquez, mais quand même, l'adopter par décret sans faire référence à mon travail, c'est cheap, cheap rare. Ce drapeau, *mon* drapeau, je l'ai voulu blanc comme les neiges de nos hivers...

— Le gars propose un drapeau et connaît rien de rien à l'héraldique ! dit l'homme aux yeux creux assis à sa gauche, qui n'était autre que Wilfrid Hamel, le maire de Québec. René ! C'est le blanc des Bourbons et des évêques !

— Et bleu, bleu comme le ciel étoilé de Kamouraska...

Les autres se tapaient la tête en riant. Ils criaient, tonnaient et s'offusquaient comme ils avaient dû le faire cent fois en assistant au même discours. C'était une assemblée d'avocats, de journalistes et de politiciens. Tous savaient que l'auditoire doit jouer au moins autant que l'orateur.

— Duplessis voulait qu'il soit du même bleu que celui de l'Union nationale. Savez-vous ce que je lui ai répondu ? *Le savez-vous ?*

— Qu'il-n'est-pas-bon-de-joindre-ainsi-les-destinées-d'une-nation-et-d'un-parti-c'est-ce-qu'ont-fait-les-Soviétiques, ânonna le cénacle à l'unisson avant d'éclater de rire.

— Exactement ! Exactement ! Ça l'a achevé… ça l'a achevé !

— En tout cas, moi, votre drapeau, je trouve qu'il est très beau et très plein de signification, s'essaya Gingras.

— *Notre* drapeau, p'tit, notre drapeau. Mais n'empêche, il me l'a volé, cet avocaillon trifluvien ! Duplessis est en train d'agoniser alors on peut bien se délier la langue… C'est un allié redoutable, un homme qu'il est bon d'avoir dans son camp, et, à l'inverse, c'est une vraie peste, un dangereux renard pour qui se trouve du mauvais côté de la Chambre. Mais surtout c'est un homme qui, je vais vous le dire, écoutez-moi bien, je ne le répéterai pas, c'est un homme qui n'a pas d'idées.

— Tu vas trop loin, René, fit un monsieur pincé portant des lunettes aux épaisses montures noires.

Daniel Johnson n'avait pas vraiment le droit de traîner avec ces libéraux et ces unionistes défroqués. Il s'était déjà fait taper sur les doigts par Duplessis. Mais les choses avaient changé, et il n'avait plus d'alliés dans son propre parti. Les bonzes le trouvaient *trop énergique*, ce qui était synonyme, dans les officines conservatrices, de *dangereux*.

— Retire tes paroles ! ajouta-t-il, un peu pompé.

— Non, non, non, Daniel, c'est pas mêlant, cet homme-là n'a pas d'opinion à lui. Nommez-moi une idée, juste une, qu'il a pas volée à son père, ou à Sauvé, ou au docteur Hamel, ou à ce pauvre Paul Gouin, ou à Mercier, ou même à Lapalme ! Ou à moi ! Les idées, c'est nous, les nationalistes, qui les avons. Mais notre maudite faiblesse, c'est qu'on se chicane tout le temps, on se divise aussi facilement qu'une paire de fesses ! Côte à côte, mais jamais ensemble ! Avec Duplessis sorti du tableau, il y a peut-être de l'espoir. Paul Sauvé est moins chamailleur ; c'est un bon conservateur, un gars respectable !

— Donne pas tout de suite la victoire à Sauvé, René... Tu sais ben que Daniel a les yeux sur le trône ! dit Vincent Prince, un journaliste de Chambly.

Tous se tournèrent vers Johnson en riant. Ce dernier avait fourré le nez dans sa bière.

— Malheureusement pour toi, Daniel, avec ton nom d'Anglais, c'est perdu d'avance, dit Cyrille Fecteau, un petit homme qui avait plus de lèvres que de joues.

— Bon, ce soir, c'est un soir de liberté où on célèbre la fin d'une ère et le début d'une autre, dit Pierre Laporte. Laissez faire les combats de coq. Agnès ! AGNÈS ! Sept draffes, chérie !

— Tout de suite, Monsieur Laporte !

— Et pis mets ça sur le bill à Chaloult !

Chacun se mit à prendre de grandes gorgées pour finir son bock. Un autre journaliste fit se lever la moitié du groupe afin de s'extraire de la banquette, et marcha vers les toilettes en titubant.

— Quelqu'un a des nouvelles de Georges-Émile ? Comment il réagit ? demanda Charles Parent, un député fédéral.

En 1944, quand Adélard Godbout avait perdu le pouvoir aux mains de Duplessis, il avait tenu le fort de l'opposition libérale jusqu'au scrutin de 1948 où, plutôt que de renouer avec la victoire, il avait perdu son siège en même temps que les élections. Pour le remercier de ses bons et loyaux services, Louis St-Laurent l'avait nommé sénateur. Les relations entre les libéraux fédéraux et provinciaux étaient alors passablement incestueuses, ce que Duplessis n'avait eu de cesse d'exploiter tout au long de sa carrière : voter pour les rouges à Québec, c'était voter pour les rouges d'Ottawa. Le parti provincial, orphelin de chef, s'était vu envoyer de la Chambre des communes un jeune député à l'esprit calmement féroce, brasseur d'idées et de programmes, mais manifestement incapable de rivaliser avec la grand' gueule à Duplessis. Cet homme, c'était Georges-Émile Lapalme, agneau sacrificiel immolé sur l'autel de la reconstruction du Parti libéral du Québec.

— Je sais juste qu'il a adressé à la famille son souhait de voir le premier ministre se rétablir, dit Laporte. Il s'est quand même fait varloper pendant huit ans... Imaginez deux secondes ce que ça doit être, d'aller tous les jours te planter devant le Duplessis pour en manger une, pis qu'à moins que le pape devienne sage-femme, tu vas perdre les prochaines élections...

— Un saint homme, dit Robert Cliche, avocat de profession.

— Quelle force de caractère ! renchérit son confrère Robert Vézina.

— Un homme de caractère, ça oui.

— Une sainte… force, se sentit obligé d'ajouter Vézina.

Le maire Hamel se moucha avant de conclure.

— En tout cas, son purgatoire, il est passé au travers. Chapeau Lapalme ! Et là, avec le départ de Duplessis… Lesage a une vraie chance de mettre les libéraux au pouvoir.

— Il est où, Jean, d'ailleurs ? Pourquoi y'est pas avec nous autres ?

— Voyons, Vézina, allume ! dit Cliche. Vu l'état de Duplessis, en tant que chef de l'opposition, il est occupé, c't'affaire !

Jean Lesage, après les deux défaites de Lapalme, était à son tour débarqué d'Ottawa pour prendre les rênes du parti libéral.

— En tout cas, on verra si l'Union nationale est le parti d'un seul homme, dit Parent.

Daniel Johnson continuait de garder le silence.

— Pauvre Lapalme, dit Prince tristement. En politique, tout est une question de timing. D'ailleurs, Pierre, l'achèves-tu ton livre sur le Cheuf? Vas-tu le sortir quand même, asteure qu'il fait le grand voyage ?

— Ça change rien à rien. Le duplessisme mourra pas avec Duplessis. Le monde doit connaître son vrai visage, répondit Laporte.

— Ça ferait un bon titre, ça ! dit Vézina, lèche-botte.

En fait, le livre servirait bien plus à consolider le statut d'opposant au duplessisme de son auteur qu'à dévoiler quoi que ce soit de nouveau. Laporte était sans doute le journaliste qui avait porté les coups les plus durs à l'UN en mettant au jour, grâce à son flair et à son entêtement, une série de scandales politiques. Le dernier en date était celui du gaz naturel, où plusieurs ministres unionistes avaient commis un délit d'initié en achetant des milliers d'actions de la Corporation du gaz naturel du Québec au moment même où ils la privatisaient. Cette histoire constituait cependant un tabou à la table de l'Old Homestead, puisque Daniel Johnson lui-même avait été impliqué dans l'affaire. Toujours était-il que Laporte se positionnait en vue de la renaissance libérale qui, à n'en point douter, s'en viendrait plus tôt que tard.

Laporte, avec son grand nez, fit signe aux autres de se lever. Ils se déplièrent un à un pour le laisser sortir.

— Bon, mon brave, viens avec moi, dit-il en prenant Gingras par l'épaule. Tu cherches les deux Polonais ? Ils sont juste là, fit-il en pointant une table près des fenêtres. Je sais pas dans quoi tu trempes, mais fais bien attention : il y a des grosses machines qui travaillent contre eux. Autant en Russie qu'ici.

La waitress déposa son plateau sur la table et se mit à distribuer les bières. Laporte en prit une qu'il donna à Gingras avec, en prime, une tape dans le dos : bon vent !

Aide-toi et l'Union nationale t'aidera

Le 24 août 1931, Maurice Duplessis est élu dans Trois-Rivières pour la seconde fois. Il rejoint Paul Sauvé et la poignée de conservateurs qui font face à la majorité écrasante des libéraux de Taschereau.

Camilien Houde, bouillant maire de Montréal et chef du parti conservateur, est furieux. Défait dans les deux comtés où il était candidat, il craint de perdre le leadership aux mains du petit gars de Trois-Rivières, étoile montante du parti, qui prendra toute la place au Parlement. Il entreprend donc de contester la victoire de 63 élus libéraux sur la base des irrégularités et des votes télégraphiés rapportés par les journaux intègres de la province. Chaque procédure de contestation coûte mille dollars. Houde rassemble les grosses têtes du parti à l'hôtel Windsor. L'ancien chef conservateur Arthur Sauvé, père de Paul, demande qu'on retire les contestations pour ne pas plomber les finances du parti. Pendant que tout le monde débat de cette proposition, Houde s'approche d'un buffet Empire dont il ouvre un tiroir.

Il en sort une épaisse liasse de billets. L'assemblée s'extasie : ça fait beaucoup de George V ! Gracieuseté de W. C. Pitfield et de sa firme de courtiers, annonce le maire, tout sourire. Les poursuites pourront aller de l'avant sans toucher à la caisse du parti conservateur.

Le vieux Taschereau sent la soupe chaude. Il fait passer un de ces bills partiaux dont il a l'habitude : la loi Dillon, rétroactive, stipule que la caution de 1000 $ doit provenir de la poche *personnelle* des plaignants. Toutes les poursuites tombent. Sauf une.

Étonnamment, celle-ci ne concerne pas un libéral, mais un conservateur. L'élection de Maurice Le Noblet Duplessis, qui s'est faufilé à l'Assemblée grâce à une majorité de 41 voix, est contestée par un certain Henri Bellemare, bétonneur trifluvien ayant, disons le mot, une réputation de deux de pique. Chacun suppute qu'il est à la solde de l'ancien maire libéral de Trois-Rivières. L'autre hypothèse, qui ne se formule que du bout des lèvres, est que Camilien Houde lui-même aurait commandé cette contestation pour couler celui qu'il considère de plus en plus comme son rival. En tout cas, Bellemare est le seul des 64 poursuivants à avoir payé lui-même les 1000 $. Il va sans dire que l'idée d'un recomptage judiciaire opéré par un juge libéral ne plaît pas du tout à Maurice Duplessis.

Le soir de l'Halloween, trois boulés déguisés en cochons, d'un poids combiné avoisinant les huit cents livres, tous moustachus sous leurs masques, frappent à la porte du dénommé Bellemare. Oui ? L'un l'assomme, l'autre l'attrape par les épaules et le dernier lui prend les jambes pour le porter jusqu'à la banquette arrière de leur voiture. À des enfants éberlués, les gros pleins de soupe disent : c'est un jeu avec notre ami, le loup. Les pneus de la voiture crissent sur le bitume flambant neuf de la rue des Bostonnais.

Le bord du Saint-Maurice, entre les Vieilles Forges et Saint-Étienne-des-Grès, comptait à cette époque nombre de camps de chasse, dont celui d'un ami conservateur, où les colosses débarquèrent leur colis. Ils cadenassèrent la cabane de l'intérieur, se firent du café et enfin seulement libérèrent le pauvre Bellemare qui, depuis qu'il avait repris conscience, était secoué de sanglots. Il implora leur clémence et leur dit que s'ils voulaient de l'argent, il n'en avait pas beaucoup, mais saurait presser son beau-père pour en trouver.

— Pis ton mille piasses, hein, tu le sortais d'où ?

— J'peux, j'peux pas le dire…

— Inquiète-toi pas. On veut pas te faire mal, Bellemare. On veut juste que tu te fermes la yeule jusqu'au 20 novembre.

— Pas de problème. Oui. Je dirai rien. Rien de rien. Jusqu'au jour de l'An, si vous voulez. Muet comme une tombe ! Sur la tête de ma mère, de ma femme, de sainte Marie et de mes deux fils !

— Non, tu comprends pas. Tu vas rester ici jusqu'au 20. Mais comme on va être avec toi, d'ici là, tu vas fermer ta yeule.

Bellemare avait un lit, une bécosse et une table. Quelques vieux journaux, un jeu de cribble et des cigarettes. On lui servait trois repas par jour, surtout de pain et des pinottes. On lui faisait réciter à chaque fois deux prières : une à saint Joseph, une à saint Maurice. On le forçait à condamner l'ancien maire libéral, le vieux sec qu'on avait comme premier ministre et sa clique de libéraux corrompus. Le 20 novembre, le délai de prescription de la poursuite avait expiré. Maurice Duplessis pouvait dormir tranquille : son élection était irrévocable. On réembarqua Bellemare pour l'amener au palais de justice de Trois-Rivières. Il alla réclamer son dépôt de 1000 $ aux commis, auprès desquels il s'excusa profusément, parce qu'il avait voté pour Duplessis, vraiment, alors il savait pas quelle mouche l'avait piqué de déposer cette contestation.

Dehors, il alla remercier ses ravisseurs, qui fumaient adossés à la voiture. Il leur donna son numéro de téléphone, pour se faire un petit cribble un de ces quatre jeudis, et surtout gênez-vous pas pour passer à la maison. Sa réclusion de trois semaines avait appris à Henri Bellemare l'amour de la terre, du silence, de l'autonomisme, de la discipline budgétaire et du député de Trois-Rivières.

Lors de l'élection de 1936, Maurice Le Noblet Duplessis, à la tête de la toute nouvelle Union nationale, triomphe d'Adélard Godbout et met fin à un règne libéral de quarante ans. On s'attend à ce qu'il fasse, comme promis, place nette de la collusion et des nominations népotiques. Il établit plutôt un nouveau réseau de patronage et invite aux frais de l'État des petits-bourgeois de province, bien gueurlots comme lui, à péter des flûtes à champagne contre le plafond de la salle de réception du Château Frontenac.

Duplessis offre un poste de garde-feu au nord de La Tuque à son ami Henri Bellemare, fidèle partisan et loyal serviteur de l'Union nationale, en plus de le gratifier de la plaque d'immatriculation no. 272. En 1939, il pense même lui ouvrir la candidature unioniste dans le comté de Laviolette, mais se ravise : il avait beau vouloir garder ses amis – comme ses ennemis – au plus proche, Bellemare au Salon vert, fallait pas charrier.

La filière polonaise

— Ce ne sont pas des bijoux, Monsieur le détective. Nous ne sommes pas des Anglais.

Paul-Émile Gingras s'était invité à la table où les deux Polonais, la fin soixantaine, sippaient un verre de fort qui, quand ils fermaient les yeux, leur rappelait le samogon de leur jeunesse.

— Nous sommes slaves, continua le bouillant Jozef Polkowski. Nos châteaux sont bâtis sur les grottes des dragons. Pour y entrer, il faut passer les statues de massacres de géants, pas de nymphettes qui se lavent ! Chez nous, ce ne sont pas les couronnes et les trônes qui font les rois, mais les épées et les massues !

Il s'était mis à donner des coups de glaive dans le vide.

— L'épée qui couronne nos rois est une réplique de la lance de saint Maurice. Pas dénué d'ironie, vous en conviendrez.

Quand Waclaw Babinski parlait, son épaisse moustache remuait à peine. Il avait les traits fatigués d'un homme qui, au terme d'une brillante carrière de diplomate et de ministre, était écrasé par le sort de sa patrie. Les deux hommes avaient été les délégués du gouvernement polonais en exil auprès de Mackenzie King. Après la guerre, alors que les Soviétiques plaçaient leur monde à Varsovie, Babinski et Polkowski étaient restés au Canada, avaient caché le trésor et s'en étaient fait les gardiens officieux.

— Il y a aussi, reprit Polkowski, des armures et des sabres, des couverts précieux, des manuscrits et les plus belles tapisseries imaginables ! Et les partitions et les lettres de Szopę, Chopin ! Voyez-vous, Monsieur Gingras, voyez-vous, il est d'une importance capitale que tout cela ne tombe pas entre les mains de ce gouvernement d'usurpateurs qui veut fondre la Pologne dans l'URSS !

— C'est important, oui, mais c'est surtout symbolique, rétorqua Babinski.

— Symbolique ? *Symbolique ?* Ce n'est pas symbolique, Waclaw ! Brûler un drapeau, c'est symbolique ! Cracher sur une tombe, c'est symbolique ! Oui ! Mais que des communistes anticatholiques et hostiles à la polonité confisquent nos biens les plus chers, l'âme slave elle-même, ce n'est pas symbolique ! C'est une violence réelle ! Un affront national !

Waclaw fit un signe d'apaisement. Jozef baissa les yeux.

— Agnieszka, poproszę piwo ! Trois fois !

— Tout de suite, Messieurs les Polaques !

Gingras, qui avait vite perdu le fil, commençait à se dire qu'il n'apprendrait pas grand-chose. L'idée de faire la route jusqu'à Trois-Rivières le décourageait aussi. Il siffla bruyamment et cria :

— Pis un café pour moi, Agnès !

Du majeur, Agnès lui fit signe de patienter une minute. Gingras commençait à la trouver un peu déplaisante. Il repéra, sous la lumière jaune des lampes de billard, des serviettes de table pliées en nénuphar du même vert forêt que celui de la moquette du restaurant. Agnès revint avec les trois bières.

— Désolée, fin de baril.

Alors que la bière des Polonais était bien liquide, celle de Gingras consistait en un tas de mousse flottant sur un marais bourbeux.

— Na zdrowie !

Gingras prit une rasade d'écume du Gange.

— Savez-vous ce qui est drôle ? fit notre candide détective qui voulait mettre son grain de sel. J'ai grandi dans un quartier de Trois-Rivières qui s'appelle la Petite Pologne !

— Drôle ? Pourquoi, drôle ? fit Polkowski. Drôle parce que le chômage et la famine et la guerre ont poussé nos compatriotes à émigrer ? Parce qu'ils ont été tellement persécutés, opprimés, humiliés et paupérisés qu'ils ont préféré aller se faire exploiter dans vos usines ? C'est drôle, ça ?

— Jozef, calme-toi. Monsieur le détective voulait être aimable.

— Christie, faut brûler votre gaz égal, vous ! J'allais juste dire que la Pologne, j'ai toujours considéré que c'était chez nous.

— Vous n'êtes pas le seul, continua Polkowski, choqué noir.

Les deux émissaires déchus s'étaient tus. Babinski releva son verre.

— Na zdrowie…

— Je suis déjà à vide, dit Polkowski. *Agnieszka* !

Gingras finit sa bière sans mot dire. Puis il tenta ses questions habituelles, tout en nouant nonchalamment les serviettes vertes les unes aux autres.

— Duplessis ? C'est notre plus grand allié depuis dix ans, répondit Polkowski. L'affaire du trésor sert nos intérêts et les siens en même temps.

— Vous croyez que le trésor aurait un rapport avec ce qui lui est arrivé ? fit Babinski, sceptique.

— Je ne sais pas. Je demande.

— Pas impossible, dit Polkowski, qui s'était apaisé. Il était obsédé par les communistes, les révolutionnaires athées. On peut comprendre.

— Pas impossible, mais improbable, rectifia Babinski. Les rumeurs courent partout, tout le temps. À les écouter, les agents des usurpateurs soviétiques creuseraient un tunnel sous les plaines en ce moment même pour dérober le trésor.

— Ce qu'on sait, c'est qu'Ottawa et Varsovie se sont entendus pour nommer une petite Polonaise…

— Jozef !

— Te souviens-tu de son nom, Waclaw ? Hannah ? Alicja ?

Babinski serra les dents et passa au polonais pour parler d'un ton vif. Polkowski, comme d'habitude, s'échauffait en répondant avec de grands gestes, le sang lui montant aux joues ; l'autre, stoïque, avait la diction précise et incisive d'un général d'armée. Ils se disputèrent ainsi pendant quelques minutes, puis Babinski s'excusa pour aller aux toilettes, histoire de ne pas se rendre complice de ce qu'il considérait, dans son cœur d'idéaliste, comme une forme de déloyauté.

Polkowski se pencha alors vers Gingras pour lui dire qu'une certaine Alicja Poznańska avait été choisie par Ottawa comme médiatrice entre Québec et le gouvernement communiste concernant le rapatriement du trésor. À ce qu'on disait, Duplessis l'avait reçue juste pour lui regarder les jambes. Elle avait été résistante durant l'insurrection de Varsovie. Elle n'était donc pas dans les bonnes grâces du Parti, qui s'était quand même engagé, si elle parvenait à arracher le trésor au vieux singe canadien, de lui permettre de visiter la Pologne. Polkowski ajouta que c'était, à son avis, un drôle de choix. Il lui semblait douteux que la jeune femme, qui flirtait avec l'avant-garde de ses opposants, ait l'oreille de Duplessis.

Gingras tenta d'écrire le nom de la fille dans son carnet, qu'il montra au Polonais.

— De même ?

— Non. Donnez-moi ça.

Polkowski corrigea d'un coup de crayon vigoureux. Gingras reprit le carnet, qui lui sembla soudain bien lourd.

— Mais Waclaw m'a dit qu'elle se faisait maintenant appeler Alice, et qu'elle avait pris le nom de son mari. Parizeau. Ça sera plus facile à retenir pour vous.

Gingras nota le nom et ferma son calepin. Babinski revenait, sa moustache bien lissée.

— Merci Messieurs, dit Gingras en serrant la main aux deux hommes.

Il s'accroupit doucement, feignant de renouer son lacet, et attacha la corde de fortune qu'il avait confectionnée aux pattes de deux chaises. Il salua encore les Polonais, puis la gang à Laporte, et fit son plus beau clin d'œil à Agnès, qui leva le nez.

Quand il passa la porte, il entendit le bruit sourd de quelqu'un qui s'enfarge et un tintement de verre brisé. Une trâlée de sacres traversa les fenêtres de l'Old Homestead, vite couverte par les applaudissements des clients éméchés. Gingras sourit en fendant les ténèbres du Vieux-Québec, qui seraient bientôt terrassées par l'aube.

Avant d'embarquer dans le char banalisé qui le ramènerait enfin à son appartement miteux de Trois-Rivières, Gingras, pour dégriser, s'assit sur un banc de la place d'Armes désertée, en face du Château Frontenac. Il contempla la tour monumentale, les tourelles et les lucarnes transplantées de la Loire, se demandant si les lits, derrière les fenêtres innombrables, étaient plus confortables que le sien.

Une silhouette se dessina contre la pierre du front de rue. Une démarche nerveuse, boitillante. Gingras, sur le conseil de son petit doigt, avança jusqu'à la lisière de la place. C'était une vieille dame, portant une toque de fourrure et deux rangs de perles. Puis il remarqua le long de ses bas beiges une coulisse rougeâtre comme le toit de l'Old Homestead. Il croisa ces observations dans son esprit embrumé, et soudain, il vit clair : Auréa Cloutier.

Tout content qu'il était de son raisonnement abductif, le goût lui revint de jouer au policier. Il suivit la secrétaire des yeux jusqu'à ce qu'elle pénètre dans la cour intérieure du Château par la rue des Carrières. Il s'engouffra à son tour, prudemment, dans le passage voûté. Dans la cour, il ne la trouva plus ; il regarda autour de lui, inquiet, et décida d'entrer dans l'hôtel. Dans le grand hall meublé de fauteuils en velours, il eut tout juste le temps de voir, au fond, la secrétaire se glisser dans un ascenseur. Il alla demander à la réception où se trouvait la suite de Maurice Duplessis. Le groom de faction à cette heure tardive lui répondit sèchement que c'était une information confidentielle. Gingras se donna un air sévère, autant que le lui permettait son visage à peine sorti de l'adolescence, et présenta son badge. Le groom se pencha au-dessus de son comptoir et invita Gingras à s'approcher. Quand le policier fut assez près, le réceptionniste lui souffla à l'oreille que, badge ou pas, c'était une information confidentielle.

Gingras, trop fourbu pour se fâcher ou se mettre à courir les étages, décida d'attendre dans le hall le retour de la secrétaire. À moins qu'elle ne décide de dormir dans les draps de son boss, Auréa Cloutier descendrait tôt ou tard. Il choisit un fauteuil tout près de la sortie et prit un journal pour se cacher le visage. Il ferma les yeux. Juste une seconde.

Auréa passa un quart d'heure dans la suite de Maurice Duplessis. Elle ouvrit d'abord le dernier tiroir de la commode, puis celui de la table de chevet et, enfin, le classeur près du phonographe, et trouva tout ce qu'elle était venue chercher. Elle sortit de l'ascenseur avec une mallette noire bien remplie. Dans le hall, elle trouva le petit policier dormant à poings fermés, abrié dans un journal froissé. Il faudrait décidément le tenir à l'œil. Elle reprit le chemin du Parlement, où une poignée de fonctionnaires devaient finir de plancher sur la tâche de traduction que Jean-Charles Bonenfant leur avait confiée. Alors qu'elle émergeait de l'étroit passage de la porte Saint-Louis, elle perdit soudain le souffle. La mallette glissa au sol. Le malfrat lâcha sa barre de fer, qui tinta. À genoux, pliée en deux, Auréa le vit s'emparer de la valise et s'enfuir au pas de course, maintenant de sa main libre son chapeau sur sa tête.

Les marches du musée

Mary Abbotsford, confortablement assise dans la voiture de fonction du Chef, plaque minéralogique no. 1, jetait un œil distrait sur les grandes maisons de pierre de la Grande Allée. Elle baisait depuis plusieurs années avec le roi du Salon vert dans sa suite du Château Frontenac. Il avait vieilli. Elle aussi. Elle rentrait dans Sillery, auprès de son mari et de ses enfants. Elle était ordinairement conduite par Walter Duchesnay, grand collectionneur et diffuseur de ragots. Il pimentait leur trajet d'intrigues juteuses qu'il tenait souvent de Duplessis lui-même. Ce n'était pas pour déplaire à Mary, papotière en chef de l'avenue Maguire. Mais aujourd'hui, c'était un autre bonhomme qui la ramenait. Un petit monsieur rabougri et moche qui, imaginant probablement la nature des rapports entre madame Abbotsford et monsieur Duplessis, se mordillait l'intérieur des joues. Il roulait trop vite à son goût.

Une pluie fine dessinait des fleuves éphémères sur la vitre de Mary. Elle suivait une goutte des yeux quand ils passèrent le Musée de la province de Québec, en bordure des plaines d'Abraham. Elle fut surprise d'apercevoir, enfin de croire voir, à travers la vitre mouchetée de perles d'eau, Walter Duchesnay dévaler les degrés de pierre du musée pour disparaître dans son drôle de camion bleu, une valise à la main. Mary lissa les pans de sa robe, satisfaite. Elle avait rendez-vous au Café des peintres avec ses amies le lendemain matin. Elles auraient de quoi jaser.

III. LA PETITE POLOGNE

Une question au conseil • Le Séminaire • L'inauguration
Les ordres • Le gars de Warwick • Lavettes
La théorie à Marcel • Pliures • Déluge • Lot no. 445
Walker • La chicane • Johnson • La chute

Une question au conseil

La famille Gingras habitait, croyez-le croyez-le pas, sur la rue Gingras. L'arrière-grand-père de Paul-Émile avait possédé une ferme pas loin. Quand la Wabasso Cotton Company Ltd. s'était installée sur la rue Saint-Maurice, au tournant du siècle, on avait ouvert tout un quartier derrière pour parquer les travailleurs. Le vieux avait vendu ses terres, qu'on avait quadrillées de rues courtes pognées entre deux tracks. On l'avait honoré en donnant son nom à celle qui coupait le nouveau quartier en son centre. Ses enfants et ses petits-enfants y étaient nés, y avaient travaillé et y étaient morts. Le père de Paul-Émile aurait connu le même destin s'il n'avait rencontré et épousé Rose-Aimée Bégin, qui faisait la même job que lui, mais pour moins cher, à l'usine de coton.

Le couple avait vite loué un trois-pièces sur la rue Gingras et Rose-Aimée avait, comme il se doit, arrêté le travail à la shop pour enfanter. Joséphine était née, puis Rosélia et, quelques années plus tard, Paul-Émile. En 1940, Rose-Aimée avait décrété que la famille était finie et que, pour l'avenir, elle attendait plus de la vie, à commencer par un appartement plus grand, un manteau de bonne fourrure et un statut qui inspire le respect. Émilien n'avait rien trouvé à redire, sinon qu'avec son salaire, il ne pouvait pas espérer... Justement, l'avait coupé Rose-Aimée, je m'en occupe, de ton salaire.

C'est ainsi que, les lundis soirs où ça siégeait à l'hôtel de ville, Rose-Aimée brossait le beau veston d'Émilien, acheté en spécial chez J.-L. Fortin, et lui donnait une petite tape sur les fesses pour l'envoyer au parc Champlain. Émilien trottait alors jusqu'à la salle du conseil municipal en fredonnant un air de Bing Crosby pour calmer son trac. Arrivé là, il attendait nerveusement le début de la période de questions, pliant et dépliant le bout de papier sur lequel Rose-Aimée avait gribouillé la question du jour. Elle avait comme un don, Rose-Aimée, pour pondre des questions qui flatteraient le maire dans le sens du poil. Une fois, Émilien avait tellement trituré son pense-bête que la note était devenue illisible. « Votre Seigneurie, est-il peut-être sans égard... à la voirie de devoir... se faire... nid-de-poule ? » avait-il bafouillé. Depuis, il s'occupait les mains autrement et s'en tenait exclusivement et scrupuleusement aux mots de Rose-Aimée, qu'elle lui faisait répéter pendant qu'il se mettait propre.

Lors de la séance du 28 avril 1947, Émilien Gingras se leva dans la salle du conseil pour s'adresser à l'honorable Arthur Rousseau, maire des Trois-Rivières, en brandissant dans l'air bleui un exemplaire d'*Esquire*.

— Ce magazine, je l'ai trouvé nulle autre part que dans la chambre de mon fils de sept ans – *sept ans*, Monsieur le maire –, c'est un magazine où l'on voit des choses qu'on ne devrait pas voir à cet âge et à nul autre âge quand on vit dans la voie du Christ, un torchon du diable en personne qui est en vente dans tous les kiosques de la ville, Monsieur le maire. Que pense faire le conseil municipal sur cette question de salubrité des mœurs ?

Le maire Rousseau répondit :

— Monsieur, sachez que la Ville de Trois-Rivières, et moi-même personnellement, sommes hautement préoccupés par ces magazines subversifs qui mettent à mal la décence publique. Cette littérature obscène et immorale n'a pas de place dans une société portée par les valeurs de respect, de piété et de pudeur comme la nôtre. Je m'engage ce soir, devant vous, à porter ce combat devant l'Union des municipalités du Québec, et jusqu'au Parlement s'il le faut ! Je le dis et le redis, il nous faut à notre province un bureau de censure, et un vrai ! Merci, Monsieur Gingras, d'avoir porté ce grave problème à notre attention. Maintenant, au point 14.6 de l'ordre du jour, Monsieur l'échevin Poliquin veut proposer une motion pour le nom du nouveau pont sur le Saint-Maurice. À vous la parole, Monsieur Poliquin.

— Merci, Monsieur le maire. Comme vous le savez…

Arthur Rousseau convoqua Émilien Gingras à son bureau dès le lendemain, pour regarder de près avec lui les pin-ups américaines qui s'exhibaient éhontément dans *Esquire*. C'est ainsi que l'ouvrier devint le recherchiste affecté au dossier de la littérature obscène des Trois-Rivières, fournissant chaque mois au maire de nouvelles pièces à conviction. Sa diligence et sa discrétion lui valurent vite l'estime de l'édile, qui le récompensa en lui donnant une job dans la police municipale.

En 1949, alors qu'Arthur Rousseau réussissait à soutirer l'établissement d'un bureau de censure à Maurice Duplessis, Émilien Gingras poussait pour la première fois les portes du poste de la rue Hart. Rose-Aimée jubilait. Son mari, qui s'était tant usé les mains *dans* la Wabasso, allait dorénavant diriger la circulation *devant* la Wabasso. Ce n'était qu'un début. Rose-Aimée avait enfin trouvé le bouton de l'ascenseur social et elle ne comptait pas s'arrêter entre deux étages.

Le Séminaire

Gingras s'éveilla en sursaut. L'horloge ornée sur le mur, devant lui, indiquait trois heures. Le groom le regardait d'un air moqueur depuis son comptoir. Il avait certainement manqué la sortie d'Auréa Cloutier. Il se mit en marche vers le Parlement, secoué de légers frissons de fatigue. Sur le trottoir devant le parc de l'Esplanade, il écarta du pied une barre de fer. En embarquant dans sa voiture, il jeta le livre de contes de Bonenfant sur la banquette, s'ébroua et prit le chemin du retour.

Les petits patelins endormis clairsemés au bord de la 2 offraient au voyageur moult gîtes aux lits molletonnés couverts de draps de flanellette et de chaudes catalognes, avec à leurs fenêtres des rideaux épais qui vous gardaient dans la nuit jusqu'à midi. Gingras se sentait comme une enclume tirée au sol. Il s'arrêta deux fois, dans les champs de blé d'Inde de Donnacona et de Sainte-Anne, pour se vider la bouillotte et offrir son visage au fouet du vent nocturne. Malgré la vitre grande ouverte et la radio tonitruante, il sombrait régulièrement, un court instant, dans l'inconscience. Quand il s'en extirpait, paniqué, il trouvait l'énergie de faire cinq kilomètres de plus.

Il traversa aussi vite que possible les derniers villages mal éclairés par des lampadaires électriques, symboles du progrès tel que conçu par l'Union nationale, avec, au bout des champs, la lisière de la forêt découpée sur le ciel roussissant. Gingras conduisit plus vite que de coutume dans les rues du Cap, prit le pont Duplessis, mais négligea de tourner sur Laviolette, où se trouvait sa garçonnière. En transe, il dépassa l'entrepôt de la brasserie Molson et le rond-point de la Couronne, roulant vers les nouveaux blocs appartements à l'ouest de la ville. Il arrêta son tacot banalisé là où son inconscient l'avait conduit : devant le duplex où vivait Pauline, son ancienne flamme du parc Champlain. Malgré l'heure proprement indécente, elle ne dit rien en lui ouvrant sa porte d'entrée, puis celle de sa chambre, où Gingras s'effondra.

Elle partit travailler très tôt. Gingras s'offrit encore quelques heures d'un sommeil agité, puis alla macérer dans l'eau tiédasse du bain. Il avait beau retourner l'affaire dans tous les sens, il arrivait chaque fois à la même conclusion : il n'était pas un détective. Il ne savait pas comment mener cette enquête, si vraiment c'en était une. Malgré tout ce qu'on lui avait raconté à Québec, il persistait à croire que Duplessis avait bien le droit de mourir d'une attaque cardiaque. Même à Schefferville. Mais, coincé qu'il était par son grand-oncle et le chef

Beaulieu, il n'avait pas le choix de continuer de faire comme si.

Il sortit son carnet d'une poche de son veston tout trempe qui traînait sur le sol de la salle de bain de Pauline. Sacré bordel, là-dedans. Les noms copulaient dans tous les coins. Celui d'Alice Parizeau détonnait par ses lettres énergiques. Il fallait mettre de l'ordre.

Pas de chance : Gingras avait dû oublier son crayon à l'Old Homestead. Il prit la brosse à dents en bois de Pauline, elle avait rien qu'à pas se laisser traîner, en noircit le bout avec son briquet, et se mit à faire une liste. Il passa bien dix minutes, à coups de ratures et de flèches, à mettre les noms en ordre alphabétique. Pas besoin de vous dire que Gingras avait bien besoin qu'on l'aiguille.

Il éteignit sa cigarette dans le bain, s'habilla, puis dévala l'escalier. Il voyait à peine son tacot au travers du rideau de pluie qui coulait du toit. Il remonta sa veste sur sa tête et en fit éclater les coutures, dans le dos. En s'asseyant au volant, il eut droit à un jet de pisse sur la tête et à un bain de siège. Il avait oublié le beau petit trou bien rond, juste là, dans le toit.

Il retraversa la ville et se stationna devant le Séminaire Saint-Joseph, qu'il avait quitté quelques mois auparavant. Une statue de Joseph voûté, appuyé sur un bâton, dominait le porche central de l'énorme bâtiment de granit surmonté de son dôme verdâtre. Dominer, c'est trop dire. Saint Joseph était dépeint en gardien mélancolique et usé, fatigué d'être l'éternel cocu, ou plutôt le cocu de l'Éternel, le saint patron du Canada et des causes perdues. Sous la pluie battante, on aurait même dit qu'il pleurait. En face, à cent mètres, se trouvait son double, perché sur l'hôpital qui portait également son nom. Ce Joseph-là était glorieux. Il contemplait son royaume, les bras ouverts, incarnation du bon père de famille, protecteur des justes et des mourants. Chacun savait que Duplessis avait une dévotion particulière pour Joseph. Peut-être parce qu'il estimait, lui aussi, veiller en père sur un enfant dont il n'était pas le géniteur, bœuf et charrue à la fois, conformément à la parole que lui avait enseignée le frère André dans le portique du collège Notre-Dame de Montréal, quand il était petit.

Le temps de vous parler de tout ça, Gingras avait couvert au pas de course la distance jusqu'à la lourde porte du Séminaire. Un peu plus et on l'aurait perdu dans les corridors. Mais il devait d'abord s'arrêter à la guérite pour savoir si le frère Carpentier était libre ; on lui répondit qu'il finissait son cours dans vingt minutes, voudriez-vous passer dans, non merci je patienterai ici, faites comme chez vous, oui merci.

Gingras alla retrouver, dans un couloir tout près, la mosaïque de finissants devant laquelle il s'était si souvent marré avec Gégé. Au-dessus du visage jeune et rêveur de Paul Godin étaient reproduits les vers que le futur médecin avait composés en hommage au Séminaire : « Superbe monument sculpté dans le granit, avec son dôme ardent où le soleil reluit, Gibraltar de la foi, rocher de la science, symbole de la vertu, flambeau de l'espérance, toi de mes jeunes ans, compagnon le plus cher, je t'aimerai toujours, Ô mon *alma mater.*» Dans l'âme prosaïque de Paul-Émile Gingras, ces mots n'évoquaient que le plus vif ennui. Si c'était là le nectar de la fine fleur du cours classique, il se félicitait d'en être sorti. Gégé avait eu des mots durs sur les vers de son père, qui tentait dérisoirement de reproduire le génie français. Et pourtant, Gingras ne pouvait chasser complètement l'idée que le cours classique aurait pu lui donner accès à une existence plus grande ou, à tout le moins, plus prospère.

Au bout du couloir, un bout de mur vide attendait d'accueillir la cohorte de Tourigny, Papouille, Petro et Léonce. Il continua sa ronde, cherchant un autre visage, celui qui étendait son ombre sur toute la province. Il était là. Conventum 1908. C'était un tout autre Duplessis, idéaliste et coquet, son nœud de cravate desserré sur un col officier. Gingras, qui voyait son reflet dans le glacis du tableau, approcha son visage jusqu'à ce que l'arête du nez de Duplessis rencontre la sienne. Ses traits tirés contrastaient avec ceux, décontractés, du futur premier ministre. Il se dirigea à pas lents vers le bureau de frère Marcelin. Tout étudiant était tenu de se choisir un directeur spirituel, part confesseur part orienteur, pour l'accompagner dans son cheminement, chrétien, scolastique et professionnel. Gingras, qui alliait des notes médiocres à un plan d'avenir nébuleux, avait souvent passé la porte de Marcelin Carpentier, un homme robuste qui respirait, dans sa soutane ajustée, le calme et la sérénité. En plus d'enseigner l'histoire médiévale et le latin, frère Marcelin pétrissait chaque matin le pain au levain qui nourrissait les pensionnaires.

Gingras avait eu l'habitude de se plaindre auprès de lui de la nourriture des dominicaines – qui ne goûtait pas comme à la maison – et de pester contre le régime de lectures obligatoires et l'inutilité des connaissances qu'il acquérait à grands frais – frais que ses parents n'acquittaient pas, comme on le verra. Au fond, il voulait peut-être surtout écouter la voix grave et posée de Marcelin Carpentier.

Puis survint l'agression de son père et l'offre du chef Beaulieu. Cette fois-là, dans le bureau de frère Marcelin, Gingras avait conclu qu'il n'avait ni la fibre universitaire (lacune qu'il cachait à sa mère) ni la veine religieuse (lacune qu'il avait héritée d'elle), et qu'il valait probablement mieux qu'il s'essaie dans la police. Sa grande crainte avait été de décevoir son directeur. Le sentant, ce dernier lui avait confié qu'il était moins surpris de le voir partir qu'il ne l'avait été par l'obstination paresseuse qui l'avait mené à endurer les six premières années du cours classique.

Gingras frappa et poussa la porte, comme il l'avait fait tant de fois.

— Monsieur Gingras ! Heureux de vous revoir.

— Moi aussi, Frère Carpentier.

— Vous êtes revenu pour m'emprunter un ouvrage de Pline l'Ancien ?

Le rire du religieux s'élança avec force dans le petit bureau.

— Que puis-je faire pour vous ?

— Comme d'habitude. J'ai besoin de vos conseils.

Gingras marqua un temps, incertain du degré de chaos qu'il devrait dévoiler à Marcelin Carpentier.

— C'est en rapport avec une enquête sur... le premier ministre.

L'œil du frère s'éclaira.

— Est-ce que ça vous dérange si je ferme la porte ?

— Pas du tout.

— J'ai été mandaté par de hautes instances, dit Gingras, sortant son calepin en s'assoyant, pour faire une sorte de rapport sur qui aurait pu... vouloir attenter à la vie de monsieur Duplessis. J'ai passé la nuit à Québec, j'ai rencontré toute sorte de monde qui m'ont dit toute sorte d'affaires, et pis là je suis, je veux dire, je suis...

— Vous êtes perdu.

— C'est ça. Mêlé. Pis découragé. Et je me suis dit que vous étiez peut-être une bonne personne – mais peut-être que non, sauf qu'en même temps il me faut...

— De l'aide.

— C'est ça.

— Je ne connais rien aux enquêtes policières.

— Moi non plus, dans le fond.

Carpentier rit à nouveau, moins longtemps.

— Ce qui s'est passé là-bas, à Schefferville, s'est passé d'une façon précise. Le conseil que je me sens en droit de vous donner, c'est de vous dire que le travail de l'historien n'est pas tout à fait étranger à celui l'enquêteur : pour l'un comme pour l'autre, il s'agit de rassembler des témoignages, des faits, des traces, et ensuite, ensuite seulement, de les ordonner en une trame cohérente, si possible.

Gingras, s'étant laissé bercer par la voix de son maître, en avait oublié d'écouter.

— Monsieur Gingras ?

— Oui ?

— Qu'en pensez-vous ?

Carpentier gardait sa mine affable. Gingras se mit à chercher une réponse pertinente. Quelque chose d'un peu professionnel. Son cerveau s'activait, pressoirs et hauts fourneaux à pleine vapeur. Voici tout ce qu'il trouva :

— Duplessis, il venait-tu, des fois, au Séminaire ?

De fait, le premier ministre avait gardé de fortes attaches avec son *alma mater*. Il venait chaque année s'adresser aux finissants du cours classique, ce que Gingras aurait dû savoir. La dernière fois qu'on l'avait vu au Séminaire, c'était début mars. Il était venu encaisser les fruits de la quête qui avait été passée pour lui dans la foulée de l'affaire Roncarelli. Les quêtes de janvier et février sont toujours généreuses, à cause des péchés commis pendant les Fêtes, mais celle de mars, c'était du jamais vu.

— Vous dites, Roncarelli ? demanda Gingras en cherchant le nom dans son calepin.

Carpentier raconta l'affaire dans les grandes lignes : il y a une quinzaine d'années, Frank Roncarelli s'était mis à payer les cautions de ses coreligionnaires Témoins de Jéhovah qui s'étaient fait arrêter pour distribution illégale de tracts contre l'Église romaine. Monsieur Duplessis s'était porté à la défense de l'institution. Il aurait demandé au président de la Commission des liqueurs de retirer à Roncarelli, qui tenait un restaurant à Montréal, son permis d'alcool. L'homme avait été ruiné en quelques semaines. Il avait poursuivi Duplessis pour abus de pouvoir. Le jugement de première instance avait condamné le premier ministre à une amende salée. Duplessis avait interjeté appel et avait gagné. Amende annulée. Roncarelli, alors, avait poussé l'affaire jusqu'en Cour suprême. Le couperet était tombé fin janvier : Duplessis avait été jugé coupable et condamné à verser 45 000 $ en dommages et intérêts. Gingras siffla.

— Méchante fortune ! Il a dû encore vouloir renverser la décision…

— La Cour suprême, mon cher Monsieur Gingras, porte bien son nom : il n'y a pas de recours. C'est le bon Dieu du droit canadien. Un fait intéressant, toutefois : les deux juges canadiens-français étaient dissidents.

Notre studieux policier prenait des notes même s'il ne comprenait guère plus que s'il avait jasé avec un Annamite. Il commençait à s'y habituer.

— Deuxième fait intéressant: il semble que cette défaite juridique de Duplessis ait eu un effet politique inverse et proportionnel. Toute la province catholique s'est unie derrière le Chef. Les maires, les entrepreneurs, les congrégations religieuses, les associations... Tenez, même les représentants du Comité paritaire des barbiers de la Province de Québec ont envoyé leur obole à la campagne de financement organisée par notre Supérieur.

— Vous voulez dire que...

Le frère sourit et baissa la voix en s'avançant vers son ancien étudiant.

— Je veux dire que, sous le prétexte de la sauvegarde de la foi catholique, on remplit la caisse électorale de l'Union nationale, et on génère des votes.

Gingras s'étira sur sa chaise et fit mine de réfléchir.

— Vous pensez, essaya-t-il, que Duplessis avait orchestré tout ça?

Carpentier écarta ses paumes comme dans une bénédiction.

— Je l'ignore. C'est au moins possible. Le bon historien doit fouiller pour retrouver la voie Appienne. Mais de nombreux chemins ne mènent nulle part, Monsieur Gingras. Laissez ceux-là aux philosophes.

En sortant du bureau, Gingras, qui ne se sentait pas encore prêt à se rendre au poste, se dirigea vers la cafétéria, au sous-sol. Ses amis mangeaient à leur table habituelle, un peu trop proche des bécosses. Tourigny l'aperçut le premier et agita les bras pour l'inviter à les rejoindre.

— Hingras ? T'es-tu pas ben ? T'as la blanchure d'un asprit d'ervenant !

Gingras, encore trempé, alla se chercher une soupe à l'épeautre qu'il mangea trop vite, se brûlant l'œsophage. Puis, parlant bas, il raconta sa nuit. Papouille voulut en savoir davantage sur la variété des betteraves de Duplessis. Petro voulut en savoir plus sur ses compatriotes. Non, il les connaissait pas, bernique, Gingras, c'est pas parce que mes parents sont polonais que je connais tous leurs payses ! Léonce ne parlait qu'en latin, en prévision d'un concours oratoire, alors on ne savait pas trop ce qu'il voulait. Tourigny, enfin, le questionna sur Pauline.

— En tout cas, t'as été plus chanceux que notre Parcide ! lança Petro.

La claque de Papouille partit instantanément.

— C'est de ta crisse de faute en plus ! cria ce dernier en se levant.

Tourigny expliqua dans son patois que Petro, qui se massait la joue en sacrant, avait dit à la toquade de Papouille qu'il s'enduisait le crâne de crottin. Ce n'était pas exactement la recette, comme on sait. Mais ça avait suffi pour la refroidir ben raide.

— Bon, maintenant, Paulé, c'est quoi ton plan ? demanda Papouille pour changer de sujet.

— Essayer de démêler tout ça, répondit Gingras en soupirant.

— *Antehac sperare saltem licebat, nunc etiam id ereptum est*, dit Léonce avec une prononciation impeccable.

Tout le monde l'ignora, mais force est de reconnaître qu'il n'avait pas complètement tort.

L'inauguration

En page 4 du *Nouvelliste* du 7 juin 1948, on trouvera une photographie de Maurice Duplessis, un brin dépeigné, sur le point de conclure la cérémonie d'inauguration du pont qui porte son nom de famille. Autour de lui, les yeux rivés sur le ruban prêt à céder entre les lames de ciseaux d'or, deux ministres, un président de compagnie d'ingénierie, un grand vicaire venu bénir l'ouvrage et, partout derrière, refoulant jusque dans la cour du Séminaire, une mer de Trifluviens gonflés d'orgueil. On rapporte que l'oracle de Trois-Rivières, au moment pile où la fanfare s'arrêtait, prophétisa : « Ce pont est aussi solide que l'Union nationale ! »

L'observateur attentif et muni d'une loupe pourra distinguer, quelque part entre les têtes d'unionistes jubilants, le visage languide de René Pastorale.

Les ordres

Gingras ouvrit violemment la porte, faisant exprès de frapper le bureau de La Brosse. Ce dernier, qui en avait déchiré sa feuille avec la mine de son crayon, serra les dents pour retenir un cri de rage. En lieu et place, il assouvit son besoin atavique de stooler qui, depuis sa tendre enfance, avait été récompensé de bisous, sur la bouche, par sa maman.

— *CHEEEEF!* Gingras vient de rentrer! Trois heures en retard!

— Dans mon bureau! tonna le chef Beaulieu de l'autre bout de la salle.

— Gingras, le chef veut te voir, relaya La Brosse comme si c'était nécessaire.

Beaulieu, dont la digestion toujours tumultueuse mouillait les tempes, se tenait debout, les poings accotés sur son bureau. Il s'obstinait à dire « dans mon bureau » bien qu'il n'eût pas de pièce fermée, seulement un pupitre un peu surélevé, toujours encombré d'assiettes et de barquettes en carton rendues translucides par la graisse de la lourde cuisine de chez Christo. Gingras ne prit pas la peine de fermer la porte et se dirigea vers son supérieur en traînant les pieds, laissant dans son sillage une coulisse d'eau de pluie dans laquelle atterrirent les feuilles du rapport de La Brosse, emportées par le courant d'air.

— Viande à chien ! souffla le chef, veux-tu ben me dire qu'essé qu'tu fais icitte ?

— Je veux mettre de l'ordre dans mes notes pis faire une couple de téléphones, chef.

— Qu'est-ce que c'est que tu comprends pas ? Tu serais supposé – le chef Beaulieu tira sur son col pour roter dans sa chemise – d'être déjà rendu à Schefferville !

Le mystérieux avertissement de Walter Duchesnay remonta à la conscience de Gingras. Il joua l'innocence, ou l'arrogance, prenant soin de ne pas se commettre pour l'une ou l'autre.

— À Schefferville ?

— C't'affaire ! Comment c'est faire que t'es pas sur la route ?

— Ben, chef, j'en avais aucune esprit d'idée, moi, que je devais aller à Schefferville ! Aller au bout du monde de même… Vous m'avez pas dit que ça faisait partie de mon mandat !

— Surveille-toi, Gingras… Y'est où Duplessis, voir ? À Saint-Paulin ? Pis ton « mandat », là, il vient de me lâcher au téléphone. Monsieur Bégin exige que t'ailles sur place. C'est-tu clair ?

Gingras comprit qu'il ne pourrait pas s'en tirer.

— Ben envoye, déguédine, roule !

— Pis c'est comment, pour aller là-bas ?

Beaulieu eut un air sincèrement désespéré.

— Je peux-tu prendre l'auto de patrouille, au moins ? Y'a le trou dans le toit du char banalisé...

— Ambitionne pas.

Gingras se rassit dans son tacot en se demandant à nouveau comment il avait pu se trouver plongé dans une histoire de fous de même. Et, aussi, s'il aurait le temps de s'inviter chez ses parents pour le ragoût du samedi midi, avant de partir pour la Côte-Nord.

Le gars de Warwick

Walter Duchesnay avait dormi quelques heures étendu sur un banc de la brasserie Tétreaultville pendant qu'un sous-fifre essayait d'effacer les traces de sang sur la banquette de cuirette bleue du Westfalia. Il avait enfourné des pinottes barbecue par pleines poignées en guise de déjeuner, puis une barquette de chips, dont le goût le transporta de nouveau dans le bout de Cape Cod. Il demanda à examiner le sac. Le barman sortit d'en dessous du comptoir un sac bleu métallique arborant la face d'un little Indian. Des Yum Yum, again.

— Let me guess, lança-t-il au barman : un gars de Warwick ?

Le bonhomme savait pas ; il avait pas été là quand les chips étaient rentrées. Mais les faits ne mentaient pas : il y avait des pas gênés qui osaient défier le monopole des Duchess, et dans les terres mêmes de l'Union nationale par-dessus le marché. Fallait mettre ça au clair, pas le choix. Duchesnay, une cigarette au bec, émergea de la brasserie en même temps que le soleil sortait des nuages. Une file de travailleurs s'acheminait vers les raffineries de Montréal-Est. Il s'assit au volant du West, le fit démarrer, caressa le tableau de bord pour sentir le ronronnement qui couvait dessous, puis prit la direction du pont Jacques-Cartier.

Le garde du corps franchit les lignes de la belle circonscription de Drummond, repassée au bleu en 1956 après quatre ans d'une anomalie libérale, juste avant onze heures. En arrivant à Warwick, il se parqua devant le Café Idéal. Au comptoir, devant un Kik Cola et une grosse frite noyée dans le ketchup, il s'entretint avec le propriétaire, qui épluchait des patates. Il apprit que l'usine de chips était là depuis trois ans, elle venait d'être achetée par une famille de Québec qui était plus dans les noix avant, c'est des belles jobs pour la région, elles sont bonnes leurs chips, hein ?

— L'usine vient juste d'être vendue ? releva Duchesnay.

L'homme lui répéta que oui en mettant du pain à toaster pour un club sandwich. Duchesnay le pressa de questions sur les acquéreurs et leur réseau de distribution. Le propriétaire du Café Idéal se gratta la tête sous son chapeau en papier. Il n'en savait pas plus, mais il était dans sa nature de vouloir plaire, et la concurrence impitoyable à laquelle se livraient les casse-croûte de la province le poussait encore plus dans cette voie-là.

— Êtes-vous pressé ? Il y a un commis voyageur qui passe tous les samedis midi. Il fait la ronne de chips, justement.

— Midi, hein ?

Duchesnay regarda l'horloge électrique. Il avait bien une petite heure. C'était pas comme si le boss avait besoin de lui, à Schefferville.

— Avez-vous *Le Temps* d'aujourd'hui ?

— Bien sûr, répondit le gargotier. Vous prendrez ben un bon hot chicken avec ?

À midi tapant, Eddy Lainesse fit tinter à son tour les clochettes du Café Idéal. Les bras chargés de boîtes, il jeta laborieusement un œil inquiet à sa montre en traversant le restaurant.

— V'là ta commande, Fernand ! J'suis pressé, peux-tu juste me sacrer un casseau de fromage dans un casseau de patates ? J'vas manger ça sur la route...

Fernand, qui versait un gallon de vinaigre dans sa salade de chou, leva le nez en se disant que c'était pas méchant, comme idée.

— OK, Eddy. Heille, y'a un monsieur qui aimerait te parler, près de la fenêtre, là, le coco rasé.

Eddy rejoint Duchesnay et lui demanda en quoi il pouvait lui être utile.

— C'est vous, le gars de Warwick ? demanda le garde du corps.

— Je viens de Warwick, oui, mais mes chums diraient pas que je suis *le* gars de Warwick.

— I'm asking, t'es-tu le gars de Warwick qui distribue des Yum Yum dans les tavernes de Québec pis de Montréal, précisa Duchesnay, qui était déjà arrivé au bout de son vouvoiement.

— Lui-même, répondit Lainesse en fronçant un sourcil.

Duchesnay lui demanda en des termes plus virils ce que ses patrons manigançaient avec cette conduite agressive qui ressemblait dangereusement à une déclaration de guerre. Lainesse, qui avait lâché tous ses autres clients pour plonger à pieds joints dans le projet Yum Yum, comprit aussitôt que se tailler une place dans le monde de la chip serait moins jojo que prévu : le gros gars chauve et musclé n'avait pas l'air de faire des farces.

— Je ne sais rien là-dessus, Monsieur. Je suis juste le livreur. D'ailleurs, on m'attend, je suis en retard.

— M'as venir avec toi, annonça Duchesnay, ramassant son reste de hot chicken d'une main et mettant son chapeau de l'autre.

Il dépassa le livreur qui prenait son sac brun au comptoir et lui tint la porte ouverte, en bon gentleman cogneur, découvrant dans un sourire carnassier ses dents étonnamment blanches. L'intimidation était un jeu pour lequel Walter Duchesnay avait des talents admirables et, contrairement à ces champions qui préfèrent se mesurer aux plus grands pour établir leur valeur, on l'aura compris, il n'avait aucun scrupule à presser des proies fluettes comme des citrons. Dehors, il identifia vite le station-wagon brun débordant de boîtes marquées du logo Yum Yum.

— Tu t'en allais porter ça où ? demanda Duchesnay en piochant dans son casseau pour attraper un morceau de poulet.

Lainesse, qui voulait en finir au plus vite, posa son sac sur le capot et débarra sa porte en disant la vérité.

— Victo, Princeville, Daveluyville, Saint-Wen', Nicolet, Sorel…

— Drummond. Arthabaska. Nicolet. Richelieu. Toutes des circonscriptions unionistes, right?

— En effet, comme huit comtés sur dix…

C'était quand même pas de son estie de faute s'il opérait dans les Bois-Francs et que les Bois-Francs étaient bleus mur à mur, ajouta – dans sa tête – le commis voyageur en ouvrant sa portière. Duchesnay la retint et la referma délicatement. Il saisit ensuite le rétroviseur dans sa grosse main et commença à en plier l'articulation dans le mauvais sens, dans un lent grincement de métal.

— T'es sûr sûr sûr que c'est un hasard? J'ai trouvé tes chips au bar du Club Renaissance, imagine-toi donc. Si c'est pas de la provocation, ça, tell me what is. Pour qui tu travailles?

Lainesse fit un calcul rapide. De toute façon, les Yum Yum avaient de bonnes chances de s'imposer. Le produit était supérieur. Il fallait juste faire le dos rond.

Pour comprendre où cette histoire s'en va, il faut savoir que la compagnie des chips Duchess, distribuées dans tous les établissements qui ne voulaient pas de problèmes, n'appartenait pas à n'importe qui, mais au directeur de la Sûreté provinciale, Hilaire Beauregard lui-même en personne. Beauregard profitait de sa position pour assurer le monopole de la vente de ses chips pas assez salées dans les tavernes, dépanneurs, hôtels et autres établissements de tout le Québec, les récalcitrants encourant la peine de voir la police débarquer : les prétextes ne manquaient pas. Duplessis, qui était son boss en sa qualité de Procureur général de la province, le laissait faire pour s'assurer sa coopération sur d'autres fronts. Or voilà qu'un entrepreneur de Québec, qui commençait déjà à en mener large dans le commerce des noix et des en-cas, venait d'acquérir l'usine de Warwick et ambitionnait de rivaliser avec l'empire d'Hilaire Beauregard. Appuyé par des investisseurs de Montréal, Paul Jalbert – car c'était son nom – n'avait pas froid aux yeux.

Eddy Lainesse, lui, ne tenait pas trop à se faire rosser pour garder le secret d'une stratégie commerciale dont les ficelles étaient devenues grosses comme le bras. Alors il expliqua tout ça à Duchesnay, qui lichait ses doigts en l'écoutant.

— Tu dois ben avoir un carnet de livraisons ?

Lainesse le tendit au garde du corps, qui le libéra d'un geste de la main. Soulagé, le livreur démarra en oubliant son lunch sur le capot. Duchesnay eut le réflexe de frapper le pare-brise du station-wagon pour le faire freiner. Puis, pris d'une inspiration soudaine, il versa le demi-pouce de sauce brune qui restait de son hot chicken dans le sac de frites avant de le rendre, dégoulinant, au commis voyageur, qui le remercia sans le regarder et partit pour de bon, en trombe.

Walter Duchesnay retourna dans le Café Idéal, lança une pièce à Fernand qui désossait un poulet et demanda à faire un appel interurbain. Il dicta dans l'appareil toutes les adresses montréalaises listées dans le carnet. À l'autre bout du fil, on l'informa qu'il y avait là des tavernes et des restaurants, mais aussi, fait curieux, plusieurs lieux de culte appartenant, fait encore plus curieux, à des Témoins de Jéhovah.

Une heure sonnait quand Duchesnay rembarqua dans son véhicule. Il en caressa longuement le dash bourdonnant et son esprit, feuilletant le catalogue des faces qu'il haïrait pas slogger, se fixa sur celle de Frank Roncarelli.

Lavettes

Les trois sœurs, en jaquette, finissaient de déprendre les fibres coincées entre leurs dents croches en habillant Émilien.

— Je fais venir du blé d'Inde de Neuville, pis mes filles viennent même pas pour en manger, grommela Rose-Aimée. Qu'est-ce qu'y faut donc que je fasse pour qu'elles nous visitent ?

Elle n'était pas de bonne humeur depuis qu'elle avait appris que Paul-Émile avait bel et bien passé la soirée au Parlement avec Jos-D. Bégin. Son sans-cœur de fils ne lui avait même pas proposé de l'amener rencontrer son grand-oncle, un des hommes les plus puissants de la province ! Dans la plus belle bâtisse de Québec ! Elle vivait le plus grand malheur d'une mère, en tout cas à ses yeux : avoir donné naissance à des ingrats.

— Tu les as invitées d'avance, Rose ? demanda son mari. Elles étaient peut-être occupées…

— Une journée ou une semaine d'avis, Ti-Mile, ça change rien avec elles. Le couvent de Rosélia est à *un* mille. Elle a pas de raison de pas être là, le petit Jésus est ben patient pour ces affaires-là, parce que lui, il l'aime, sa moman. Pis Joséphine est en Estrie. C'est quand même pas l'Indochine ! Mais non. Elle vient jamais, jamais. Sûrement à cause de son mari, encore.

— Elles ont leur vie... Toi, tu l'as visité combien de fois ton père depuis que t'es ici ?

Le sujet était tabou. Émilien le savait. Mona et Renée-Ange le savaient. Vous saurez pourquoi, à un moment donné. Les deux sœurs désertèrent la cuisine pour aller tricoter dans le salon. Rose-Aimée serra plus que nécessaire le nœud de cravate de son mari, qui toussota. Il était maintenant capable d'enfiler ses pantalons et sa camisole tout seul, mais lorsqu'il s'essayait à la cravate, ça ne marchait jamais. Dans le cadre de porte, Paul-Émile attendait, inconfortable, que son père soit prêt.

— Parlant de famille... j'ai jasé hier avec Jos-D. de votre histoire du Bégin qui noie l'autre Bégin. Il dit que c'est de la foutaise.

— De la... Surveille ta langue ! Je t'ai pas élevé de même !

— Pardon, moman. Il pense que c'est juste... du folklore.

— Il peut bien penser ce qu'il veut ! Moi, j'ai des preuves !

Rose-Aimée quitta la cuisine d'un pas lourd qui fit s'enfuir le chat de Mona. Émilien en profita pour desserrer son nœud de cravate. Elle revint en tenant précautionneusement un livre tout racorni et gondolé, comme s'il était passé sous la douche. Burinés sur la couverture de cuir, deux mots : le prénom et le nom de sa propriétaire. Renée-Ange et Marie-Monique étaient revenues dans la cuisine et se penchaient par-dessus son épaule.

— T'as gardé ton livre, Rose ?

— J'étais sûre que tu l'avais jeté !

Rose-Aimée prit un air détaché. Elle l'avait mis dans une boîte en arrivant à Trois-Rivières. Remisé. Jamais rouvert depuis. Mais c'était là une demi-vérité, que trahissait le dos cassé du livre. Elle en feuilleta les premières pages et en pointa une à son fils.

— Regarde, c'est écrit, là.

Le texte commençait à mi-page. Au-dessus, un dessin à la plume, formidable malgré son trait rendu flou par l'humidité, montrait deux hommes dans un canot.

— C'est quoi, ce livre-là, moman ? demanda Gingras en se disant quand même qu'en matière de preuve, on repassera.

— Ton grand-père, Popaul, avait fabriqué un livre pour chacun de ses enfants, dit Renée-Ange.

— J'ai encore le mien, à Lévis, confirma Mona. Popa était un vrai artiste.

Gingras connaissait mal cette fesse-là de la famille. Sa mère avait été élevée par Joseph-Alexis Bégin, embouteilleur trifluvien qu'il n'avait jamais rencontré, pas plus qu'il n'avait connu son véritable grand-père, ses six oncles et leur progéniture, ou son increvable arrière-grand-mère. On n'en parlait pas. Ça avait toujours fait partie de l'ordre des choses. Mais le livre éveillait sa curiosité. Il voulut l'emprunter. Sa mère le lui mit dans les mains, feignant toujours le plus complet détachement.

— Faque, t'oublie pas, mon petit égoïste : deux lavettes chez Madame Bouffard. Cinquante cennes chaque. Pis après, tu m'amènes ça chez Marcel, c'te tête-là.

Rose-Aimée resserra le nœud de cravate.

Gingras prit son père sous le bras, s'agrippa comme du monde au garde-corps de l'escalier extérieur et descendit les marches de fer une à une avec lui. Le soleil commençait d'assécher les boulevards, tandis que les rues mal dessinées de la Petite Pologne, elles, restaient mouillées dans l'ombre. Ils prirent sur Saint-Maurice, tournèrent sur Sainte-Angèle et descendirent jusque chez madame Bouffard, au premier étage d'un des logements de brique rouge du quartier Sainte-Cécile.

— Entrez, entrez, fit la vieille dame courbée comme une canne.

— On vient juste chercher les lavettes que ma mère a commandées, Madame Bouffard.

— Oui, oui, mais rentrez pareil, vous allez attraper froid, insista-t-elle, bien que le Québec fracassait alors des records de chaleur.

Elle s'éloigna en trottinant lentement, ce qui laissa le temps à Paul-Émile de scruter la collection de statuettes de la Vierge éparpillées dans le salon. Elles recouvraient toutes les surfaces planes, y compris la télévision, seul objet récent de la pièce. Une imposante *pietà* de céramique vernie trônait sur la table basse devant le divan. La Marie peinturlurée serrait dans ses bras le corps grisâtre et mal dégrossi de son fils. Un clown tenant un poisson mort. L'an dernier, devant pareil chef-d'œuvre, son père aurait pouffé. Maintenant, il se contentait de tenir son chapeau au niveau des parties en se balançant sur ses talons. La tricoteuse revint avec un sac d'épicerie. Paul-Émile le prit et chercha au fond de sa poche le dollar convenu. Son père le sentit et lui dit qu'il s'en chargeait.

Émilien sortit son porte-monnaie. Il avait adopté le système qu'on lui avait suggéré à l'Association éducative et récréative des aveugles. Il pliait les billets selon leur valeur, sauf les un : les deux sur la longueur, les cinq sur la largeur, les dix deux fois, les vingt en diagonale. Le système ne se rendait pas aux cinquante et aux cent, mais la plupart des aveugles sont, de toute façon, trop pauvres pour en tenir. Il prit un billet plié sur la longueur et le tendit dans la direction approximative de madame Bouffard, en lui disant de garder la monnaie.

— Voyons, Émilien, c'est trop. C'est ben trop.

— Vous gardez tout, Léonette, un point c'est tout.

— C'est vrai, popa, je crois que vous vous…

— Obligez-moi pas, dit-il en ignorant son fils, à faire venir ma femme, vous-là.

Léonette Bouffard, comprenant le message, leur demanda de l'attendre. Elle disparut à nouveau dans son couloir et revint avec une paire de pantoufles, un foulard trois couleurs et deux morceaux de carré aux dattes, qu'elle fourra dans le sac, faisant un clin d'œil au fils en ne mentionnant que le dernier item, à l'intention du père.

Père et fils reprirent la route, évitant les flaques d'eau au son du carillon de Notre-Dame-des-Sept-Allégresses. Ils remontèrent Laviolette jusqu'à la boutique du barbier qui, sans l'enseigne bleu-blanc-rouge, aurait eu l'air d'un appartement comme les autres. Marcel – le barbier – avait sorti des chaises sur son perron. Comme d'habitude, les gens se retrouvaient là pour mémérer.

— Ti-Mile ! s'écria Marcel en toussant, comment-ce qui va ? Ça fait une secousse qu'on t'avait vu ! Viens, viens t'installer. Pedneault, tasse-toi, veux-tu ben ! Comme d'habitude, Émilien ?

— Comme d'habitude, Marcel. Sais-tu où c'qui s'en va, Popaul, tantôt ?

Le barbier saisit ses ciseaux étincelants en secouant la tête, puis se souvint de dire « non » tout haut à l'aveugle.

— À…

Émilien se prit le menton. Il cherchait le nom.

— Àààà… en tout cas, il est sur une grosse grosse enquête. Pas vrai mon Popaul ?

Gingras, découragé, regardait le sourire benêt de son père. Il lui avait fait promettre de garder ça secret. Deux fois. Dont une sur la tête de sa femme.

— *Schefferville*! C'est ça, à Schefferville, dit Émilien, triomphant.

— Ben voyons! s'exclama le barbier, qui essayait de cacher son emphysème dans des phrases courtes. T'enquêtes sur, Duplessis hein? M'as te le dire – OK, c'est parti Émilien, bouge pas la tête –, moi j'y crois, pas non plus, à la thèse officielle pis, chus pas tout seul, icitte. Je bois pas, le jus sucré, des autorités, moi. Non merci! Je me fermerai pas la trappe à calcul, pour rien au monde!

Sur quoi, après une bonne quinte, le barbier exposa sa théorie en jouant savamment de ses lames.

La théorie à Marcel

D'après d'importantes discussions que j'ai eues, je peux vous le dire que c'est, sans trace de doute, la Patente qui a orchestré le meurtre depuis Vanier, Ontario. Comme il a lâché l'école – ta femme le dit assez souvent ! –, je vais faire son éducation, à ton Paul-Émile. La Patente, mon garçon, c'est la réponse du Canada français à la franc-maçonnerie, c'est les Templiers du Bas-Canada, c'est – penche un peu la tête Émilien – les chevaliers de Molière, en fait, elle a beau brouiller les pistes, son nom officiel on le connaît, c'est l'Ordre de Jacques-Cartier. C'est une organisation secrète qui veille aux intérêts des francophones de tout le Canada. Ils ont infiltré les plus hauts cercles de la politique, du journalisme, de la finance, de l'enseignement, de l'Église et même les Chevaliers de Colomb. Suivez-moi bien, parce qu'il faut remonter loin. Jusqu'à un des premiers ancêtres de Duplessis en terre d'Amérique, Théodore Bochart du Plessis, un descendant de plesseurs tourangeaux. Il y en a qui – penche l'autre côté Ti-Mile – disent qu'il est en fait le fondateur des Trois-Rivières, le sieur de Laviolette, mais ça c'est pas vraiment important. À sa mort, Bochart aurait légué aux Ursulines tous ses pots de chambre, pis dans un, elles auraient trouvé une relique – une parcelle d'oreille du Christ ou un morceau du saint Prépuce, c'est pas important non plus – convoitée par le Vatican. Mais le saint Bout de quelque chose – lève la tête, j'ai presque fini – serait tombé dans les mains de la famille Duplessis, connue pour sa radinerie. La preuve : la Pologne nous a confié ses trésors pendant la guerre et, quinze ans après, not' beau Maurice refusait encore de les rendre ! Il disait que c'est parce que les Polonais étaient rendus des bolcheviques, mais regarde ce qui s'est passé en 1951, *ploutch !* Le pont Duplessis tombe dans le Saint-Maurice. Pis là, c'est le tort d'un « défaut d'ingénierie » ou… un coup des communistes. Je te laisse voir. Mais faut pas tout croire. Toujours est-il que le Saint-Siège veut sa relique, alors il mandate la Patente de la lui retrouver. Remarque, ça doit faire leur affaire en quelque part aussi, aux patenteux, de remplacer le petit père. La nouvelle élite laïque, elle voit ça mal, son vieux copinage avec les soutanes. En tout cas, v'là-ti pas que Duplessis se met à pisser rouge en s'agrippant la poitrine. Dans les contrées sauvages grignotées par le capital anglo-protestant. C. Q. F. D.

Pliures

Certains clients en rajoutaient, d'autres servaient à Marcel des objections molles qu'il réussissait, en bon alchimiste, à transformer en arguments cuirassant ses conclusions. La tête faite, il allait s'attaquer au menton. Mais comme il chauffait sa lame sous l'eau du robinet, Émilien l'interrompit.

— Laisse faire la barbe, Marcel. Je pense que je vais la laisser pousser.

Le barbier parut à la fois surpris et déçu, mais ne posa pas de question. Il essuya son coupe-chou et le rangea dans son tablier.

— Veux-tu ben me dire qui serait assez fou pour vouloir adorer le prépuce du Christ ? dit Émilien en tâtant les billets dans son portefeuille.

— En tout cas, je connais une couple de, madames qui l'avoueront pas mais, qui rêveraient de tasser les langes des crucifix...

Émilien lui tendit un billet.

— J'ai pas changé mes prix, depuis dix ans, Ti-Mile. C'est une piasse pour la tête, pas dix !

— Comment ça, dix ? C'est bien un deux piasses que je tiens, hein Popaul ?

— Non, popa, c'est un dix.

— J'ai dû me tromper en le pliant. Tiens, prends lui.

— C'est encore un dix, Émilien. Coudonc, t'es-tu aveugle ?

Le barbier rit fort de sa propre blague. Les autres clients semblaient beaucoup moins sûrs que c'était drôle.

— Ben voyons ! Bon, peux-tu payer, Popaul ?

Paul-Émile tendit à Marcel la piasse de Rose-Aimée, puis sortit avec son père.

— Veux-tu ben me dire ce que j'ai dans mon portefeuille ? Vois-tu un une piasse en quelque part ?

Gingras chercha et mit entre les mains de son père un billet plié en diagonale.

— C'est pas un une, ça, c'est un vingt.

— Dites-le tant que vous voulez, popa, mais vrai comme je suis là, c'est un une.

— Ah ben… Attends. Qu'est-ce que j'ai donné, t'à l'heure, à Léonette ?

— Un vingt.

Émilien perdit le souffle.

— Pis t'as rien dit, mon écœurant ?

— J'ai essayé, mais vous vouliez rien savoir. Madame Bouffard aussi, elle a essayé !

— Mon bateau, d'embolie, de petit verrat, d'enfant de… Une chance que je te vois pas parce que j'enlèverais ma ceinture pis j'te donnerais la strape ! Attends que je dise ça à ta pauvre mè…

Il s'arrêta net.

— Jésus de plâtre !

Émilien se mit à marcher vite, manquant s'assommer sur un lampadaire. Son fils le rattrapa juste à temps.

— La chipie ! La chipie à ta mère ! C'est avec elle que j'ai plié mes bills !

Déluge

Maudite chipie ! avait dit grand-maman Bégin en la giflant, maudite épaisse ! Qu'est-ce qu'on va faire avec toé ? Qu'est-ce qu'on a ben pu faire au bon Dieu pour qu'y nous punisse de même ?

Quand Rose-Aimée est née, croyez-le croyez-le pas, la famille Bégin habitait sur l'avenue Bégin. Cette rue de Lévis tenait son nom de son arrière-grand-oncle, le cardinal Louis-Nazaire Bégin. La réussite de ce prince de l'Église n'avait cependant pas ruisselé jusqu'aux parents de Rose-Aimée. Nérée et sa femme Anna tiraient le diable par la queue et entassaient leurs neuf enfants dans la mansarde de la maison d'un notaire. Le cardinal Bégin était néanmoins bien fier d'eux parce qu'ils participaient avec vigueur à la revanche des berceaux et, pour aider son petit-neveu à nourrir sa famille, il l'avait fait typographe au journal qu'il avait fondé en 1907.

Anna était fertile comme les basses terres du Saint-Laurent. On disait en ville que Nérée était capable de la mettre enceinte en éternuant. En treize ans, elle donnerait naissance à onze enfants. La tuberculose en avait renvoyé deux au bon Dieu. Les autres s'entassaient, selon le sexe, dans la deuxième chambre ou dans le salon-cuisine qu'on transformait, chaque soir, en dortoir. Quand elle avait perdu les eaux de sa sixième grossesse devant un bol de pouding chômeur, Anna n'avait pas eu le temps de se rendre aux toilettes. Elle s'était arrêtée dans le cadre de porte, saisie d'une puissante contraction, et c'est ainsi que, alors que sa mère avait un pied dans la salle de bain et l'autre dans la cuisine, la petite Rose-Aimée s'était écrasée tête première sur le joint de fer aboutant le prélart au plancher de bois cloué. À cause de ça – ou de son maudit caractère –, elle avait passé les premiers jours de sa vie à crier sans arrêt. Toute la maisonnée en avait perdu le sommeil ; même le notaire qui habitait le rez-de-chaussée était venu demander s'il n'y avait pas moyen de la faire taire. Au baptême, le dimanche suivant, ses frères et sœurs, vêtus de leurs plus belles guenilles, avaient tous dormi sur les bancs de l'église Notre-Dame-de-la-Victoire pendant que Rose-Aimée recevait le premier sacrement, en vagissant toujours. Anna en avait profité pour demander discrètement au curé si la petite n'était pas, peut-être, possédée par le démon ; ce à quoi le prêtre lui avait répondu de ne pas s'inquiéter, les démons de la région naissant tous dans la paroisse voisine.

Anna ressortait chaque fois plus affaiblie de ses accouchements. Elle alternait les phases où elle orchestrait la vie domestique en chantonnant et celles où, mangeant à peine, elle était portée aux limites de l'épuisement et prenait le teint blafard de ses draps. Nérée, par chance, était à la maison à chaque fois que ses activités syndicales au journal l'obligeaient à prendre un « repos forcé » de quelques semaines. Mais il gagnait à peine de quoi joindre les deux bouts. Il réussissait au moins à réduire le prix du loyer en effectuant diverses besognes pour le notaire. Il meublait aussi ses repos forcés en confectionnant, entouré de sa progéniture turbulente, des livres qu'il leur dédiait. Sur du papier vergé six points, il copiait des prières et des citations de sagesse liées aux saints patrons de chacun d'eux. Il ajoutait des bouts d'arbre généalogique, traçant des filiations réelles ou patentées, notamment avec la noblesse européenne. Après avoir écrit le texte dans sa calligraphie qui aurait pu faire pâlir les maîtres de l'école Estienne, il enluminait les capitales, les ornementait de croix fumantes et de formes abstraites élégantes dont il comblait les vides à l'aide de dessins pieux et de portraits. Chaque page lui prenait une journée entière de travail, qu'il passait, sans lever la tête ou presque, dans une mystique exaltation. Enfin, il reliait les cahiers dans une couverture de cuir où il gravait en coulée le nom de son destinataire. L'ouvrage achevé allait alors trouver sa place sur le buffet du salon-cuisine, avec les autres.

Le caractère doux et conciliant de son père faisait défaut à Rose-Aimée. En cela, elle avait hérité, comme ses deux sœurs, de la grand-mère Bégin. Elles étaient régulièrement expulsées de l'école et s'étaient mises à traquer les souris, les chats et les pigeons du quartier pour organiser des scènes d'entre-dévoration qu'elles faisaient payer cinq cennes à un public avide. Un vieux philosophe prussien disait que les humains, comme les arbres, doivent pousser ensemble pour être beaux et droits. Si cela est vrai, les petites Bégin faisaient exception à la règle : c'est précisément en poussant ensemble, mais croche et en toutes directions, qu'elles réussissaient à se gorger de soleil et d'air. Leur père était trop aimant et leur mère, trop fatiguée, pour les redresser.

À l'aube de la quarantaine, Anna tomba enceinte pour une douzième fois. Ce furent d'abord des semaines et des mois de grâce. Pleine d'énergie, elle cajolait les petits et consolait les plus grands, démontrant une patience infinie et faisant des miracles dans la cuisine.

Puis Nérée fut slaqué de *L'Action catholique*. Moins syndicalistes et moins chérants, les jeunes qui affluaient en masse de la campagne en quête de travail avaient eu raison de lui, malgré sa parenté avec le cardinal. Quelques jours plus tard, on entendit une salve de petits coups nerveux à la porte d'entrée. C'était le propriétaire : le loyer augmenterait de douze dollars dès le mois suivant. Nérée tenta de négocier. En vain. Le notaire, qui avait spéculé maladroitement sur des biens mobiliers, avait un urgent besoin de liquidités. Comme ils étaient incapables de payer, les Bégin devraient déménager avant la fin du mois.

C'est donc au milieu des boîtes que Fernand Nazaire Philippe Bégin naquit, deux semaines plus tard. Anna était habituée aux accouchements éclair, comme on le sait. Celui-là dura une éternité, se terminant au chloroforme et aux forceps. Fernand en garderait un bras estropié. Anna fut sommée de garder le lit pour récupérer. Nérée et la grand-mère Bégin, venue en renfort, ne devaient la déranger que pour l'allaitement du nouveau-né. Au matin du seizième jour, Anna reçut l'autorisation de se lever. C'était le jour du départ. Les enfants furent tous réunis dans la chambre de leurs parents pour l'occasion. À part le lit, elle était vide. Les plus vieux s'étaient essayés à confectionner un gâteau à leur mère. On avait même acheté du vrai chocolat. Nérée portait sa chemise de mariage. Anna posa les pieds au sol et se leva. Elle sourit. Puis s'effondra.

Dans la tête de la jeune fille de quatorze ans qu'était Rose-Aimée, on ne pouvait pas mourir d'être restée trop longtemps couchée. Le mot « embolie », qu'on ne cessait de répéter, ne signifiait absolument rien pour elle. Elle comprenait instinctivement que les causes de la mort de sa maman tenaient bien moins à un caillot de sang qu'aux assauts constants d'une pauvreté congénitale, d'un propriétaire cupide, d'un monde injuste. Alors elle prit la résolution de ne pas reproduire la vie de ses parents et se mit à nourrir, au plus profond d'elle-même, une rancœur mêlée de crainte envers la puissance divine.

Le jour des funérailles, les Bégin descendirent l'escalier de leur appartement. Le notaire leur avait donné un sursis de quelques jours. Lui, sa femme et leurs deux fils présentèrent leurs condoléances et les deux familles franchirent côte à côte dans le silence les quelques centaines de mètres qui les séparaient de l'église Notre-Dame-de-la-Victoire. Sur le parvis, les trois filles d'Anna Bégin prétextèrent un oubli et déguerpirent jusqu'à la maison.

Elles rassemblèrent tous les objets précieux et fragiles du quatre et demi, les posèrent sur le comptoir et sur les lits, bouchèrent l'évier et le bain et, ivres de leur propre culot, ouvrirent les champlures. Elles retournèrent à l'Église. Les doigts serrant leur missel et le cul brinquebalant sur leur banc de bois, elles écoutèrent d'abord distraitement l'apologétique dédiée à leur mère, puis l'exégèse de Matthieu 5.38, où l'évangéliste demande de troquer le Dieu vengeur de l'Ancien Testament pour celui du pardon et de la justice *post mortem*.

Elles restèrent muettes sur le chemin du retour. Ce n'était pas leur habitude. Leur grand-mère leur mit à chacune une main sur le front. La famille Bégin, qui avait reçu les condoléances à la sortie de l'église, était arrivée à la maison quelques minutes après celle du notaire. On l'entendait hurler à travers la porte. Il sortit en trombe, se planta devant Nérée, qui tenait dans ses bras le petit Fernand, et lui annonça avec force postillons rageurs que ses monstres et lui étaient mis à la porte en date de tout de suite.

Ils montèrent à leur appartement, qu'ils trouvèrent inondé. La grand-mère alla fermer les champlures puis revint gifler ses petites-filles, une à une, avec quelques mots bien sentis. Ensuite, elle prit Nérée à part. On entendit seulement le bruit sourd de sa voix dans la chambre fermée. Elle en ressortit avec son fils sur les talons. Il avait les yeux pleins d'eau.

Bon, dit la matriarche avec aplomb, on va devoir vous séparer. Ma petite vache a mal aux pattes, toi Renée-Ange, tu t'en vas au couvent des Sœurs de la Charité de Saint-Louis ; tirons-la par la queue, toi Mona, tu t'en viens habiter avec nous à Lauzon pour redresser tes torts ; elle ira bien mieux, pis toi, toi, Rose, déshonneur de notre nom, tu t'en vas drette chez mon neveu Joseph-Alexis, aux Trois-Rivières.

Nérée Bégin aurait peut-être résisté un peu à l'ukase de sa mère si le déluge n'avait pas affaibli et fait se défoncer une latte du plancher, renversant le buffet-bibliothèque du salon-cuisine. Ses précieux livres gisaient dans une flaque brouillée d'encre de Chine. Les pigments dorés des majuscules flottaient doucement dans la lumière de midi. Il s'agenouilla et les ramassa un à un, avec une précaution pathétique. Il s'avança ensuite vers ses trois filles et remis à chacune son livre, en pleurant silencieusement. Rose-Aimée enveloppa le sien dans sa belle robe pour le sécher avant de le mettre dans sa valise. Dès le lendemain, dans l'auto conduite par son grand frère, elle payait de sa poche la traversée du pont de Québec en direction de Trois-Rivières, où elle allait expier ses péchés en aidant le cousin de son père à embouteiller l'Abénakis, eau minérale toute grouillante de bulles argentées.

Lot no. 445

Un raisin rouge (séché). Dans son écrin de cuir noir à l'effigie des armes de la Province de Québec, et enveloppé dans un mouchoir de soie brodé par Mme Marie Liette Jeanne-D'Arc Potage.

Mise minimum : dix dollars.

Walker

Au poste du corps de police de la Cité des Trois-Rivières, Émilien Gingras posa une fesse sur le coin du bureau propre et ordonné du chef Walker.

— Allez, venez donc, chef, ma femme va faire son pain de viande.

— Je ne peux pas, Émilien, c'est une grosse semaine.

— Comme vous voulez. Mais vous savez qu'elle ne vous lâchera pas, hein ? Si vous voulez que ça s'arrête, vous devrez venir une bonne fois.

— J'y penserai, j'y penserai, mais pas cette semaine.

Le même manège se répétait chaque jeudi. Émilien invitait le fier et droit Pierre Walker à souper à la maison. Il refusait, chaque jeudi, avec une politesse inébranlable. Rose-Aimée espérait bien entendu faire en sorte que son mari tombe dans les grâces de son chef. Or rien de mieux, pour le séduire, qu'une tranche de son pain de viande, auquel l'ajout d'un soupçon de clou de girofle allait permettre, un jour, elle en était convaincue, à Ti-Mile de se faire offrir les clés de la ville.

Les demandes répétées des Gingras restèrent lettre morte jusqu'au jour funeste où la femme du chef Walker, dont la dernière fille venait de quitter le foyer, s'était déclarée publiquement disciple de Sappho. Le soir même, la scandaleuse faisait ses valises et sacrait son camp à Montréal, que Pierre Walker, en bon Trifluvien, haïssait sans l'avoir jamais vue. Les jours d'après, on vit son dos s'arrondir. Pour tromper sa honte et sa solitude, un soir, il se mit à feuilleter pour la énième fois l'épais dossier des clubs de curling, haut lieu des paris illégaux en ville. Son bungalow vide lui était insupportable. Hier encore, ou presque, sa femme avait passé la soirée à côté de lui, dans son La-Z-Boy brun, à faire ses mots croisés... Il lâcha le dossier et prit son carnet, puis le téléphone, et appela au domicile du brigadier Gingras. Oui, c'est soir de pain de viande. Remarquable coïncidence, en effet, chef. On vous attend.

Rose-Aimée voulut que tout soit parfait. Elle sortit ses napperons de papier dentelle, menaçant ses deux filles de les forcer à récurer la toilette avec la langue si elles y mettaient un trait de crayon ou une goutte de jus. Elle fit vite rentrer le jeune Paul-Émile, occupé à étrenner la bécane neuve de son cousin dans la ruelle.

Elle fit une double recette, avec ses patates pilées à la crème du temps des Fêtes, pour être certaine de contenter le rondelet chef Walker. Il en reprit trois fois. Ils contèrent leurs meilleures histoires. Mirent un disque de Willie Lamothe très fort. Sortirent une bouteille de Melchers achetée spécialement pour l'occasion et en virent vite le fond. Le chef oublia momentanément l'immoralité de sa femme et son séjour assuré en enfer. À partir de ce jour, il passa tous ses jeudis soirs rue Gingras.

Leur connivence fit un pas de plus quand la mère de Walker s'écrasa un orteil dans un accident de pétanque. Le chef, parti à Sherbrooke pour affaires urgentes, sollicita le secours du brigadier Gingras. C'est que, chaque samedi soir, sa mère allait religieusement au restaurant Christo pour regarder *La famille Plouffe*. C'était le seul établissement en ville où l'on pouvait regarder la télévision. Elle ne pouvait s'y rendre à pied. Émilien pourrait-il la conduire ? De sa propre initiative, il fit encore mieux : il cassa le cochon et fonça Plaza Fusey se procurer un téléviseur. Il installa le poste dans le salon juste à temps pour que Blanchette Walker, qu'il avait cueillie chez elle, puisse regarder son programme. En fin de soirée, Rose-Aimée, énervée comme un têtard, récompensa son mari d'une main experte dans le salon faiblement éclairé par la tempête de neige qui déferlait sur l'écran.

C'est ainsi que la mère du chef se mit à passer ses samedis soirs chez les Gingras, mangeant plus que son fils les jeudis et enfilant les Tom Collins sans donner de signe d'ivresse, sinon qu'elle disait qu'elle sentait moins la douleur de son maudit pied. À la fin de la soirée, Rose-Aimée récitait un chapelet pour que Ti-Mile soit promu au grade de lieutenant ou de capitaine-détective.

Un soir, elle demanda à Walker :

— Un homme comme vous, important, engagé dans la communauté… ça doit bien connaître du monde haut placé ?

Pierre Walker avait beau être droit, il n'était pas insensible à la flatterie, surtout depuis qu'il était célibataire. Rose-Aimée pensait qu'il saurait faire s'ouvrir d'un mot les portes du collège classique, généralement réservé aux enfants de la bourgeoisie marchande, des professionnels, d'une poignée de riches agriculteurs et de quelques familles nombreuses qui parvenaient à mettre en commun leurs ressources pour y envoyer les plus jeunes, espérant les voir entrer dans les ordres. Mais Walker, malgré toute sa bonne volonté, n'y pouvait rien : il n'y connaissait personne. Sans compter que les traitements de faveur et les jeux de coulisses lui puaient au nez.

Rose-Aimée dut se résoudre à faire ce que faisaient tous les Trifluviens qui voulaient une job, une bourse ou un contrat : elle appela Auréa Cloutier et demanda à parler à Duplessis. L'année suivante, miracle chez les Gingras : les deux filles s'en iraient finir leurs études au Collège Marie-de-l'Incarnation. Même chose pour Paul-Émile, qui bénéficierait d'une des deux places que le Séminaire Saint-Joseph réservait aux enfants indigents, modeste manière de brasser le sédiment social. Il pourrait dès lors affiner sa nature au contact des fils d'oto-rhino-laryngologistes, de notaires et d'industriels. Rose-Aimée était aux anges.

La grande tragédie de Pierre Walker, outre la ruine de son mariage, était qu'il était devenu chef de police en 1943, sous le gouvernement libéral. S'il avait résisté au balayage des nominations partisanes de l'Union nationale, c'était pour la seule et unique raison qu'il avait une réputation de neutralité proprement helvétique, et que Duplessis pouvait le brandir au besoin comme gage de sa propre impartialité. Mais ses jours étaient comptés, et Rose-Aimée le savait.

Un matin de 1957, Pierre Walker avait reçu chez lui la visite de deux bonshommes portant d'élégants costumes gris au tissu finement rayé. Ils étaient venus lui offrir la direction de la branche trifluvienne de la Police des liqueurs, qui allait être créée tout prochainement.

— C'est André Thivierge qui vous envoie? demanda Walker.

Non, ils n'étaient pas des émissaires officiels du directeur général de la Police des liqueurs. Ils étaient plutôt des membres en règle du clan calabrais de la mafia de Montréal. Leurs demandes étaient claires comme de la grappa.

— Vous protégez nos barbotes. Vous laissez nos cabanes à sucre tranquilles. Vous nous donnez le jour et l'heure de vos perquisitions. Le commandement de la Police des liqueurs, c'est 20 000 $ par année, Monsieur Walker. Il faut voir ça comme une promotion.

Le chef avait piqué une sainte colère. On se permettait de présumer qu'il était à vendre? Il envoya promener les mafieux en usant d'un langage dont il n'était pas coutumier. Ils se levèrent, remirent leurs borsalinos et retraversèrent sa cuisine. Avant de quitter les lieux, le plus petit des deux lança :

— Comme vous voulez... Dans ce cas-là, vous avez trois portes de sortie : la retraite, la démission, pis l'autre, je vous laisse la deviner.

Walker voulut dénoncer cette tentative de corruption. Malheureusement pour lui, tous les yeux étaient alors rivés sur Murdochville. Personne n'avait d'oreille pour lui. Ni le directeur de la Police des liqueurs (Thivierge), ni le directeur de la Sûreté (Beauregard), ni le député de Trois-Rivières (Duplessis), ni le procureur général (Duplessis), ni le premier ministre (Duplessis). Même les journaux libéraux se tinrent cois. Le bruit des matraques était trop fort ; le spectacle de la répression de la grève de Murdochville, trop captivant.

Quelques semaines plus tard, le scandale éclata : un de ses propres policiers trouva des preuves de recel, de contrebande et de pédérastie dans le tiroir du bureau de Pierre Walker. Il fut aussitôt démis de ses fonctions dans le plus grand déshonneur. Son successeur était tout désigné : Roland Beaulieu, un livreur de glace qui avait sauvé la fille du maire de Gentilly de la noyade, sur le fleuve, l'hiver précédent. Beaulieu s'était fait beaucoup d'amis grâce à ses ronnes où il écoulait, en plus des blocs de glace, des bidons de bagosse. Il était rassurant pour tout le monde que le nouveau chef eut déjà un pied dans la pègre.

C'est d'ailleurs en levant un doigt de gin bien chaud et bien sucré qu'Émilien Gingras, en compagnie de tous ses collègues rassemblés autour de l'ancien bureau de Pierre Walker, célébra le début du règne bonhomme et vulgaire de Roland Beaulieu.

La chicane

Ils marchaient vite et, de dos, on n'aurait pas su qui guidait l'autre, du père ou du fils. Émilien voulait arriver avant que sa colère ne faiblisse. Il savait qu'elle perdrait vite de son mordant dans l'hésitation tâtonnante de qui doit constamment se situer dans le monde physique, se transformant en une irritation toute superficielle contre les cadres de porte et les bords de trottoir. Il parvint tout de même à son seuil encore bien pompé et fit claquer sa porte comme une grande langue sur le mur. Il marcha seul jusqu'au bout du couloir et lança vers le divan son porte-monnaie, qui ricocha sur l'écran de la télé et finit dans le pot d'un petit bégonia malodorant.

— Tu l'as fait exprès, Rose-Aimée, de mêler mes bills ? Ou ben t'es juste la pire des épaisses ?

Marie-Monique et Renée-Ange, qui se disputaient les dernières miettes d'un gâteau aux fruits au brandy, s'empressèrent d'aller faire une patience dans la cuisine.

— Ta femme est dans' salle de bain, Ti-Mile, dit Renée-Ange en fuyant.

— Parle-moi pas sur ce ton-là, toé, dit Rose-Aimée, qui arrivait les cheveux enveloppés dans une serviette. C'était rien qu'une farce, OK ?

— Une farce qui nous a coûté 19 piasses ? Tu veux nous ruiner, c'est ça ? Nous couvrir de honte ? Ben vas-y, la mère, vas-y ! J'ai pu rien à perdre de ce côté-là.

— Bon, le monsieur joue la victime ! Et pis ça parle au « nous » en plus ! Est bonne ! Dis-moi donc, pensais-ti à *nous* quand tu floabais *notre* argent à la taverne ? Tu veux savoir pourquoi j'ai faite ça ? Parce que ça m'a fait du bien ! J'ai imaginé cent fois ta face. J'avais hâte que tu saches, que tu sentes, ça fait quoi quand quelqu'un dépense ton argent comme un innocent ! Plouf, dans' toilette ! Pis c'est même pas une image, là. L'argent, depuis que Beaulieu est arrivé, tu le buvais pis tu le pissais pis tu le flushais pis, pendant que tu cuvais sur le divan, moi pis Popaul on mangeait des patates au sel dans' cuisine en silence ! Faque si t'en veux plus de mes soupers pis de mon lavage pis de mon séchage pis de mon torchage, ben ça va me faire plaisir de te laisser dans ta misère de petit invalide pis de m'occuper rien que de moi-même avec mes sœurs ! Tu peux ben la boire, ta rente d'infirme, j'vas m'arranger sans, fais-toi-z-en pas.

— Comme si t'avais des leçons de vertu à donner, Rose-Aimée Bégin !

Émilien avait pointé un doigt accusateur vers le mur. Mais la colère avait déjà laissé place à la honte. Il cacha son visage dans ses mains.

Paul-Émile en profita pour donner les lavettes, les pantoufles, le foulard et les carrés aux dattes à sa mère, qui s'était assise dans le divan. Elle plongea la main dans une pantoufle d'où elle tira quinze piasses. Léonette Bouffard avait rendu le change. Son fils s'approcha et lui souffla à l'oreille :

— Je sais que c'est un drôle de moment, mais sauriez-vous ça, vous, comment on va à Schefferville ?

Elle opina du chef puis chuchota à son tour :

— Pourquoi Marcel l'a pas rasé ?

C'est sa révolte, Rose-Aimée. Laissez-lui au moins ça.

Johnson

Daniel Johnson était un jeune ministre vigoureux et passionné. Jeune, il faut s'entendre : il avait quarante-quatre ans, dont déjà treize de vie politique. Mais pour les dinosaures qu'étaient Jos-D. Bégin, Gérald Martineau et les autres fondateurs de l'Union nationale, il était un ambitieux freluquet et, par le fait même, un dangereux réformiste, à ranger dans les rangs des Jean-Jacques Bertrand et des Claude-Gilles Gosselin. C'était mal le connaître, lui qui calquait les idées au moins autant que la moustache de son Chef. Attablé à l'Old Homestead avec ces libéraux et ces dissidents, il ruminait ses souvenirs.

S'il était resté fidèle à Duplessis, c'était d'abord parce que le Chef lui avait donné sa carrière. À l'élection partielle de 1946, Johnson avait voulu conquérir Bagot. Duplessis le trouvait trop jeune, mais il n'avait rien à perdre : ce comté-là était libéral depuis des lustres. Alors il lui avait donné sa chance. Il était même venu en personne présenter son candidat.

Johnson, qui sillonnait le comté depuis deux ans et y avait établi son cabinet d'avocats, commençait à jouir d'une réelle popularité. Il se souvenait qu'un soir, ses adversaires avaient organisé un rallye au manoir d'Acton Vale. Un complice de Johnson infiltré dans le manoir avait saboté la boîte à fusibles juste au moment où le candidat libéral allait prendre la parole. La foule était restée docile pendant la quinzaine de minutes qu'il avait fallu pour rétablir le courant. Puis était venu le couronnement de la soirée : l'allocution d'Adélard Godbout, descendu en renfort de Montmagny pour l'occasion. Cette fois, un costaud gardait la boîte électrique. L'homme de Johnson n'avait fait ni une ni deux et avait dégoté un sécateur. Un jeune larbin, serviable et agile, avait accepté contre une modeste rétribution de grimper sur le poteau électrique pour couper le fil qui alimentait tout le manoir. Il s'était pris une bonne décharge, mais en avait été quitte pour la perte d'un ongle d'orteil. La foule s'était dispersée, dans le noir, bien déçue. Le soir du scrutin, Daniel Johnson avait repeint Bagot en bleu.

Tout absorbé qu'il avait été par ses activités professionnelles, il avait passablement négligé sa femme et ses fils. Quelques années plus tôt, alors qu'il était à Québec, Reine avait été blessée par balle. Le tireur s'était fait sauter la cervelle dans le salon de leur maison de Notre-Dame-de-Grâce. C'était, en fait, l'amant de Reine, qui lui demandait, une ultime fois, de quitter son mari et de partir avec lui. Humilié et abattu, Daniel avait débarqué dans la suite du Château Frontenac avec sa lettre de démission. Duplessis l'avait déchirée sans la lire puis avait employé toute son autorité pour étouffer l'affaire, tant dans la presse qu'au sein des rangs unionistes. Johnson lui avait juré fidélité, à la vie, à la mort.

C'est à cette époque qu'il avait commencé à traîner à l'Old Homestead jusqu'aux petites heures. Snobé par les bonzes du parti, déprimé par sa situation familiale, il buvait à une table non loin de celle qui accueillait la confrérie, alors émergente, de Laporte. Il avait fini par entrer dans le cercle, le rejoignant de temps en temps pour la compagnie, mais aussi pour laisser libre cours à des pensées hétérodoxes que jugulaient en tout autre lieu la discipline de parti et sa loyauté à Duplessis. C'était la première fois depuis plusieurs mois qu'il retrouvait la bande qui cherchait, par les grâces de la boisson, à lire l'avenir. Johnson savait que les astres étaient alignés pour que Paul Sauvé succède à Duplessis. Mais il n'allait pas lui laisser le champ libre sans livrer bataille.

La waitress vint le trouver alors qu'il répondait à Vézina que l'Union nationale ne mourrait pas avec Duplessis.

— Y'a un dénommé Pinault au téléphone pour toi, mon Daniel.

Il se traîna jusqu'à l'arrière du bar. À l'autre bout du fil, Jacques Pinault, un ancien organisateur d'élections libéral ayant retourné sa veste en sa faveur, était tout excité.

— Daniel ? Tu le croiras pas ! Viens-t'en me rejoindre au Renaissance, tussuite !

Johnson ne fit ni une ni deux et prit congé de la gang à Laporte qui continuait de marteler les tympans des derniers clients de l'Old Homestead. Dans l'air frisquet, il remonta Saint-Louis jusqu'à la Grande Allée puis grimpa deux par deux les marches de pierre du Club Renaissance. Le barman, en le voyant, fit une courbette en souriant et le dirigea vers un des salons privés à l'arrière. Pinault, un pied sur une barre à clous insérée derrière le loquet d'une mallette, prenait une pause entre deux poussées.

— C'est quoi ça, Jacques ? Ça vient d'où ?

— Tu connais la valise noire à Duplessis ?

— Tu me prends pour qui ?

Pinault cala sa Dow puis asséna deux solides coups de talon à l'extrémité de la barre. Le loquet sauta. Il prit délicatement la valise, la posa sur la table et, d'un geste de grand-duc, invita Johnson à s'asseoir à sa table.

— À vous l'honneur, patron.

Le politicien entrouvrit la mallette avec méfiance, puis se mit à fouiller.

— Des rubis, une dague, des partitions et… des lettres d'amour, on dirait ? Qu'est-ce tu veux que je fasse avec ça ?

Pinault tombait des nues. Il avait été convaincu qu'il s'agissait de *la* valise noire. Sous le regard noir de Johnson, il raconta qu'il avait filé la secrétaire de Duplessis toute la journée et toute la nuit et que, quand il l'avait vue sortir du Frontenac avec la mallette, il n'avait qu'une idée en tête : assurer, grâce à son contenu, la chefferie à son patron. Il se garda néanmoins d'avouer, de crainte de passer pour un barbare, qu'il avait assommé Auréa Cloutier avec un tuteur en acier qu'il avait trouvé dans le parc de l'Esplanade.

— Quand la poussière va être retombée, mon espèce de sans-génie, tu vas me rendre tout ça à mademoiselle Cloutier, et tu vas lui demander pardon en lui baisant les pieds.

En sortant du Renaissance, le député de Bagot marcha à la hâte, tentant de chasser le malaise qui le tenaillait. Son organisateur traîna un peu sur l'immense galerie du club pour fumer. Il contemplait l'ampleur de sa bêtise. Il ne pourrait plus jamais travailler pour l'Union nationale s'il ramenait le magot à Auréa Cloutier. L'idée lui vint de vendre quelques rubis. Il avait ses entrées chez les lapidaires louches... Trop risqué. Il commençait à descendre l'escalier quand un gros mollet sorti de nulle part le fit débouler jusqu'au trottoir. Le truand, lui, descendit posément les marches de pierre, ramassa la mallette et entra dans une voiture qui passait lentement, une portière ouverte. Pinault, salement amoché, la vit s'enfoncer dans les dernières heures de la nuit.

La chute

Dans la nuit du 31 janvier au 1er février 1951, le pont Duplessis gronde et grince dans le vent glacial. Un bruit sec dans l'air, *poc !* puis comme au ralenti, la section ouest, reliant Trois-Rivières à l'île de la Potherie, s'effondre sur les glaces du Saint-Maurice. Le parapet pendouille dans un angle obtus. Trois voitures plongent dans l'eau sibérienne.

Le parti libéral compte bien humilier Duplessis, mais il n'en aura pas le temps. Le lendemain, au Salon vert, le premier ministre, ses yeux plantés dans ceux des journalistes de la tribune, accuse les éléments subversifs de la société d'avoir assassiné quatre honnêtes hommes. Il met en garde la nation contre le péril rouge, contre la morphine désastreuse du communisme, et demande à l'opposition si elle a l'intention d'exploiter ce drame humain pour casser du sucre sur son dos. Georges-Émile Lapalme se rassied piteusement.

La commission chargée de l'enquête passe deux ans – le temps qu'on mit pour reconstruire le pont – à interroger Pierre Jean Jacques, à inspecter les piles, le chevêtre et les culées, pour finalement tirer à blanc, incapable de condamner qui que ce soit, surtout pas les communistes, et pas même la Dufresne Engineering Co. Ltd., fidèle contributrice à la caisse unioniste, qui avait affaibli l'acier pour sauver au boss l'équivalent du prix d'un chalet.

Plusieurs personnes affirmèrent cependant avoir vu un homme accroupi sur le pont, un peu avant minuit. L'un des témoins, qui rentrait de son quart de soir à l'usine de papier, croit dur comme fer avoir reconnu la grosse pelisse rouge de René Pastorale. Il n'en faut pas plus pour que les rumeurs se mettent à courir.

René, perdu et honteux, franchit les lignes le lendemain, fuyant l'interminable hiver de son pays pour les cieux industrieux de la Nouvelle-Angleterre.

IV. TERRES LOINTAINES

De la fondation des villes • *Jusqu'au Saguenay*
L'hypnagogie à Gégé • *Les portes de la Côte-Nord*
Le catéchisme des électeurs • *Le Bouclier canadien*
Labrieville • *Schefferville* • *Dépositions*
Nothin' but a hound dog • *La version à Liette*
Le livre de Rose-Aimée • *L'Abénakis* • *Déjà-vu*
Vire-capot • *Supplication* • *Résurrection*
La berceuse • *Le retour*

De la fondation des villes

Lors de ses voyages en Canada, Jacques Cartier se fit assurer par le grand chef Donnacona qu'au bout de la rivière creuse l'attendait un royaume où des femmes et des hommes en habits de soie marchaient sur des tapis d'or. Cartier remonta la rivière. Ne trouva rien de tel. Chargea ses cales de minerai pas du tout précieux et s'en retourna en France, envieux des Espagnols qui, eux, rapportaient de l'or au baril de leurs colonies. Le Royaume avait été là, pourtant, sous ses yeux. Il attendait seulement d'être vu.

Quatre siècles après la promesse de Donnacona, les industriels américains, eux, le reconnurent. Il se trouvait dans les forêts bordant la Manicouagan, dans le courant de la Bersimis, dans le sous-sol du Bouclier, dans la fosse du Labrador. Il suffisait d'avoir les bons outils pour y entrer. Le gouvernement provincial ne les avait pas, et leur donna les clés. En échange, les Américains devraient construire des villes, des chemins de fer pour les relier, et donner du travail à une main-d'œuvre corvéable à souhait. C'est ainsi que prirent corps les cités de l'Abitibi et de la Côte-Nord, puis de ce Nouveau Monde dans le Nouveau Monde, l'Ungava, qui allait enfanter Schefferville.

Scheffer, c'est le nom du vicaire du Labrador qui y installa son évêché. Ville, c'est une esbroufe sémantique qui sert à camoufler un comptoir de traite.

Certains jours, Schefferville s'imagine en Las Vegas du Nord. Il suffit d'avoir un peu d'ambition. Vegas est bien la preuve qu'on peut s'établir et pousser au beau milieu de nulle part. Puis, elle lorgne vers Shawinigan, dont la meilleure pataterie est sise au coin de Broadway et de la 5e Avenue, ou vers Arvida, calquée sur Washington. Pourquoi Schefferville s'empêcherait-elle de rêver, de se rêver grande, belle et plantureuse ?

D'autres jours, elle contemple sa finitude. Elle se sait branchée depuis sa naissance à un respirateur artificiel, alimentée seulement par le fer de la fosse et la spéculation boursière. On s'en désintéresserait aussi vite qu'on s'y était intéressé. On en oublierait jusqu'au nom un jour… à moins que, comme Booth et Godse et Princip, elle ne s'invite dans l'histoire par un joli assassinat politique.

Elle a fait le coup un jeudi après-midi. Elle s'y est prise fort mal, cependant : il lui a fallu quatre jours pour achever son homme. Ça lui a donné le temps d'enfiler ses plus beaux atours. Le magasin général a écoulé tout son stock de plantes décoratives, de banderoles et de peinture et, à mesure que les grappes de curieux se multipliaient le long des cordons policiers qui cernaient le guest house, les Scheffervillois nettoyaient la devanture de leur échoppe, ou sarclaient leur pelouse, ou balayaient les rues. Solange Porlier, dans sa cantine, haussa de trente cennes tous ses prix sans exception, de la canette au quart de poulet.

Pendant ces quatre jours, Schefferville aura été sur toutes les lèvres. Partout dans la province il n'aura été question que de cette ville lointaine et neuve, où des bras nombreux vidaient le sous-sol avec ardeur, où les colons gagnaient mauditement bien leur vie, où l'été durait moins d'un mois et les jours, jusqu'à dix-huit heures. Le 3 septembre 1959, Schefferville avait été mise sur la mappe.

Jusqu'au Saguenay

Gingras et Gégé venaient seulement de dépasser Québec. Ils avaient perdu un temps précieux coincés derrière des tracteurs et des téteux. Le gouvernement, qui investissait massivement dans le béton l'argent qu'il sauvait en n'ayant pas à payer les religieux qui éduquaient les enfants, soignaient les malades et recueillaient les nécessiteux, n'avait pourtant toujours pas donné au Québec une autoroute pour relier sa capitale et sa métropole. Duplessis, d'ailleurs, refusait tous les subsides fédéraux pour la voie transcanadienne, au nom du respect des compétences provinciales.

Ils roulaient à présent sur la 15 qui, moyennant d'interminables convulsions le long du Saint-Laurent, les mènerait à Sept-Îles. L'asphalte coulait sous eux depuis cinq heures. Ils avaient valsé avec les vans vides qui allaient se faire charger de bois sur la Côte-Nord. En milieu d'après-midi, ils avaient contemplé quelques secondes la chute Montmorency et la basilique Sainte-Anne-de-Beaupré, dont il manquait encore les flèches, puis les villages paisibles de Charlevoix. Gingras ne s'était jamais vraiment éloigné de Trois-Rivières, en dehors de quelques parties de pêche en Haute-Mauricie. Il se sentait un peu écrasé par l'immensité de l'estuaire du Saint-Laurent qui, passé la pointe de l'île d'Orléans, semblait s'écarteler jusqu'à la rupture.

L'air frais qui entrait dans l'auto par les fenêtres baissées ne venait pas à bout de l'odeur d'œufs durs dans l'habitacle. Ils avaient attendu un peu trop longtemps avant de les manger.

Après avoir dévoré le ragoût de sa mère, Gingras avait fait un crochet par la rue Hart. Il n'avait vraiment pas le goût de partir seul pour Schefferville. Sans y croire vraiment, il avait attendu un peu devant la garçonnière de Gégé et l'avait attrapé alors qu'il revenait d'une conférence de presse à l'hôtel de ville.

— Ça te tente-tu de venir visiter l'Ungava avec moi ?

— Sais-tu pourquoi ils construisent des maisons de style californien dans la taïga, toi ?

— Non.

— Ben moi non plus. Elles pensent fourrer qui, les minières ? Ça fera un mautadine de bon reportage.

Gégé monta chez lui pour prendre son baise-en-ville, puis dit à Gingras d'arrêter devant la maison de ses parents, où il entra sans frapper pour voler les sandwichs aux œufs dans le frigidaire, arguant que c'était là une forme de redistribution équitable et naturelle de la richesse. Louisa, qui lisait sa *Presse* dans le salon, ajouta une fournée de brioches. Elle posa un bec sur la joue de son fils et les regarda partir de sa fenêtre, agitant un mouchoir.

Ils n'avaient pas fait cent mètres que Gingras vit, dans le rétro, Louisa qui les poursuivait en courant.

— Mon beau Paul-Émile, dit-elle en s'accotant à la portière, excuse-moi, pourrais-tu m'ouvrir ton coffre, s'il te plaît ?

Gingras s'exécuta et regarda Louisa Marceau extirper son fils Ivan de la valise arrière, en passant proche de lui arracher l'oreille en tirant.

— Mais m'man ! Je veux voir l'Ungava moi aussi ! braillait l'adolescent en couvrant son visage pour se protéger des taloches.

— Ivan Godin, si je réussis à te garder en vie jusqu'à ta majorité, j'aurai gagné mon ciel.

Elle referma le coffre.

— Bonne route mes trésors ! Désolée du dérangement !

Gingras redémarra, abasourdi. Gégé continuait de feuiller le journal qu'il avait piqué à sa mère comme si tout était normal.

Ils sortaient de La Malbaie. Gégé replia sa *Presse*. Gingras était toujours au volant. Il aimait mieux conduire, de toute façon.

— C'est bizarre pareil, dit Gégé. Les journaux parlent tous de l'hémorragie cérébrale de Duplessis aujourd'hui. Mais vendredi, le communiqué du gouvernement disait que c'était une indigestion. Même *Le Nouvelliste* l'avait relayé.

— Ils devaient juste pas savoir ce qu'il avait.

— Paul-Émile, Sainte-Sophie ! N'importe qui peut faire la différence entre une indigestion pis du sang dans la tête !

— Il était de qui, le communiqué ?

— Ça sortait du bureau d'Antoine Rivard.

— C'est qui ça ?

Plutôt que de se lancer dans un cours de politique, Gégé s'étira pour prendre le livre qui traînait sur la banquette arrière. Pamphile Le May. Il le feuilleta, lut quelques phrases, puis se canta dans son siège et rabattit sa capine sur ses yeux. Le Saguenay approchait. À chaque secousse de la voiture, Gégé sentait la bride de ses idées se relâcher. Il avait la tête pleine des histoires que Gingras avait égrainées comme il l'avait pu sur le coma, le complot, la mort ; sur les Témoins de Jéhovah, les communistes, les Polonais ; sur la Patente, les chips et Jos-D… Les images se croisaient et se décroisaient, tournoyant jusqu'au ciel et l'emportant loin du tape-cul qui roulait vers le bout du monde.

L'hypnagogie à Gégé

Tantôt, après ma sieste, il faudra quand même que je parle à Gingras, parce qu'il connaît rien à rien ; y'a pas pire pruneau que lui pour la chose publique. Tu dois comprendre, Gingras, joggons un peu sur le champ de Mars, que si les journaux se dédisent, c'est parce que le gouvernement se dédit, et pis que même si ça pue, les égouts de la colline tout pleins de cachotteries, les journaux ont pas le choix de suivre la parade jusque dans la bouse, même si ça me donne parfois le sentiment de rouler la populace dans la farine ; ben oui, ils sont ben capables, les journaux, de cacher la vérité, à la solde comme ils sont pour la plupart des coquerelles de Parlement, des toutounes de la finance et des croqueux de fonds publics… Tu penses vraiment que, parce que la politique t'intéresse pas, qu'elle s'intéresse pas à toi ? On passe devant chez nous, à deux pas de la cabane des Duplessis, mais je veux pas rentrer, ça m'a pris du temps à en sortir, et de toute façon c'est pas le père que je voulais, duplessiste au coton, alors je m'en suis donné de nouveaux, ils s'appellent Trudeau et Pelletier et Lévesque et n'ont pas peur de grand-monde... Ah tiens, vous voilà, Monsieur Duplessis ! On parlait justement de vous, descendez de vos grands chevaux, j'ai toujours voulu vous demander : comment vivez-vous votre tragédie ? Je veux dire, ça crève les yeux comme Œdipe que vous bandez mou, à quatre pattes devant le capital, les trusts, l'Église et la Confédération, vous êtes dur seulement devant les grévistes et l'opposition officielle, je suis certain qu'au fond, entre deux taches de graisse sur la conscience, vous désespérez de la condition canadienne-française, que c'est juste parce que vous avez l'imagination d'une gélinotte que vous battez les chemins mille fois battus de la survivance, si seulement vous arrêtiez de regarder le trou de cul de votre nombril ! Levez les yeux ! Les lignes de désir du peuple sont partout, dans le lit défait de l'histoire, autant de noyés dans le naufrage de l'Acte d'Union à la mords-moi-le-nœud... Est-ce que c'est vrai que vous étiez mort, en 1942 ? Que le prêtre vous avait tartiné un peu d'huile dans le front, qu'il vous avait absous de tous vos péchés sans même que vous ayez eu à les lui dire ? Pratique, ça, pour repartir le compteur à zéro ! Qu'est-ce qu'il y a l'autre bord dites-moi, est-ce qu'on peut vraiment triquer le ciel de même ? En avoir assez son voyage de sa condition terrestre pour crever deux fois ? Mais si vous êtes là, à nous pitcher des dix cennes, si vous êtes encore pas mort, dites-moi donc, pour la grâce de mon pote, vous êtes où, vous zigonnez quoi, vous vendez la peau de l'âme de la province à quelle plorine de poche-molle millionnaire ? Tu vois, Gingras, c'est pas compliqué de poser les vraies questions ! Duplessis est capable d'en prendre ! À force de te laisser enfirouaper dans les anecdotes et les médisances de fond de tiroir des regrattiers d'attention, la tête va te lâcher dans un panier d'osier.

Les portes de la Côte-Nord

Gégé fut réveillé par le coup de corne du traversier de la rivière Saguenay. Ils passèrent de l'autre bord en fin d'après-midi et marquèrent leur arrivée sur la Côte-Nord en s'achetant deux bières, qu'ils posèrent entre leurs cuisses. Le froid commençait à peine à traverser leurs pantalons quand ils aperçurent, devant le gaz bar de Tadoussac, une jeune femme qui faisait du pouce.

— Arrête-toi, Paulé ! Envoye, arrête !

Paul-Émile ralentit et immobilisa le tacot à la hauteur de la blondinette aux cheveux ramenés en une couette. Il ouvrit sa fenêtre dans laquelle elle pencha son corps gracile. Gégé s'était étiré pour jeter un œil sur la pouceuse, et son souffle chaud caressait la joue mal rasée de Gingras.

— Allez-vous à Montréal ? demanda la jeune femme.

— Vous êtes du mauvais côté, Mademoiselle. Par-là, c'est Baie-Comeau, répondit Gingras.

— Non, j'ai demandé : retournez-vous à Montréal ?

Il se retourna un instant vers Gégé, toujours affalé sur lui, l'air de dire que c'était un méchant moineau.

— Non. On s'en va dans l'autre sens, vers Sept-Îles.

— Ah, j'y étais il y a peu. La vue sur l'océan est imprenable.

— J'imagine. Eh bien, en vous souhaitant la bonne chance pour votre périple !

— Je peux embarquer ?

— Vous alliez pas à Montréal ?

— Oui, je reviens de la Minganie.

— Bon, soupira Gingras qui avait épuisé ses réserves de patience, comme je vous disais, vous devez vous *placer de l'autre côté de la route*, si vous voulez retourner à Montréal. De ce côté-ci, ça roule vers l'est.

— Qu'importe. L'est est l'ouest de l'inverse ! Faut vraiment que je note ça, dit-elle en cherchant quelque chose dans ses poches. Vous m'êtes sympathiques. Et vous rentrerez bien à Montréal un jour !

— Ben, non. Montréal, c'est pas le centre de l'univers, je vous ferai remarquer ! Les trois quarts du monde habitent ailleurs, je veux dire…

— Trois-Rivières ! coupa Gégé. C'est à Trois-Rivières qu'on va rentrer, un jour. Vous serez déjà plus proche de votre profit.

— Oh, je crois que j'ai un ami à Trois-Rivières… je ne me rappelle plus son nom…

Gingras secoua la tête. Il pensait aux 300 milles qui les séparaient encore de Sept-Îles.

— Quel adon ! fit Gégé. Si vous êtes pas pressée, Mademoiselle, montez donc, on continuera à jaser et peut-être que le nom vous reviendra.

Elle jeta son sac de voyage – une couverte toute piquée, suturée avec de la corde – sur la banquette et s'y assit. Gingras n'était pas certain d'approuver, mais dans le fond, il s'en foutait. Il pesa sur la suce. La gravelle de l'accotement revola et la Ford fendit l'air sérotinal en retrouvant l'asphalte de la 15.

— Enchanté ! moi c'est Gérald. Le bougon, c'est Paul-Émile.

— Valérie.

Gégé réussit, de son siège passager, à lui serrer la main dans un angle impossible.

— Faque, tu viens de Montréal ? demanda Gingras.

— Non, je reviens de la Minganie. Je crois l'avoir déjà dit. J'essaie de composer un grand poème sur l'eau. Il y a l'eau-vie. L'eau-route. Il y a des milliers de fleuves et de rivières et de lacs dont le nom veut être crié. Les Nord-Côtiers en parlent mieux que nous. Comme s'ils la connaissaient plus intimement, l'eau. J'y ai rencontré Roland Jomphe, vous connaissez ? C'est un pêcheur de Havre-Saint-Pierre. Un pêcheur poète. Il m'a fait cadeau d'un de ses poèmes. Vous voulez l'entendre ? C'est pur, tamisé, plein de mansuétude, une vraie merveille. Où est-ce que je l'ai mis donc…

— Tu comprends quelque chose à ce qu'elle raconte ? demanda Gingras à Gégé, tout bas mais pas tant.

Valérie n'avait pas entendu, occupée qu'elle était à farfouiller dans son sac. Des mèches blondes s'évadaient de sa couette lâche pour se mêler à l'amas de bouts de papier chiffonnés, de gilets sales, de sonnets de Shakespeare tenus en liasse par un élastique, de cigarettes roulées et de pommes qu'elle avait versé sur la banquette. Elle avait dû visiter un verger.

— Ah ! Le voilà ! cria-t-elle en échappant une feuille.

Elle la ramassa et la déplia en la tenant par ses contours adustes, carbonisés comme si on avait tenté de la fumer. Des raies brunâtres la striaient là où elle avait été pliée. Au centre se trouvaient de grosses lettres tracées au feutre.

— Écoutez cela. C'est beau, beau à faire éclater les bourgeons en hiver.

Elle leva la tête, surprise par sa propre phrase.

— Vous voyez, la semaine passée, j'aurais pas su faire une métaphore comme ça. Il faut que je la note. Donnez-moi une seconde.

Elle ouvrit un petit carnet noir tout décousu et nota.

— Bon, reprit-elle, écoutez bien.

Repoussant ses mèches d'un mouvement confus, elle prit une pose de lectrice – tête levée, yeux baissés, bouche pincée, tout l'attirail :

Unité de la rivière, unité de l'océan
Où est la goutte la plus utile
Où est la goutte la plus importante ?

Gingras bâilla comme un cormoran. Une chance qu'il conduisait. Ça lui faisait quelque chose à faire.

— En tout cas, lança Gégé, il a pas peur de la répétition. Ouélagoutte, ouélagoutte, ça prend du courage…

— Roland n'a pas fini sa sixième! C'est un pêcheur, je ne sais pas si je l'ai dit? Il prend les mots simples qui lui viennent, et il réussit à faire passer… je ne sais pas… il rejoint cette intuition immémoriale qui fait de l'eau l'élément premier, primordial, indivisible, presque vivant, cohésion du monde…

Gingras alluma la radio. Gégé baissa le son et, tanné de se casser le cou pour regarder en arrière, se retourna pour de bon, accotant son dos sur le dash.

— Vous dites que vous écrivez?

— Une fois de temps en temps, mais pas toujours.

— Le poème. Vous écrivez des poèmes? réessaya Gégé avec une patience fascinée.

Les questions n'atteignaient pas la passagère. Ou pas directement. Elles étaient déformées par les prismes et les vapeurs qui la baignaient.

— J'ai publié un recueil. Il n'a pas très bien marché. Ça m'a, comment dire, chagrinée. Je n'en avais pas fini avec la poésie pour autant, il faut croire, ne serait-ce que parce que les choses me parlent encore dans une langue qu'il me reste à traduire. J'écris encore parce que j'en ai envie, parce que j'en ai le temps, parce que j'en prends le temps, parce que j'en tire des larmes et parfois des rires, des éclairs et du tonnerre, quitte à revenir bredouille dans le quotidien, quitte à troquer la poésie pour la pâtisserie…

Elle parlait, parlait, les yeux dans le vague, une pomme à peine croquée à la main. Gégé écoutait.

— Je me préparais une tisane. Je lisais Ponge. La bouilloire a sifflé. Et quand j'ai versé l'eau dans ma tasse, elle a produit un bruit que je n'avais jamais remarqué. Avez-vous déjà remarqué, vous ? L'eau bouillante ne murmure pas de la même manière que l'eau courante ou le ruissellement des eaux de forêt. Elle me parlait. Je me suis alors lancée dans un second recueil. Il me fallait faire autrement. Pas seulement lire les poètes et écrire dans les cafés, même à Saint-Germain-des-Prés ! Il me fallait puiser à l'extérieur de moi-même, aux sources multiples du pays, me laisser traverser par les éléments. Il me fallait aller là où ça souffle fort, à la recherche de l'esprit des côtes et de ce qui réclame le verbe. Oh ! pardonnez-moi, je dois noter ces fulgurances… Car voyez-vous, le Québec n'a pas de mythologie propre, née de sa terre ; le jardin a été fait de force, de lys, de roses, droit et plan ; on a tassé toutes les espèces indigènes jugées envahissantes. Le fond informe de nos mythes vogue de défaites en faillites et pour s'aligner sur nous-mêmes, il faut passer par le terroir et par le territoire, or je crois intimement que nous sommes une patrie liquide. Ça doit passer par l'eau, l'eau de la route des Grands Lacs et du lac Champlain, des ruisseaux qui obligent les portages et des cascades qui déboulent des monts vierges, de cette artère ridée du Saint-Laurent aux mille artérioles, du passage du nord-est…

— Bon, coupa Gingras, pas que c'est plate tout ça, mais on arrive à Forestville. Pause de quinze minutes, les amoureux.

Valérie repêcha subitement ses yeux perdus dans les abysses pour les fixer sur un Gégé qui restait immobile, hypnotisé.

— Forestville ? On est à Forestville ? Je ne sais pas pour vous, mais moi, ma vie a changé à Forestville.

— Tu nous raconteras ça tantôt, Madame la poétesse.

Les trois allèrent pisser à tour de rôle et Gingras fit le plein. Valérie se rassit promptement dans la voiture, frémissante, évitant de regarder de l'autre côté de la rue, à côté de l'église, la devanture de la taverne Neptune. Gingras, lui, la scrutait avec attention, se demandant s'il n'avait pas le temps de s'en caler une pour assourdir un peu la voix aiguë de Valérie Degasconradissontaglianiverville.

Le catéchisme des électeurs (extrait)

d'après l'ouvrage de A. Gérin-Lajoie (1851), J.-B. Thivierge & Fils Éditeurs, Montréal, 1936, p. 51-62.

Quand les privilégiés, les créatures, les favoris et les états-majors du Régime Taschereau ont été servis, et même bien servis, ce qui reste du profit des taxes[1] est généralement octroyé à quelques journaux. [...]

100. Les journaux «emplissent»-ils le peuple?
Les journaux «emplissent» le peuple. Et c'est pénible d'avoir à l'avouer mais c'est avec l'argent du peuple que le peuple se fait «emplir».

101. Voudriez-vous insinuer que le peuple est bête?
Le peuple ne peut être bête puisque c'est du peuple même que sont sortis les plus grands hommes, les savants les plus illustres, les citoyens les plus grands par la force, le courage et le caractère. Mais il ne faut pas oublier que livré uniquement à soi-même, tout peuple, toute foule,

1. Le chapitre précédent établit une liste de 112 taxes augmentées ou créées par Taschereau [NdA].

se laisse facilement conduire par les apparences trompeuses. Un peuple ne peut rien sans guide ou sans chef.

102. Que devrions-nous penser de l'Union Nationale telle qu'établie et irrévocablement fondée par Duplessis et Gouin ?
Nous devons accorder toute notre confiance à l'Union Nationale parce qu'elle veut détruire chez les Canadiens cet esprit de parti qui nous aveugle. Duplessis et Gouin se sont rencontrés et se sont loyalement tendu la main[2] afin de réunir les forces vives de notre peuple pour le bien commun.

103. Que vous rappelle ce geste ?
Ce geste rappelle l'Union de Papineau et de Mackenzie en 1837. Il rappelle le geste de Lafontaine et de Baldwin, de Cartier et de Macdonald, de Mercier et des conservateurs et des libéraux qui le portèrent au pouvoir avec une force irrésistible. Tous ces illustres disparus appartenant à des races, à des religions, ou même, au sein de la nation, des familles d'esprit nettement opposées, se sont joints, dans un élan commun. Tous, ils ont dû refouler certains préjugés, certaines traditions. Ils ont consenti de forts sacrifices personnels. Ne devons-nous pas admettre que « cet exemple dépasse tous les discours[3] » ?

---

2. « Canadiens, cessons nos luttes fratricides ! Unissons-nous. » Honoré Mercier.
3. Parole attribuée à Cicéron, le plus grand orateur politique de l'ancienne Rome.

Le Bouclier canadien

Il pleuvait depuis la réserve Bersimis. Le crachin avait laissé place à une belle averse qui s'écoulait par le trou dans le toit. Le petit jet que recevait Gingras avait l'avantage de le garder éveillé. Il s'arrêta quand même à Baie-Comeau pour pisser sa dernière bière et demander une roulette de tape au propriétaire du dépanneur. Comme il n'en avait pas, le commerçant détapa, à gros prix, le hockey de son fils. Gingras grimpa sur le hood et patcha grossièrement le trou sous la pluie battante. Gégé, réveillé par un bruit de tôle qui se déforme et les sacres de son ami, proposa de conduire.

Gingras s'installa dans le siège passager et s'accota le front dans la vitre de la portière. Roulant la tête, il vit dans le ciel, entre les nuages dodus qui se vidaient sur la Côte-Nord, la lune toute ronde. Éblouissante. Ils étaient bien chanceux de l'avoir, sur cette longue route sans lampadaires. Ses ancêtres n'avaient eu qu'elle et quelques chandelles raboutées pour voir dans la nuit, tout comme la plupart des villageois de la province, avant que Duplessis n'entreprenne l'électrification au profit des trusts. C'était il y a vingt ans à peine. C'était déjà oublié. Gingras s'endormait en contemplant les mille facettes de son enquête. Dans ce barbot de pensées, il se souvint que la lune n'éclaire pas d'elle-même, mais grâce au soleil qui la bombarde depuis l'autre côté du monde. C'est ainsi qu'il s'assoupit, bercé par les nids-de-poule de la municipalité de Godbout.

Ils entrèrent dans Sept-Îles aux petites heures. La pluie s'était arrêtée. Ils attendirent que le soleil se lève, somnolant tous trois dans l'auto parquée sur la rue Retty. Devant eux se dressait la gare de la Quebec North Shore & Labrador Railway. Quand son toit de tôle se découpa sur le ciel poudré de granit rose, ils sortirent acheter un paquet de cigarettes et trois plotées de bines à la mélasse dans un resto collé sur l'ancienne fabrique d'huile de baleine, puis entrèrent dans la gare en forme de hangar à minerai.

« *Trente piasses ?* » s'étonna Gingras en scrutant le minuscule tableau des départs.

— Trente piasses, répéta le commis.

— Il n'y a pas de tarif spécial pour la police, par hasard ?

— Voyez-vous ça sur le tableau ?

— Y'a pas une route qui se rend à Schefferville ?

— Bien sûr. Une route de canot et de portage. Comptez deux mois.

Gingras soupira et sortit soixante dollars de son portefeuille en espérant que le chef Beaulieu accepterait de défrayer le voyage de son assistant au retour. Gégé tira sur sa manche.

— Attends ! Pis Valérie ?

Elle était en train de scruter la grande carte à côté du guichet qui présentait l'itinéraire du train jusqu'à Schefferville, notant le nom des rivières et des lacs dans son carnet.

— Valérie ! Veux-tu venir à Schefferville avec nous autres ?

— Oui, dit-elle sans se retourner.

— T'as les trente piasses pour payer ? demanda Gingras.

— Oui, oui, j'arrive. Une minute !

— Trois billets, alors.

— Noms ? fit le commis.

— Paul-Émile Gingras, Gérald Godin, et Valérie… Hé ! C'est quoi ton nom de famille ?

— Tonneau de vanille ? demanda-t-elle sans quitter la mappe des yeux.

Gingras, à bout, la rebaptisa Croteau et paya les trois places. Quand il réclama à Valérie de lui rembourser son billet, elle daigna enfin le regarder, indignée.

— Trente dollars ? Impossible. Je suis cassée comme la verge de Priape !

— Voyons donc, calvince ! Je viens de te demander si tu les avais !

— Calme-toi, Gingras, calme-toi. Elle a dû mal comprendre…

— J'ai très bien compris ! Vous allez croiser la Moisie et suivrez la Nipissis, puis la Wacouno, que vous traverserez dix-sept fois. Je vous envie. Vous roulerez sur le barrage Menihek, qui donne ses lumières à la ville.

Quand le vieux monde débarque
dans le nouveau avec
tout son attirail de charpentier
la terre roule sur ses gonds
et parfois ça tourne carré

Le cœur bardasse
d'admirer la barbe drue
du profil anonneux
qui tremble dans les forêts de l'Empire

Le commis avait arrêté de mâcher sa chique.

— Je vous attendrai ici, Messieurs. Je surveillerai la voiture. J'ai un recueil à écrire.

Le commis consentit de mauvaise grâce à annuler le billet de la poétesse. Paul-Émile, libéré d'un grand poids, lui remit les clés de la Ford puis alla attendre le train sur un banc. Gégé le rejoignit avec leurs bagages, s'asseyant en lui donnant un coup de coude :

— Je veux pas te dire comment faire ta job, Paulé, mais si j'étais toi, je demanderais au gars le registre des passagers.

À huit heures, les deux Trifluviens virent s'éloigner lentement le quai de fortune de la Quebec North Shore & Labrador Railway. Le train s'engageait sur les 356 milles d'une voie entièrement payée par le capital américain, la plus nordique des fiertés canadiennes, tracée d'un doigt zigzagant entre d'innombrables lacs, depuis la côte déchiquetée du plateau laurentien jusqu'aux hauteurs du Labrador. Quand il n'était pas arrêté sur une voie d'évitement pour laisser passer des convois de minerai longs d'un mille et demi, la fourmi de fer coupait tout doucement le territoire à grandes bouffées de fumée noire. Un coup dépassé les montagnes râpées du nord, Gingras, qui s'apprêtait à se rendormir la face dans le registre des passagers, où il n'avait reconnu aucun nom, ne se sentit soudain plus vraiment chez lui. « Chez lui », c'était un quartier de Trois-Rivières, racoin minuscule d'un espace nommé Québec, mot qui désignait une ville, une province et peut-être un peuple, mais qui étriquait néanmoins l'immensité du réel. Peut-être qu'aucun mot n'était adéquat pour recouvrir le paysage que Gingras voyait défiler, les yeux mi-clos. Peut-être qu'il restait des morceaux de langue à inventer.

Labrieville

1955. Dans ce petit village construit pour loger les travailleurs de la nouvelle centrale hydroélectrique des Betsiamites. Maurice Le Noblet Duplessis, premier ministre du Québec, et Napoléon-Alexandre Labrie, évêque du diocèse du Golfe Saint-Laurent, se tiennent sur une estrade devant une église toute neuve.

DUPLESSIS – Il y a cinq ans, Monseigneur Labrie et moi-même plantions un petit arbre sur les hauteurs de l'autre côté de Baie-Comeau. Cet arbre a pris aujourd'hui les proportions d'un chêne gigantesque au ramage et au feuillage des plus abondants, des plus fleuris et en même temps des plus consolants. Hauterive compte maintenant plus de 5000 de population. Nous sommes aujourd'hui réunis pour planter à nouveau. En l'honneur de l'évêque qui, dans ces terres rudes et austères que Cartier appelait «la terre donnée à Caïn», tient le flambeau de la colonisation chrétienne, je déclare que ce village prendra le nom de Labrieville!

Applaudissements.

Mgr Labrie – Que cette paroisse fleurira comme l'arbre de vie dans le giron de Jésus Christ, je n'en doute point, car elle est peuplée des fils et des filles de Dieu, élus par lui pour accomplir la mission évangélique qui est la nôtre. En l'honneur de Monsieur le Premier ministre qui, nourrissant le progrès dans le respect de la foi catholique, ensemence en visionnaire ces saintes terres de la Côte-Nord, je déclare que cette église portera le nom de Saint-Maurice!

Les deux hommes se tournent l'un vers l'autre. Swing par la pine, balance par la ganse, va chercher copain, tape-ci et patte-là, tourne les deux en rond et double coup de talon.

L'auditoire au pied de l'estrade applaudit la manœuvre, puis se disperse.

Schefferville

Une voiture de police attendait l'arrivée du détective Paul-Émile Gingras. Un petit homme maigrichon en sortit.

— Salut, bonjour ! dit-il en tendant la main. Constable Caouette, police de Schefferville. Fait bon voyage ? Pas trop long les douze heures de train ? Contents d'être arrivés ? Vous devez être ben fatigués !

Gingras se présenta en serrant la main du policier.

— Je sais qui vous êtes, voyons ! Je vous amène à l'hôtel ? Ou au bar ? C'est une farce, ici, le bar, c'est l'hôtel ! Montez, montez !

— En fait, j'aimerais d'abord aller au guest house voir le premier ministre.

— Oui, bien sûr, bien sûr.

— Ce monsieur m'accompagne. C'est un civil.

— Bonjour, bonjour, dit Caouette en serrant la main de Gégé. Constable Caouette, etc. Fait bon voyage ? etc. Montez, montez !

Ils montèrent. Caouette leur proposa de faire rapidement le tour de la petite ville.

— Peut-être plus tard, ou demain. J'aimerais arriver au guest house le plus tôt possible.

— Oui, oui, oui, oui, bien sûr! On sera là dans un instant. Schefferville, c'est gros comme ma main.

Le constable Caouette posait beaucoup de questions mais ne semblait pas attendre de réponse, et quand elle venait, il n'écoutait pas. Il ignora la demande de Gingras et passa devant le parc où la reine du Canada avait été accueillie trois mois auparavant, les trois églises, la mairie et l'école, qui n'étaient pas particulièrement sur le chemin du guest house. Il ralentit dans le centre de la ville, là où se tenait un bon bâtiment, baigné dans la lumière tardive des hautes latitudes, qui hébergeait à la fois le centre communautaire, la salle du conseil, la bibliothèque, la piscine, le cinéma, le gymnase, l'aréna, le théâtre amateur, l'allée de quilles, la salle de billard (mais on avait finalement enlevé la table parce qu'elle faisait de la compétition à celle du bar de l'hôtel; les Anglais l'avaient installée dans la maison des contremaîtres à la place), la guilde des aînés (famélique, parce qu'à part quelques parents amenés par les mineurs, Schefferville comptait pas beaucoup de vieux), l'ouvroir, les AA (eux par contre, leurs assemblées marchaient au boutte), le gymnase, la société d'histoire, les archives municipales, la ligue d'ornithologie, le club de tir, le bureau des plaques, la ligue des citoyens, l'œuvre du tabernacle, le QG de la Jeunesse ouvrière catholique, la société de tempérance, le club chasse et pêche, l'alliance du mardi, le cercle des fermières, l'adoration nocturne, le club de mouches à saumon, la Société Saint-Jean-Baptiste, le métier à catalognes, la chorale des petits chanteurs, l'atelier de poterie, le club de danse sociale, les guides, les scouts, les louveteaux et les jeannettes, les cours de gymnastique, les Chevaliers de Colomb, la Société Richelieu, l'Ordre des Filles d'Isabelle, la Confrérie de Jésus-ouvrier, et puis le constable Caouette s'excusa, il en oubliait certainement. Les Anglais, eux, avaient leur maison de loisirs plus loin où, semblait-il, Duplessis avait fait une saprée belle partie de croquet en 53.

— Attendez, Duplessis était déjà venu ici ? demanda Gingras.

— Bien sûr, c'est un ami des propriétaires...

— Des propriétaires de...

— De la mine ! dit Caouette comme si c'était aussi évident que la Toussaint. Mais ici, la mine, la ville, c'est comme le bar et l'hôtel : l'une est dans l'autre ! Pis la meilleure place pour déjeuner, voulez-vous que je vous la montre ?

Gégé avança sa tête entre les deux sièges.

— Constable Caouette, dites-moi, est-ce que quelque chose vous empêche de nous amener au guest house ?

— Mais non ! Non, non, non, bien sûr que non ! Ah, mais on peut pas... on peut pas empêcher un citoyen d'être fier de sa ville !

— Vous êtes ben fin, repris Gingras, mais si vous êtes pas capable, faites juste le dire et on va appeler un taxi.

Caouette se rembrunit.

— Oui, oui. Bien sûr. Pardon. Pas besoin de pogner les nerfs. On y va. Mais si je peux me permettre, y'a juste un taxi en ville, c'est Dubé, pis il est occupé foule pine avec les journalistes en ce moment, alors pas sûr que vous seriez été capables de vous rendre à moins d'attendre une couple d'heures…

Et patati et patata. Ils arrivèrent au guest house saoulés d'information sur la toute jeune ville de Schefferville. Une masse de journalistes campait devant la cabane en bois, plutôt rustique, adossée au lac Knob. Des policiers de la Sûreté provinciale, venus en renfort de Québec, avaient formé un cordon autour de l'auberge depuis que des photographes avaient saisi sur le vif, par une fenêtre du premier étage, le docteur de la compagnie en train de faire sa grosse commission.

Gingras, Gégé sur ses talons, avança vers les agents qui voulurent le repousser avec les avertissements d'usage. Caouette échangea trois mots avec le plus gros – il faisait deux fois sa taille –, qui s'écarta pour les laisser passer.

Un vrai bazar là-dedans. Toutes les pièces étaient sens dessus dessous. En les explorant à la recherche du premier ministre, Gingras rencontra un ventru avec des cuissardes ; un puant dont la chemise au collet jauni avait sans doute été portée sans interruption depuis une semaine ; une dame vautrée dans un chesterfield brun, presque catatonique ; deux médecins et deux infirmières en uniforme qui faisaient un whist survolté entourés de bouteilles vides ; deux gars en bras de chemise qui faisaient semblant de contempler le paysage à travers la bay window ; le docteur de la compagnie, maintenant célèbre, qui mâchouillait un brin de paille en lisant un gros livre en allemand ; et pour souder tout ce beau monde dans une attente angoissée, un épais nuage de fumée nourri par cent petites cheminées. Tous avaient les yeux injectés de sang et des tics nerveux attisés par trois nuits de veille.

Personne n'accordait assez d'importance à la présence des deux blancs-becs pour même les saluer du menton. Ils passèrent du salon à la salle à manger à la cuisine, puis ouvrirent une à une les chambres du rez-de-chaussée. Du linge semé à large main, des valises ouvertes, du fil à pêche détortillé, ça, Gingras en trouva, mais pas de premier ministre. Il revint dans le salon et attrapa Caouette, sur le bord de poudrer l'escampette.

— Il est où, Duplessis ?

— Je… *on* sait pas, se corrigea le constable, visiblement embarrassé.

— Comment ça, vous savez pas ?

— Parlez donc à Gérald Martineau, il est là-bas, dans le coin.

— C'est lui le boss, ici ?

— On pourrait dire ça, lâcha le constable avant de décamper.

Gingras marcha droit vers Martineau. Ça l'aurait bien intimidé, il y a quelques jours seulement, de devoir poser des questions à un politicien carré de même. Une dame l'arrêta dans sa course. C'était la toujours coquette Liette Potage, envoyée en urgence par l'intendant Gordon pour faire un brin de ménage et garder un œil sur les pourceaux torpides encabanés dans le guest house.

— Détective Gingras ?

— Lui-même.

— Téléphone pour vous.

Liette mena le policier au deuxième étage – non non, je vous en prie, passez devant –, en profitant pour lui reluquer les fesses. Elle prenait peu à peu conscience du trésor qu'elle détenait dans sa sacoche. C'était pour séduire son Roger, oui, mais voilà que sa morale s'assouplissait comme une belle pâte à tarte. Qu'est-ce qui l'empêchait, dans le fond, de goûter aussi aux fruits de la jeunesse ? À la mine, l'homme tout pâle lui avait dit : une goutte pour la romance, deux pour la passion, trois pour l'incandescence – par là, au bout, attention à la petite marche – oui, vraiment, ce policier-là était pas pire pantoute.

Gingras déboucha dans un petit bureau où l'attendait un téléphone décroché.

— C'est moi, dit Jos-D. T'es arrivé, enfin. T'es bien installé ?

— Oui, Monsieur le ministre, euh, avez-vous su pour la disp…

— Bien sûr que je sais ! Bon là, je v... le chef Beaulieu veut que tu retrouves le bonhomme, et pis que tu le shippes à Québec au plus vite. Aussi, si tu tombes sur une valise noire, mettons dans les bagages d'Étiennette Bureau, ben tu sautes dessus pis tu me l'amènes. *Dans le pire des cas*, tu la donnes à Gérald Martineau, pis à personne d'autre. C'est-ti clair ?

Ça l'était.

Liette Potage avait jeté un dernier regard au postérieur du jeune policier avant de descendre dans la cuisine. Elle soupesait le flacon dans sa main : il devait bien contenir deux onces. À deux-trois gouttes par shotte, elle en aurait pour dix ans, facile.

Dépositions

M. MAURICE-TRÉFLÉ CUSTEAU, député unioniste de Jeanne-Mance-Viger :
On a déjeuné tout le monde ensemble, des bonnes guêpes. Mauguice a ouvegue son couguier et il a lu une lette. Ça l'a vigué à l'envegue. Ils l'ont invité à une paguetie de pêche, mais Mauguice a toujougue dit que ça l'ennuyait au plus haut point, ces affaigues-là. J'ai passé l'avant-midi avec lui dans la gande salle. On fumait des cigagues en papotant, et à un moment donné, je m'étais levé pou guegagder pague la fenête et qui que j'ai vu ? Mauguice, qui paguetait dans l'auto de la compagnie. À ma connaissance, c'était pas planifié, non. Mais hé, je suis-tu pougue faigue la moguale au pognier minisgue ? Il fait bien ce qu'il veut ! J'auguais juste aimé qu'il dispaguaisse pas quand qu'il était avec moi. J'ai l'aigue de quoi ?

M. GÉRALD MARTINEAU, membre du Conseil législatif du Québec et trésorier de l'Union nationale (Plaque minéralogique no. 2) :

Complètement hystérique. Part souvent dans la chambre du premier ministre pour lui parler. Oublie qu'il a disparu. L'appelle par des prières. Engueule les médecins pour qu'ils changent leur diagnostic. Ne parlera à personne sans son avocat. Son avocat, c'est Maurice Duplessis.

M. GÉRARD THIBEAULT, député unioniste de Montréal-Mercier :
Je suis aussi surpris que vous. On était supposés écouter la partie des Yankees à la radio, en fin d'après-midi. Mais quand je suis arrivé, j'ai tout de suite vu qu'il y avait des gens pas clairs, par ici. Des voyous. Des désœuvrés. On est loin de la civilisation. Je serais pas étonné qu'il ait été kidnappé, notre pauvre Maurice.

M. LUCIEN TREMBLAY, professeur à l'Université de Montréal :
Accusare nemo se debet, et j'en sais quelque chose : j'enseigne la procédure civile et le droit romain. Oui, je connais Jean-Charles Bonenfant. Mais la faculté de l'Université Laval ne fait pas le poids. La journée du 3 septembre ? Nous mangeâmes des crêpes avec grand appétit, fines, dans le style de Nantes. D'une étonnante qualité, *ceteris paribus*, pour cette bourgade reculée. Duplessis ? J'eusse été là au moment fatidique n'eussé-je été à la pêche. J'en revins bredouille. Seul le gros hameçon garni de lamproies de Sir Thompson fut tatillonné *ad medium filum aquae*. Sans surprise : la rivière lui appartient. *Animus domini !*

M. JACQUES BUREAU, neveu de Maurice Duplessis :
Neurasthénique. Tendu comme un spring. Va constamment aux toilettes. « Connaissez-vous Joseph Staline, Monsieur l'inspecteur ? Empoisonné. Le KGB ? Tous coupables. » Me dit de faire des recherches. Suspecte aussi un enlèvement. L'absence de demande de rançon le trouble.

MM. JULES TIMMINS et J. H. THOMPSON, de l'Iron Ore (1) :
What could we tell you that you don't already know, detective ? We ate crêpes together in the morning. Then Premier Duplessis declined our invitation to go fishing. When we came back, he wasn't there. We have men searching for him everywhere in town. No sign of him. It's a tragedy. For him as much as for us.

Mme ÉDOUARD BUREAU (ÉTIENNETTE DUPLESSIS), sœur de Maurice Duplessis et mère de Jacques Bureau :
Vient d'arriver de Trois-Rivières. Impossible de lui parler de la valise noire de J.D.B. sans qu'elle perde connaissance. Questionnée ou pas, s'évanouit aux demi-heures.

Dr HORST ROSMUS, médecin de l'Iron Ore :
A été appelé le premier sur les lieux. Timmins et Thompson l'auraient obligé à poser un diagnostic sans corps à examiner. Dit avoir tiré au sort pour le choisir.

Dr LUCIEN LARUE et Dr YVES ROULEAU, de Québec :
Semblent être là uniquement pour soutenir la thèse de l'attaque cardiaque. Donnent une pochetée d'entrevues aux

journalistes. Jouent beaucoup aux cartes ; Larue est bon bluffeur, mais Rouleau joue safe et gagne contre lui.

Mmes JEANNINE LABBÉ et MARIA BLACKBURN, infirmières :
Accompagnent Larue et Rouleau. Affirment que les deux Anglais se parlent souvent à voix basse en pointant tout le temps la même direction par la bay window. Battent les docteurs aux cartes.

MM. JULES TIMMINS et J. H. THOMPSON, de l'Iron Ore (2) :
All right, all right, I'll tell you… But I warn you : it's surely a tall tale. Some of the men have been saying that while digging in one of the Gagnon-Ferriman deposits, they unearthed a kind of, well, a kind of hatch in the ground.
Timmins ajoute que deux mineurs manquaient à l'appel à midi hier. Retrouvés à Sept-Îles ce matin. Thompson précise, troublé, qu'il n'y a pas de train vers le sud le samedi.

PÈRE MARCEL CHAMPAGNE, prêtre :
Monseigneur Scheffer est en tournée pastorale, alors on m'a fait revenir de toute urgence de Sept-Îles. Pour tout dire, cette mascarade me rend bien inconfortable. Priez avec moi, jeune homme, voulez-vous : Ô saint Antoine, si telle est la volonté du Seigneur, aidez-nous à retrouver ce que nous avons perdu, ainsi que la paix de nos consciences dont la perte nous afflige. Ô saint Antoine, si telle est la volonté…

M. GABRIEL GORDON, contremaître de l'Iron Ore : He was alive and well when I left the guest house, just after two. I have nothing else to say. Go ask Liette, she's the one who was there when he disappeared.

Mme LIETTE POTAGE, secrétaire de Gabriel Gordon : *Partie. Jointe chez elle au téléphone, accepte un rendez-vous pour demain matin.*

Nothin' but a hound dog

Au bar de l'hôtel Royal, Gégé buvait en compagnie de deux jeunes gars attirés par la manne du nord. Il invita Gingras à se joindre à eux, mais ce dernier demanda plutôt à son ami de lui remettre la clé de leur chambre. Il avait besoin de silence. C'était trop attendre d'un bâtiment construit à la va-vite. La voix d'Elvis Presley, crachée par le juke-box du bar, était à peine étouffée par le plancher.

Gingras plaqua ses paumes sur ses oreilles pour essayer de réfléchir. Avait-il bel et bien affaire à un enlèvement ? Et si le crime n'était pas crapuleux, mais politique, comme le suggérait le fait même que son grand-oncle ait commandé son enquête, à qui profitait-il ? Gégé lui avait dit dans le train que les Américains l'aimaient bien, Duplessis, parce qu'il laissait les coudées franches à leurs minières. Il lui avait aussi expliqué que le fédéral voulait désespérément débloquer l'affaire du trésor polonais pour favoriser une détente avec les Russes, parce que, veux, veux pas, les bombes atomiques, ça rendait tout le monde nerveux… D'ailleurs, Khrouchtchev était sur le point de faire une visite en Amérique. Ça aussi, Gégé le lui avait rappelé. Et puis, il y avait Roncarelli, et combien d'autres ennemis, rudoyés par les lois arbitraires du premier ministre, matraqués pas la police, ou tabassés par Walter Duchesnay… Gingras, clairement, jonglait avec plus de balles qu'il n'était capable de faire tenir en l'air. Il gémit dans son oreiller. Ses pensées finirent par se diriger vers Pauline, et alors seulement, il trouva le sommeil.

Il le perdit vite. À une heure, il fut réveillé par Gégé, qui sciait du rondin d'aplomb, et dont les ronflements se mêlaient au boucan du juke-box et à celui des ski-doo tout neufs qui s'énervaient dans le champ derrière l'hôtel. Gingras ne se rendormit qu'au petit matin et se leva, poqué, juste à temps pour son rendez-vous avec Liette Potage.

Il se traîna de l'hôtel Royal jusqu'à la rue des Montagnais, qui fourmillait de policiers, de badauds et de reporters. Gégé et lui avaient été chanceux de trouver une chambre libre. Il fallait au moins donner ça à Caouette : le constable était bien connecté. Il n'y avait pas de trottoirs. Schefferville avait été construite pour les machines plus que pour les hommes. Gingras prit sur Houston puis remonta Laurentides, pour se rendre, par Star Creek, à la maison sise au numéro 11 de la rue Éclipse.

Il cogna à la porte et entendit aussitôt des aboiements suraigus. Liette Potage ouvrit. Bien qu'elle fût chez elle, elle portait un petit chapeau, comme pour aller à la messe. C'était bien la même dame, dans la mi-cinquantaine, qui l'avait guidé la veille dans le guest house. Elle l'invita à passer dans son salon, où elle le fit s'asseoir sur un divan fleuri recouvert de plastique, devant un plateau de biscuits brûlés et une tasse de thé fumant.

La version à Liette

Où vous trouviez-vous le matin du jeudi 3 septembre, Madame Potage ?

Appelez-moi Liette. J'étais chez nous, comme d'habitude, comme d'habitude ! J'me suis levée, j'ai fait le déjeuner pour mon mari pis moi, il est parti travailler, j'ai niaisé un peu dans le salon, pis j'ai pris mon départ. J'ai dû arriver au guest house à six heures. Non, vers et quart, pour dire vrai. Des fois j'ai un peu de retard.

Quelles sont vos fonctions au guest house ?

Je suis la secrétaire du fôre… de l'intendant Gordon. J'ouvre son courrier, toute ça. Au début, je tapais ses lettres à la machine, mais monsieur Gordon a dit à un moment donné qu'y préférait s'occuper lui-même de celles qui sont en anglais, pis y'en a pas beaucoup en français. Anyway. Des fois aussi, je fais du ménage pis un peu de popote au guest house, surtout quand y'a de la grande visite.

Avez-vous remarqué quelque chose d'étrange, ce matin-là ?

Oh, non, tout était bien comme d'habitude. Sauf qu'il faisait ben frette. Juste au-dessus de 35. On voyait clair sur la route, si vous voyez ce que je veux dire ! Ça va être une grosse hiver, je vous en passe un papier.

Pourriez-vous faire un compte rendu de ce qui s'est passé au moment de… l'incident ?

Buvez votre thé pendant qu'il est chaud. Bon. Il s'est rien passé de spécial avant l'après-midi. Pis là, vers trois heures moins dix, j'amène un beau plateau de crudités dans la grande salle pour monsieur Duplessis. Il était avec l'autre monsieur, monsieur… Cousteau ?

Custeau.

C'est ça que je dis. Presque tout le reste du monde était parti à la pêche, y'avait juste une couple de bonhommes qui se parlaient à l'autre bout de la grande salle. Monsieur le premier ministre – je vous le dis à vous, mais répétez-le pas –, ben, il a l'air d'un pas gêné. C'est pas mon genre de parler en mal du monde, hein. Mais il mettait ses mains dans le plateau, il touchait toutes les cubes de fromage pis les tranches de baloney pis les carottes, qu'y sauçait deux fois en ligne dans la sauce, comme si ce serait tout à lui. En tout cas… Bon, pis là, monsieur Cousteau a fait une joke que j'ai pas bien entendue, et que de toute façon je pourrais pas répéter… C'était une salée, m'as vous dire !

Et ensuite ?

Roger me dirait : Liette, t'es indiscrète pis t'es vulgaire !

Il ne faut pas vous laisser parler comme ça, Madame Potage.

Liette.

Continuez, Liette, je vous prie.

Je racontais pas ça pour rien. Ça a un rapport. Monsieur le premier ministre l'a trouvée drôle, la joke, ça fait qu'il a ri, sauf qu'il venait de se prendre une poignée de crudités, pis y'a un raisin qui s'est pogné. Je pensais à ça, là, c'est quand même curieux que l'air pis le manger passent par le même boyau. Ça a d'l'air bien pensé, mais ça amène ses problèmes. C'est comme – je disais ça à Roger l'autre jour –, c'est comme si nous, à Schef'ville, on s'aurait construit sur un volcan pour économiser le chauffage. Ce serait mauditement bien pensé, ça aussi : des planchers chauffants, gratis ! Mais si le volcan entre en érection, par exemple, on est mal pris ! Me suivez-vous ? Bon, là, monsieur Duplessis a commencé à s'étouffer, il voulait tousser, ça paraissait, mais y'était pas capable. Monsieur Cousteau s'est mis à lui donner des grandes tapes dans le dos, mais ça aidait pas. Au contraire. Tout le monde sait que ça fait juste renfoncer ce qui est pris plus loin dans le gorgoton. Ça fait que j'ai crié « ARRÊTEZ-MOI ÇA ! », pis j'ai pris les choses en main. J'y ai donné des petits coups secs comme ça, *tac tac tac*, direct sur le bréchet. C'est comme ça qu'y faut faire. Pis comme de juste, le raisin est sorti. Tout le monde autour était ben impressionné. Là y'a deux messieurs pas gênés qui ont accouru sur le premier ministre. Pour moi, y'avaient manqué d'air eux autres avec, parce qu'y se sont mis à lui poser tout plein de questions sur son succédeur, ou je sais pas quoi. Vous voulez encore du thé ? Il est bon, hein ?

Y'est pas méchant ! Et après ?

Après, c'était trop tard. Il était comme une pomme épluchée oubliée sur le comptoir. Brun-bleu. Il tenait pas debout. Je pouvais rien faire de plus pour lui, moi. Je l'ai laissé avec monsieur Cousteau et je suis allée ramasser le raisin à l'autre bout de la pièce.

Et ensuite ?

Coudonc, vous aimez ça, vous, les questions ! Vous voulez pas vous assire un peu plus proche pour chercher vos réponses, Monsieur l'inspecteur ?

Liette, continuez, s'il vous plaît.

Je fais des jokes. Je suis à vous. Toute à vous. Demandez-moi ce que vous voulez.

Je veux juste que vous me racontiez ce qui s'est passé ensuite.

Ensuite ? Quand je suis rentrée chez nous ? Elizabeth et Philip – regardez comment ils sont beaux pis fins pis sages, mes pitous ! Je comprends pas que Roger réussit à pas les aimer –, ils m'ont sauté dessus quand j'ai rouvert la porte. C'est pas dans leurs manies, je vous le jure. Mais depuis une couple de jours, sont énervés comme des puces. On dirait qu'y'a une odeur, partout dans la ville, qui les rend fous. Heille, vous là, regardez l'heure ! Voulez-vous rester pour dîner ? On a une belle grosse heure avant que Roger revienne. Je pourrais vous faire réchauffer mes cigares au chou.

C'est très gentil, mais je suis attendu. Une grosse journée. Revenons à monsieur Duplessis. Qu'est-ce qui s'est passé après son étouffement ?

Ben oui, voyons. Vous êtes occupé. Chus-tu niaiseuse des fois, hein ! Comme Roger dit, t'es donc ben tarte, Liette !

Mais non, Liette, pas du tout.

C'est gentil ça. Vous faites bien de me ramoner à l'ordre… Avez-vous fini votre tasse ? Bon, après le raisin, je le sais pas ce qui s'est passé avec monsieur Duplessis, parce que j'étais allée rapporter le plateau dans la cuisine, pis quand je suis revenue avec ce qui fallait pour cleaner le mess dans la grande salle, il était plus là.

Donc vous ne l'avez pas vu quitter la salle ?

Pas de mes yeux vu, non. Ils ont dû le transporter dans sa chambre, pis je sais que le docteur devait s'en venir. Ça se criait à travers les pièces : Did you call doctor Rase-mousse ? Izzy cominne soune ?

Donc, à votre connaissance, monsieur Duplessis est resté dans le guest house ? Il n'aurait pas, par exemple, pu emprunter une voiture de l'Iron Ore ?

Voyons, vous-là ! Si vous l'auriez vue, sa face brune-bleue, vous poseriez pas des questions de même. Il était pas grayé pour aller ailleurs que dans un lit d'hôpital. Pis là, le monde a commencé à arriver, toute la soirée, pis la nuit, pis le lendemain. Des docteurs, des nurses, de la famille, des messieurs sur leur trente-six avec des mines basses. Si vous auriez vu comment ils étaient habillés ! C'était pas du monde de Schef'ville, ça, c'est certain !

Bon, Liette, je crois qu'on a fait le tour pour le moment. Merci beaucoup de votre coopération.

Je suis à votre disposition. Vous me demandez pas ce que j'ai fait du raisin ?

Je devrais ?

Oh oui, Monsieur la police. Demandez-moi donc ce que j'ai fait du raisin.

Qu'avez-vous fait du raisin, Liette ?

Je l'ai enveloppé dans un kleenex pendant que personne regardait avant de le mettre dans ma belle brassière. Juste ici, là. C'est la même que je portais pour le premier ministre. Je peux vous la montrer. J'avais peur de le perdre ou de l'écraser, le raisin, je veux dire, regardez-moi ça inspecteur ! Faque, en rentrant chez nous, je l'ai sorti comme ça, vous voyez, en faisant ben attention, comme ça. Pis je l'ai mis dans ma boîte à dentier. Voulez-vous le voir ? Il est dans ma chambre. Venez le voir. Venez donc.

Le livre de Rose-Aimée

Liette Potage avait déposé Gingras devant le Schef-Déli en lui recommandant la tarte au citron. Il n'avait consenti à la laisser partir que lorsqu'elle lui avait fait le serment qu'ils se retrouveraient le lendemain matin. Il piochait à présent, sans appétit, dans la meringue tandis que Gégé finissait de dévorer une montagne de toasts aux cretons. La margarine avait tout taché son journal.

— La Bourse de Toronto fait une concurrence déloyale à celle de Montréal. Déjà que la nôtre est une abomination au service du patronat anglais… Paul-Émile ! M'écoutes-tu ?

— Han-han…

— Qu'est-ce qu'elle t'a fait, la madame ? T'as l'air quasiment de bonne humeur. Est-ce qu'elle t'aurait pas roulé dessus, mon cochon ?

Gingras s'empourpra.

— Parle pas comme ça de Liette !

— *Mon torrieux* !

En cet instant, si Liette Potage l'avait demandé en mariage, Gingras aurait dit oui. Il sentit néanmoins qu'il n'aurait pas été sage de s'en ouvrir à son ami. Aussi s'efforça-t-il de dissimuler ses sentiments.

— Au moins, elle, elle ronfle pas.

— Bon, bon. Pis, ton enquête ? Tu avances ?

— C'est la traversée du désert. Liette m'a raconté une histoire que je voudrais bien croire, mais elle est... franchement... loufoque. Elle prétend avoir gardé le raisin avec lequel, selon sa version, contredite par tous, Duplessis se serait étouffé.

— Mon pauvre vieux... Schefferville a bien des secrets, on dirait. Bon, j'y vais, moi. Il y a l'exposition numismatique à la salle paroissiale. T'es sûr que tu veux pas venir ? Après, je vais fouiner un peu aux bureaux de la mine.

Mais Gingras, qui s'était replongé dans la contemplation des moments passés avec Liette Potage, ne l'écoutait plus. Gégé sortit du restaurant en saluant une demi-douzaine de clients qu'il semblait déjà bien connaître. Peu à peu, Gingras commença à se sevrer de son envoûtement. Sans y penser, il sortit de sa serviette le livre de sa mère. Des poèmes. Des prières. Des histoires. Des dessins délavés. De la méchante belle ouvrage, quand même... Il se surprenait de s'émouvoir en découvrant une part occultée de la vie de cette Rose-Aimée qui, il en prenait seulement conscience, avait eu un passé avant d'être sa mère. Il revint au début du livre. Il y était question des béguinages, communautés religieuses moyenâgeuses de femmes affranchies, puis des grandes familles normandes qu'étaient les Bégard, les Bégon, les Béguin, puis de frères Bégin, qui avaient accosté sur les rives de la seigneurie de Lauzon au milieu du XVIIe siècle. Il tomba sur un portrait de sa mère. Elle devait avoir une dizaine d'années. Il reconnut le sourire de diablotin, le regard cauteleux qui encapsulait son avenir. Il se mit à l'imaginer, incapable de rester tranquille alors qu'elle posait pour son père, faisant des allers-retours jusqu'à lui, impatiente de découvrir le résultat, ou l'enlaçant alors qu'il enluminait ces pages magnifiques. Le dernier tiers du livre, que Nérée avait dû laisser vierge, était occupé par ce qui ressemblait aux entrées datées d'un journal intime. C'était bien l'écriture serrée de sa mère.

L'Abénakis

Rose-Aimée avait fait le voyage de Lévis à Trois-Rivières en silence, ruminant sa colère et sa peine, traversant les villages tranquilles bordant la 2. Chez son grand-oncle Joseph-Alexis, elle passa les premières semaines emmurée dans le même silence, assise sur le lit qu'on lui avait installé au sous-sol entre deux gréements d'embouteillage. Elle ne sortait de cette retraite que pour les repas, attendant sans un mot le moment où sa grand-tante, d'un signe de tête, lui permettrait de sortir de table. Elle redescendait aussitôt se plonger dans une revue ou un roman d'amour à dix sous acheté au kiosque du coin.

Un beau jour, Joseph-Alexis descendit au sous-sol pour lui offrir de travailler pour lui. C'était un bonhomme doux et calme, un peu plus jeune que le père de Rose-Aimée. Sa petite moustache bien lissée lui donnait un air élégant. La première fois qu'il entendit sa petite-nièce lui parler directement, ce fut pour se faire répondre :

— Je veux vingt-deux sous de l'heure.

Accordé.

Quand Rose-Aimée se présenta à l'usine de la rue Sainte-Julie, son oncle lui fit faire la visite du propriétaire. Deux chaînes de montage remplissaient et capsulaient quarante caisses à l'heure. Criant par-dessus un cliquetis de verre infernal, Joseph-Alexis pointa les barils de saveurs à sa petite-nièce : Snow White, Bull's Head, Laviolette... Elle serait chargée de l'Abénakis, et ferait la navette entre le backstore et la station de gazéification en faisant rouler les lourds barils d'eau de source. Elle ne s'en plaignit pas.

Les mois passèrent. Rose-Aimée trouvait dans sa nouvelle vie une liberté qu'elle n'avait pas connue à Lévis. Elle avait son petit espace à elle, au sous-sol, où rêvasser en paix. Elle gagnait tranquillement son indépendance. Même que Joseph-Alexis, qui venait tout juste de signer une entente avec une compagnie du nom de Pepsi-Cola, avait promis de lui apprendre à conduire pour faire des livraisons. Et il y avait Trois-Rivières, qu'elle se plaisait à découvrir.

Par un soir de mai, elle était allée se promener près du fleuve après le souper. Elle aimait regarder l'eau couler doucement vers ses sœurs, à Lévis. Elle avait peu de nouvelles d'elles. Quel pouvait être le quotidien de Marie-Monique, au couvent ? Et de la pauvre Renée-Ange, coincée chez grand-maman Bégin ? Sur le chemin du retour, alors qu'elle s'approchait de la place du Flambeau, il se mit à pleuvoir. Elle remonta son manteau par-dessus ses cheveux et marcha vite vers la maison de son grand-oncle. Rue Laviolette, elle vit un attroupement serré autour d'une grosse Winton noire parquée en plein milieu de la rue. Un homme se tenait debout sur le toit de la voiture et haranguait la petite foule. Il remerciait les gens de leur confiance, parlait d'une grande victoire, d'une révolution, oui, mais ordonnée par la loi et par la foi. Les élections provinciales avaient eu lieu dans la journée ; Rose-Aimée l'avait oublié. Pour elle, la politique avait toujours été le fait d'un arrière-monde aux sons étouffés. Le jeune Maurice Duplessis, fraîchement élu au Parlement, trempé à lavette, poing en l'air, donnait vie à ce théâtre lointain et impalpable. Il semblait jurer, les bras tendus vers le ciel orageux, son amour et sa fidélité aux citoyens des Trois-Rivières. Il annonçait une nouvelle ère.

Rose-Aimée resta là, obnubilée, à l'écouter. Elle ne distinguait pas ses paroles. Peu lui importait. Sa voix la portait. Elle ne sentait même pas l'eau froide qui s'infiltrait dans les coutures de son manteau. Les gestes vifs de Duplessis le cernaient d'un glorieux halo de gouttelettes. Quand il eut terminé et qu'on l'applaudit, elle voulut qu'il la regarde, qu'il vienne vers elle, qu'il lui parle, la touche, mais il se contenta de serrer quelques mains avant de s'engouffrer dans la Winton. Rose-Aimée courut jusque chez elle et, sans même se déshabiller, sauta dans son lit pour revivre la scène.

Déjà-vu

— Un réchaud?

La serveuse branlochait un gros silex au-dessus du livre de Rose-Aimée. Gingras s'arracha au théâtre intérieur où sa mère, adolescente, se pâmait pour Maurice Duplessis. C'était vraiment un petit monde que le sien. Un tout petit monde, tout déréglé. Oui siouplaît, il reprendrait encore du café, même s'il aurait préféré que ce fût un autre que celui qu'on lui offrait.

— C'est vous, le policier qui enquête sur le premier ministre?

— Les nouvelles vont vite, dit Gingras en se raclant la gorge.

— Est-ce que je peux m'asseoir?

Sans attendre de réponse, la serveuse déposa sa carafe sur la table de Gingras, s'essuya les mains sur son tablier et s'assit avec la souplesse d'une pépine rouillée. Elle se pencha vers lui et se mit à chuchoter très fort, en postillonnant:

— C'est mon garçon. Raymond. Il a vu monsieur Duplessis avant son attaque. J'ai lu les journaux, comme tout le monde. Ben, Monsieur le détective, ils disent n'importe quoi. Le premier ministre est pas resté à la maison de la compagnie.

Gingras fronça les sourcils.

— Comment vous appelez-vous ?

— Rita.

— Bon, racontez-moi ça, Rita, dit-il en ouvrant son calepin. Il est allé où, Duplessis ?

— Ça, je sais pas.

— Ça part bien…

— Mais il est parti en auto.

— Quand ?

Elle compta sur ses doigts.

— Avant-hier.

— Vous l'avez vu partir ?

— Non, comme je disais, c'est Raymond, mon gars, qui l'a vu pendant qu'il jouait à la tague dans la cour d'école.

— Il a quel âge, votre gars ?

— Il est assez grand pour qu'on le croie, Monsieur. Huit ans. Et pis, c'est pas un menteur, mon Raymond, vous saurez.

— Et où est-il parti, Duplessis ? La direction ?

— J'y ai demandé, au petit, mais il est un peu perdu en ce moment. Il a mangé un coup de bâton au hockey balle le mois passé, et pis depuis ce temps-là, il en manque des bouttes. Le p'tit Arsenault, c'est un p'tit – je vais peser mes mots –, un p'tit chenapan qui vaut même pas une paye… Mais attendez, c'est pas tout : Raymond dit qu'il était pas tout seul, dans la voiture, Duplessis.

— Ah ? Il était avec qui ?

— Raymond pense que c'était Liette – c'est mon amie, Liette.

— *Potage ?*

Le cœur de Paul-Émile s'emballa.

— Oui.

— Et vous lui avez demandé, à Li… à madame Potage, si c'était elle ?

— À quoi vous pensez ! Ben sûr que non !

— Et pourquoi ?

— Monsieur l'inspecteur, voyons ! Une femme mariée, avec un vieux garçon, dans une auto…

Gingras fut soudain pris de cette colère vile qu'on appelle jalousie.

— Alors gardez ça pour vous. Raymond, il la connaît bien, Liette, alors si il dit que c'était elle, c'était elle. Donc, il les a vus s'en aller ensemble. Peut-être aux mines. Ou au cabaret ?

Gingras jeta un regard dehors en soupirant. Par la fenêtre, il vit se détacher sur la façade d'en face la silhouette d'une dame impeccablement vêtue et coiffée d'un béret jaune serin, qui traînait un petit chariot. Gingras se leva d'un bond.

— Vous lui direz de passer me voir cet après-midi, je serai au Royal.

— À Raymond ? Il a une pratique de ballon-balai pis le coach Anderson, ça dépend de son humeur, ça peut durer dix minutes comme deux heures. Ça, ça veut dire qu'il pourrait venir vous voir entre trois heures et…

— Oui oui, très bien…

Il laissa un dollar sur la table et sortit. Personne dans la rue. Il courut jusqu'au coin et, soulagé, repéra au loin le béret jaune. Il marcha à grandes enjambées pour réduire l'avance d'Auréa Cloutier. Elle l'entendit peut-être haleter et se retourna. Gingras baissa la tête et ralentit. La secrétaire de Duplessis se remit en route. Elle marchait voûtée, un bras en travers du ventre. Les rues larges et vides de Schefferville, écrasées par un ciel que rien n'encadrait, ne sont pas propices aux filatures. Auréa s'arrêta devant un dépanneur. Elle mit un pied à l'intérieur, mais quand elle voulut y tirer son chariot, elle ne parvint pas à lui faire franchir la petite marche du pas de la porte. Elle ressortit, le rangea le long du mur en lançant à la ronde un regard méfiant avant d'entrer pour de bon. Gingras, d'un pas qu'il voulait désinvolte, passa devant la vitrine du magasin puis se plaqua contre le mur, à côté du chariot dont le contenu était recouvert d'une toile. Il jeta un œil à la porte du dépanneur, s'accroupit et entreprit de soulever un coin de la toile, qui était coincée comme le drap d'un lit bien fait. Les clochettes du dépanneur retentirent. Il lâcha tout, s'élança dans l'étroit passage qui séparait le magasin de la bâtisse voisine et se cacha derrière une poubelle. De là, il vit

Auréa Cloutier s'adosser au mur et agiter un flacon d'aspirine dans sa main. Elle en avala une belle poignée d'une traite, sans eau. Puis elle sortit une cigarette de son paquet neuf et l'alluma d'un geste brusque. Elle la fuma en quatre aspirations et s'en débarrassa d'une pichenotte; le mégot ardent passa au-dessus de la tête de Gingras. Une grosse voiture s'arrêta devant la secrétaire. Son chauffeur, costaud comme Rougeau, sortit. Ils ne se dirent rien; elle s'assit à l'arrière alors qu'il mettait le chariot dans son coffre. La voiture démarra en douceur.

Gingras se précipita dans le dépanneur.

— La vieille dame qui vient de partir, elle vous a dit où elle allait? demanda-t-il au commis en lui montrant son badge.

— Non, mais elle aime les Du Maurier! Les Export sont en spécial, mais elle a rien voulu savoir!

— Et l'homme qui conduisait? Il vous disait quelque chose?

— Ça, ben c'était Dubé! Elle avait besoin d'un taxi, faque j'ai appelé Dubé.

Gingras ressortit en vitesse, et vit le gros taxi noir disparaître dans une courbe.

Une auto s'avançait dans la direction inverse. Gingras, victime des clichés policiers, sauta dans la rue et se plaça sur sa trajectoire. Le conducteur s'immobilisa et ouvrit sa fenêtre.

— Can I help you, Sir?

— Je suis policier, et j'ai besoin de votre voiture.

— English?

— No English. Police.

— Oh, right, right.

— Car, I need your car, pour suivre un autre car.

— What do you mean ?

— Me, your car. Police.

— Could I please see you badge, Sir ?

Câlisse de câlisse, se dit Gingras en ressortant son badge. S'il fallait qu'il perde cette piste…

— Twâ-Reeviaire ? dit l'homme en fonçant un sourcil, I don't think you have jurisdiction here, Sir. If you would please step aside, my wife and I would like to continue our trip.

— Go fuck you, j'ai besoin de ton char !

— Hey, you little frog, dit l'homme en ouvrant sa portière.

Au même moment, une autre voiture arriva.

— Besoin de quelque chose, mon Paul-Émile ?

Gégé était au volant d'une belle Renault rouge. Gingras se retint de le prendre par une couette de ses cheveux frisés pour le frencher. Il fit le tour de la voiture au pas de course, envoya un doigt d'honneur à l'Anglais qui le lui renvoya, imité de sa femme et de leurs deux enfants proprets, s'assit côté passager et cria à son ami : tout drette, GO GO GO !

La Renault cracha une belle fumée noirâtre qui réchauffait l'air frais de septembre. La route sur laquelle ils roulaient n'avait pratiquement aucune intersection. Ils rattrapèrent assez vite le taxi, qu'ils gardèrent à bonne distance.

— C't'a qui, ce char-là ?

— À Cécile.

— Qui ?

— Une bénévole que j'ai rencontrée à la salle paroissiale.

— T'es pas croyable.

— J'y peux rien, fit Gégé en haussant les épaules. Pis je suis pas tout seul, hein, Casanova ?

Le taxi venait de s'engager sur une petite route tout juste après un panneau annonçant la mine « Gagnon A/Ferriman 3 » de l'Iron Ore Company of Canada. Ils s'arrêtèrent : impossible de le suivre sans être repérés. Cinq minutes passèrent. Le taxi ressortit, sans sa passagère. Ils s'engagèrent alors dans la petite route, passèrent une barrière grillagée ouverte et se parquèrent près d'une roulotte de chantier. Entre deux énormes camions jaunes stationnés à côté, on pouvait repérer des traces de pneus qui allaient vers le gouffre de la mine à ciel ouvert.

— J'allais aux bureaux de la compagnie, dit Gégé, mais je dirais pas non à voir la mine.

— C'est plus sage que tu m'attendes ici. Si je suis pas revenu dans une heure, appelle la police. Ah, pis non, ajouta-t-il en pensant au constable Caouette. Viens juste me chercher.

Gingras marcha jusqu'à la roulotte. Il en fit le tour. Aucun signe de vie. Les deux machines chargées de dévorer la terre dormaient, baleines d'acier échouées au bord du précipice. Gingras se souvint que c'était la fête du Travail.

Une voix sèche s'éleva dans l'air poussiéreux :

— Bon, vous venez ?

Le policier s'avança prudemment jusqu'au bord de la fosse.

— C'est à vous que je parle, Paul-Émile Gingras ! Pensez-vous que je vous ai pas vu ? Tant qu'à être là, venez me donner un coup de main avec le chariot, il est trop lourd pour mes vieilles jambes.

Auréa Cloutier l'attendait sur le chemin rouillé qui s'enfonçait en spirale dans la terre éventrée.

Vire-capot

Vous vous souviendrez certainement d'Henri Bellemare, le bétonneur qui, après avoir contesté l'élection de Duplessis, s'était gentiment fait laver le cerveau sur une rive du Saint-Maurice. Eh bien, c'est lui qui avait maintenant sur ses genoux la mallette que Pinault avait brutalement dérobée à Auréa Cloutier, avant de se la faire lui-même chaparder, non moins brutalement. Les yeux de Bellemare brillaient. Il fit signe au gros Galibois de démarrer. C'est à la demande de Walter Duchesnay qu'il était descendu de La Tuque avec un groupe d'amis fidèles. Ils s'étaient déployés dans Québec, où ils avaient suivi à la trace les ministres, les députés et le personnel politique unioniste. La course à la succession se dessinait, et Gérald Martineau, trésorier de l'Union nationale, était bien décidé à la cercler dans sa vision du parti.

Bellemare et ses camarades étaient tous gardes-chasses, guides de forêt ou trappeurs. Ils étaient spécialistes de la traque inaudible et sans traces, quelque chose comme les ancêtres, ou les plus proches cousins, de la police secrète. Ainsi avaient-ils pu pister discrètement Daniel Johnson du Parlement à l'Old Homestead, et de l'Old Homestead au Club Renaissance. Un jeu d'enfant.

Mais voilà. Il se trouve qu'Henri Bellemare n'était pas aussi dévoué et dogmatique qu'on aurait pu le croire. Il n'était, en fait, pas niochon du tout. S'il avait soutenu des vues concordantes de celles de l'Union nationale, ça avait d'abord été pour sauver sa peau. Quand Duplessis lui avait donné un poste de complaisance dans le bois à La Tuque, en plus de le favoriser dans les travaux de béton en Mauricie – contre une ristourne de 10 % déposée dans la caisse du parti –, il était devenu influent et prospère. Mais il avait gardé en travers de la gorge son séjour avec les trois goons, ce qui, pensait-il, lui donnait le droit de mordre la main qui l'avait nourri. Comme il l'écrirait un jour dans ses mémoires, publiés à compte d'auteur, couillonner Duchesnay et Martineau avait été un des plus grands moments de son existence.

Il était au courant de l'affaire du trésor polonais. Qui ne l'était pas ? Le contenu de la valise n'était qu'une petite partie du pactole, mais c'était assez pour faire chanter Duchesnay et lancer les enchères. Bellemare était certain qu'il pourrait se dealer un beau poste de conseiller législatif. Mais il ne mettrait pas tous ses œufs dans le même panier, ça non. Si ça ne marchait pas, il devait trouver un moyen d'écouler la marchandise.

En arrivant chez lui, à Trois-Rivières, il décrocherait son téléphone et une aimable standardiste établirait la communication avec Alice Parizeau, née Poznańska, qui, assise à son bureau d'écriture dans son salon d'Outremont, un bambin accroché à chaque jambe, ferait ce qu'il lui faudrait faire pour revoir son pays.

Supplication

La spirale s'enfonçait dans les chairs du Bouclier canadien. Un vent du nord qui fouillait la fosse du Labrador, dérangé dans sa course par le trou de la mine, avait relevé la toile du chariot que tirait Gingras et y volait des feuilles de papier. Il jouait avec elles un moment avant de les abandonner dans la boue. Auréa Cloutier et Gingras, qui foulaient la pente tapée par les machines, furent finalement avalés par les ténèbres. La secrétaire était pliée en deux. Gingras s'enquit de son état, mais elle repoussa sa prévenance d'un coup de main dans le vide : non, elle n'avait pas besoin d'aide. Elle avait eu un accident, rien de grave. « Accident », c'était aussi comme ça qu'on appelait, chez les Gingras, ce qui avait rendu son père aveugle.

Ils continuaient à descendre, longtemps, puis touchèrent le fond. Devant eux, à l'endroit où le chemin s'arrêtait, un homme, ou presque, était assis sur une caisse en bois. Il jouait aux osselets. Derrière lui se trouvait une voiture noire, son museau enfoncé profondément dans le sol. Comme si elle était tombée du ciel. Une voiture de l'Iron Ore, plaque no. 162.

Ils s'avancèrent jusqu'à l'homme, qui leur sourit. Il vira deux autres caisses, leur donna une taloche pour déloger les plaques d'argile incrustées, puis les invita à s'asseoir.

— Avant, on s'assoyait à terre, mais de nos jours, il n'y a plus que les enfants et les pauvres qui font ça.

Sa face blanche.

— C'est vous, Métophi... Méphélèsto... Voyons! pesta Auréa en serrant le poing. Mé-phi-sto-phé-lès?

— J'ai bien des noms, Mademoiselle Cloutier. Tiens, faisons plus simple, appelez-moi donc... Bruno.

Bruno, c'est ainsi que se nommait son seul amour. Le bon à rien l'avait trahie, après plus d'une année passée à la courtiser. Le Malin jouait avec elle. Auréa ne laissa rien paraître de la vague de souvenirs gluants qui s'abattait sur elle.

— Vous avez choisi un drôle d'endroit pour mener votre commerce.

— Elle est bien bonne, venant d'une bâtarde d'Iron Mountain!

Cette fois-ci, Auréa ne put cacher son trouble.

Pour tout dire, Bruno se tenait habituellement derrière le comptoir de la taverne Saint-Michel, à Montréal. Mais le bar tournait au ralenti depuis que le maire Drapeau purgeait la ville et que la tempérance redevenait à la mode. S'ils ne viennent plus à toi, tu dois aller à eux! C'est ce qu'il avait appris dans un manuel de marketing américain très convaincant. Alors il avait repris, si on peut dire, son bâton de pèlerin et s'était remis à sillonner les régions. Il terminait sa tournée ici même, à Schefferville.

— On veut le ravoir, dit Auréa Cloutier, qui avait repris sa contenance, en pointant la voiture.

— Impossible, je l'ai déjà moissonné. Ne me regardez pas comme ça, Auréa ! C'est lui qui est venu à moi, tout seul. Je ne l'ai pas forcé. C'était il y a trente-cinq ans, on a joué aux dés, on a bu trois verres, j'ai tenu ma part du marché et il est venu rendre la sienne. Un contrat dûment honoré…

Auréa se signa. Elle ne semblait pas surprise pour autant.

— On veut le corps.

— Il m'est précieux.

— OK. Vous voulez barguigner ? On va barguigner, dit Auréa.

Bruno se frotta les paumes avant de les tendre en direction de la secrétaire. Il était prêt à écouter son offre.

— Je peux vous donner du fer.

— Du fer ? Vous croyez que je fais quoi, moi, à Schefferville ? Ils ont creusé tellement profond qu'ils ont percé le plafond de l'enfer. C'est mon domaine, ici !

Il fit une pause puis continua, comme pour lui-même :

— Les gens, aujourd'hui, n'ont plus de respect ; ils pensent pouvoir fourrer le diable. Je me souviens d'un temps où les rois se mettaient à genoux devant moi. Ils m'imploraient, me donnaient des coupes de vermeil, des boucliers porte-monde, des tuniques toutes en fil d'or. Voilà comment on rachète un corps !

Comme s'il s'éveillait d'un songe, il fixa Paul-Émile.

— Est-ce qu'on lit encore *L'Iliade* au collège, Messire Gingras ?

Gingras haussa les épaules. Le diable continua avec un petit sourire, venimeux, forcément.

— Tu ne voudrais pas en savoir plus ? Sur les assaillants de ton père ? Sur le petit trou au-dessus de ta tête, dans l'auto de police ?

Il traçant un petit cercle dans le vide avec son doigt. Gingras se mit à sonder son âme du mieux qu'il put. Hier, ces questions-là ne l'auraient pas plus taraudé que l'ordre des saisons. Que voulait-il savoir, au juste, au plus profond de lui-même ? Il ne le savait pas. Pas encore. Ses aspirations amorphes s'effondraient dans le champ des possibles. Et pourtant, les paroles du diable ne le laissaient pas indifférent, instillant dans son esprit quelque chose comme une soif.

— J'ai-tu dit que j'avais fini ? coupa Auréa. Laissez donc ce pauvre innocent tranquille. Des coupes, des boucliers, des tuniques, m'as vous en faire, moi…

Elle marmonnait en fouillant dans son chariot, dont elle sortit un paquet de feuilles.

— J'ai bien mieux ! Le travail de nos meilleurs artisans : nos juristes. Voilà le bill 943, qui vous donne les droits sur le lac Jeannine, en échange de la fondation d'une ville. Ah! le bill 238! pour prospecter dans le canton de Fournière, près de Malartic. De l'or, mais aussi de l'argent, du cuivre, du bismuth. Pis tenez! une subvention pour continuer le développement à Chapais.

Elle lançait à chaque fois une rame de papier aux pieds de qui on sait, qui fit mine de répondre quelque chose.

— J'ai pas encore fini, figurez-vous! Deux mille hectares de terres que le gouvernement va vous racheter à gros prix pour faire des autoroutes, des centrales et des aménagements urbains. À Bécancour, à Lévis, tout le long de la rive nord. Un bail de vingt-cinq ans! Audiences publiques et commissions parlementaires clé en main!

— Tout ça pour le corps de Maurice?

— *De monsieur Duplessis*, s'il vous plaît. Et, naturellement, vous continuerez à favoriser l'Union nationale. À prendre ou à laisser.

— Eh bien, eh bien. Laissez-moi voir ça.

Bruno chaussa une paire de lorgnons dorés pour éplucher les documents. Il se léchait le doigt avidement pour tourner les pages, semblant chercher des passages particuliers qu'il lisait à voix basse en mangeant des syllabes. Après un long moment, il s'avança vers la vieille femme.

— Vendu. À moins que Monsieur Gingras ait envie de me vendre son âme?

— Laissez-le en dehors de ça.

— Voici ma carte, mon brave nemrod. Dans le cas où vous changeriez d'idée, vous n'aurez qu'à la brûler, je viendrai vous trouver.

Il se leva et découvrit, sous sa caisse de bois, une bouteille et trois verres. Il les remplit.

— Facultatif pour vous, dit-il à Gingras. Mais ça me ferait plaisir qu'on boive tous ensemble. J'ai le cœur à la fête.

Ils burent. Auréa s'étouffa et recracha le gin.

— Pas habituée, hein ? Allez, on recommence. Et je vous accompagne pour faire passer le mal.

Il resservit Auréa, qui réussit à faire descendre l'alcool en secouant vigoureusement la tête. Gingras en profita pour s'approcher de la voiture écrabouillée. À travers l'obscurité du premier cercle de l'enfer, il cherchait, la mort dans l'âme, des traces de Liette, qu'il venait pourtant tout juste de quitter. Il voulut ouvrir une portière. Elle résista. Il passa sa tête dans une vitre éclatée et ne trouva rien, pas même des reliquats de son parfum.

— Gingras ! tonna le diable. Reviens boire avec nous. Elle n'était pas dans l'auto, tu n'as pas à t'en faire.

— Vous connaissez Liette ? demanda Paul-Émile, soupçonneux.

— Beau brin de femme, pas vrai ? répondit Bruno, avec un clin d'œil.

— Elle était avec Duplessis ?

— C'est confidentiel, ça, mon ami. À moins que tu m'offres quelque chose en retour. Tiens, prends donc un autre verre pour chasser le premier. Tu as aimé l'histoire du raisin ?

— C'était vous, ça ?

— Moi, tout craché. Liette ne sait même pas qu'elle ne sait pas.

Il lui fit un clin d'œil.

— Lit-on encore Platon, au collège ? Il est tout près, juste sous vos pieds, si vous voulez le rencontrer.

Un verre de plus.

— Ça me fait penser, en revenant à Montréal, je pensais arrêter de nouveau à Trois-Rivières. J'ai un attachement particulier pour votre bonne ville. Si conservatrice, si catholique ! C'est dans les endroits les plus croyants que j'ai le plus de prise. Beau paradoxe. Votre Benjamin Sulte exagère à peine quand il vous traite d'ivrognes, de joueurs de cartes et d'ennemis des livres…

Auréa vomit sur la terre sombre.

— Voilà ! s'esclaffa Bruno. Le contrat est scellé : j'ai votre signature !

— Répugnant, répondit Auréa en sortant son mouchoir pour s'essuyer la bouche. Vous êtes mieux de garder l'Union nationale dans vos bonnes grâces, vous !

— Je laisse les grâces à l'autre, ma chère.

L'homme s'éloigna de quelques pas, s'accroupit et dégagea au sol une petite trappe en bois. Il l'ouvrit sans un mot et sauta dans le trou. Quelques minutes plus tard, un corps en jaillit. On eût dit qu'il était recraché par la terre. Propulsé comme par un geyser. La tête, détachée du corps et ceinte d'une aura sanglante, s'immobilisa dans l'air un instant. Puis le cosmos immobile se rompit et tout s'écrasa au sol. Le corps était sur le ventre, dans la boue, tandis que la tête, quelques pieds plus loin, semblait fixer le ciel. Gingras, qui jusqu'ici avait vécu toute la scène en spectateur détaché, fut saisi d'un sanglot. Il s'approcha des restes de Maurice Duplessis et s'agenouilla à leur côté.

Auréa Cloutier, qui pleurait aussi, le rejoint, prit la tête entre ses mains et en débarbouilla délicatement les traits avec son mouchoir. Les yeux troubles et vitreux renvoyaient l'éclat des premières étoiles. Auréa l'enroba dans la toile noire et la déposa au fond du chariot, maintenant vide. Bruno ressortit du trou, ferma la trappe et se frictionna le corps pour en décoller des mottes de terre grasse.

— Ne me regardez pas comme ça, Auréa. C'est pas de ma faute, s'il est en deux morceaux.

Auréa mit une main sur l'épaule de Gingras dans un ordre muet. Ensemble, ils placèrent dans le chariot le reste de la dépouille de Maurice Le Noblet Duplessis.

Résurrection

Il tire, elle pousse, ils montent. Auréa s'arrête souvent pour tenir son ventre contus, vestige de sa rencontre avec Jacques Pinault. Elle l'avait reconnu, en plus, ce maudit bon à rien.

Gingras voulait comprendre. Comment avez-vous su, Auréa ? Jean-Charles Bonenfant, bien sûr, expliqua-t-elle entre deux inspirations rauques.

— Il a recoupé un paquet de contes et de mythes. Il avait trouvé tous les points. Je les ai connectés. Il n'y croyait pas. Je lui ai dit : c'est pas compliqué, Jean-Charles, il faut aller le chercher. Il sortira pas tout seul.

Elle avait voulu amener le trésor polonais pour racheter son boss. Des couronnes et des épées de rois, des partitions de Chopin, des bijoux ; elle était certaine d'avoir de quoi négocier. Puis Pinault s'en était mêlé. Il lui avait sûrement brisé des côtes. Mais Auréa retombait toujours sur ses pattes. Elle s'était rabattue sur son plan B, les bills.

La pente s'adoucissait. On entendait le grincement des vieilles roues et c'est tout.

Caouette tripotait nerveusement sa cravate près de sa voiture de patrouille. Godin attendait à côté de lui, dévorant les *Contes vrais*. Il était allé rendre l'auto à Cécile, puis avait demandé au constable de le ramener à la mine. Les bottes mi-mollet et les bras du complet safari de Duplessis pendaient de chaque bord du chariot. Sans poser de questions, ils le chargèrent dans le coffre. Roule, roule dans les chemins de gravier fin.

Ils déposèrent Auréa Cloutier à l'aéroport de Schefferville, où le pilote was waiting for you what took you so long pour la ramener à Québec avec un peu de Nouveau-Québec sous ses semelles. Sur la route du guest house, Gérald ouvrit le livre de Pamphile Le May et en présenta une page à Gingras : le frontispice du *Spectre de Babylas*. Tout est là, disait-il, excité. Mais Gingras regardait dans le vide.

Arrivés à destination, ils se rendirent à l'arrière du bâtiment, passant inaperçus dans la voiture de police. Ils livrèrent le cadavre par la porte des marchandises.

Dans le salon, grande commotion. Les hôtes du guest house n'attendaient plus qu'une confirmation de leurs craintes. Mais de voir ainsi leur homme, en deux morceaux, ça les secouait. Étiennette Bureau, sœur du défunt, en profita pour perdre à nouveau connaissance. Maurice Custeau, en bon Thomas, avança quant à lui un doigt pour sentir la ligne de coupe. On touche pas ! cria Gingras. Des voix commencèrent à s'élever : où c'est que vous l'avez trouvé ? Qu'est-ce qui lui est donc arrivé ? Gingras, qui en avait le tournis, mit son pied à terre, pour une fois.

— Je ne réponds ni de la famille du trépassé ni de l'Union nationale. Je réponds de ma hiérarchie.

On entendit remuer dans le fauteuil qui faisait face à la bay window. Après trois jours de léthargie, le numéro 2 du parti, habile conseiller législatif, trésorier aguerri, le très craint Gérald Martineau, se leva. Tout le monde déglutit. Avec sa chemise ouverte sur une camisole jaunie, sa barbe raboteuse et ses cheveux en bataille, il ne payait pourtant pas de mine.

— Bon, ti-gars, c'est pas parce que t'es le bras séculier du ministre de la Colonisation que tu vas mener la barque. Tout le monde sait que c'est lui qui t'a mis sur le cas, et pis Jos-D., c'est mon ami.

— J'ai aussi mis au clair avec monsieur Bégin que je prenais mes ordres de mon chef, et non de lui.

— Tu penses que tu sais quelque chose, hein ? Mais tu sais rien. Tu penses que tu sais comment Maurice est mort ? Ben non, tu le sais pas encore, figure-toi donc, parce que ça dépend de l'Union nationale. Est-ce qu'il est mort ? Ça aussi, ça reste à voir. Ça dépend de l'Union nationale. Pis toi, t'es droitier ou gaucher ? Demande à l'Union nationale. T'as envie de pisser ? T'attends sa permission. Là, je vais aller appeler Jos-D., pis tu vas rester ben tranquille en m'attendant.

Martineau fit planer son regard dans la pièce.

— Pis après ça, on va vous dire quoi dire, quoi penser, pis quoi faire. Pour l'instant, toi, dis-nous donc où est-ce qu'il était quand tu l'as retrouvé – quand *tu penses* que tu l'as retrouvé –, et pourquoi c'est faire qu'il est en deux morceaux.

Gingras était dûment intimidé, mais hésitait à déballer l'histoire telle quelle, avec ce qu'elle avait d'invraisemblable et de scandaleux. Il sentait que sa vie professionnelle, et peut-être sa vie tout court, tenait dans cet instant. Il choisit une voie mitoyenne.

— J'ai été mis sur la piste de la mine par une source qu'il ne m'appartient pas de révéler. J'ai trouvé le premier ministre dans son char, qui était tombé au fond de la mine. Le constable Caouette peut en témoigner.

Gingras chercha le policier des yeux. Il s'était retiré, comme à son habitude, par prudence. On n'entendait que le bruit des mouches qui s'élançaient sur les néons. Le parfum de Liette Potage flottait encore dans la pièce. Liette. Douce Liette. Martineau sortit pour passer son appel.

Après quelques minutes, il revint. Il était frais rasé, vêtu d'un complet propre, cheveux lichés et pommettes roses. Et se mit à beugler ses ordres : les docteurs, vous me remplissez le constat de décès ! Custeau, tu vas me préparer le communiqué de presse ! Étiennette, trouvez-moi du bon fil à coudre, voulez-vous ? Vous, les nurses, vous allez me recoudre Maurice en un morceau ! (Étiennette s'évanouit). Et que quelqu'un dise à

Thompson et Timmins de rentrer chez eux, je voudrais pas qu'ils soient mêlés plus que de raison à cette affaire.

— Ils sont déjà partis, Gérald, dit Jacques Bureau. Dès qu'ils ont vu le corps arriver.

— Bon, ben toé, vas me chercher un appareil photo, ça presse !

— Et vous ? osa Gingras. Qu'est-ce que *vous* allez faire ?

— Moi, répondit Martineau en mettant son manteau long et son chapeau, je vais m'occuper des journalistes...

Sur les marches de bois, Gérald Martineau inspira à pleins poumons avant de s'exclamer : Mesdames et Messieurs, votre attention s'il vous plaît ! Trois jours et trois nuits durant, Maurice Duplessis a combattu les forces mortifères de l'hémorragie cérébrale pour continuer à servir la province. Il a gagné plusieurs batailles, mais il a perdu cette guerre-là. Il s'est éteint, sous nos yeux affligés, il y a une quinzaine de minutes.

Pierre Laporte, dépêché par avion avec une dizaine d'autres journalistes, poussa sa cigarette au coin de sa bouche pour interpeller le conseiller législatif :

— Est-ce que ça veut dire qu'il faut oublier l'histoire d'indigestion pondue par le bureau d'Antoine Rivard ?

— Je ne prendrai aucune question. Et je compte sur votre coopération habituelle pour publier ma déclaration intégralement, et mot pour mot. Un communiqué suivra sous peu.

Vincent Prince prit la relève :

— Avez-vous des nouvelles de Paul Sauvé ?

Gégé, qui avait assisté à la scène par une fenêtre du guest house, se demanda s'il ne devrait pas troquer les Beaux-Arts pour la presse, tout compte fait.

Martineau rentra en sacrant entre ses dents. Aurait fallu toute les cadenasser. On lui fit rapport : la tête était ressoudée. Un cercueil était en route de Québec. De Québec ? Ils n'en tiennent pas ici. Ça fait peur aux mineurs.

Il fallait bien que Duplessis soit mort pour que Maurice Custeau se mette à prendre des initiatives. Il était parti en quête d'un drapeau. On lui dit, au bar de l'hôtel, que le seul à Schefferville se trouvait à l'école élémentaire. De fait, il trouva là un drapeau d'azur et d'argent, flottant dans le vent, fier sur son mât. Madame Nicole s'affaira à le descendre et le tendit à Custeau, sans protocole et sans pliage.

On attendit. Le cercueil arriva. Martineau empoigna un couteau et rassembla tout le monde autour de la boîte. Seuls le jeune Godin, sorti fumer avec Laporte et Prince, et, bien entendu, les femmes, allaient être épargnés.

— Vous faites comme moi, dit Martineau en s'entaillant le bout du pouce gauche.

Il tendit la lame à Bureau, qui s'incisa de même manière avant de la passer au docteur Rosmus. Puis elle circula entre Custeau, Thibeault, Rouleau, Gordon, Tremblay, le père Champagne, Larue et, oui, Gingras, tous plus ou moins épouvantés. Chacun fit tomber une goutte de sang sur le corps de Duplessis en répétant après Martineau : « On. Se. Ferme. La. Trappe. »

Puis on ferma le cercueil et on le drapa du fleurdelisé. Le drapeau glissait sur le vernis. Quand il fut bien égal des deux bords, le professeur de droit le cloua en place.

La berceuse

Auréa avait quitté Iron Mountain à l'âge de cinq ans. Elle n'avait que peu de souvenirs des États, sauf celui des bruits ferreux et suintants de la mine, qu'elle reconnaissait parfois dans les cliquetis des garages et des entrepôts trifluviens. Quand elle avait appris que Duplessis était porté disparu, elle s'était demandé si les gisements n'exigeaient pas leur dû, si elle ne devrait pas elle-même s'en retourner dans le Michigan pour fermer la parenthèse de fer qui enserrait son destin, pour redresser la terre qui penche et fait tout glisser vers la sortie, autrement dit, pour rééquilibrer toute la patente.

De Schefferville, Auréa vola jusqu'à L'Ancienne-Lorette et, de là, remonta à Trois-Rivières grâce aux bons offices du député de Terrebonne, qui revenait dans son comté pour une affaire de cadastre qu'on allait ajuster à la largeur de l'ego d'un vendeur de chars local. Elle grimpa lentement l'escalier extérieur du bloc de la rue Hart. Soixante-six hivers dans ses articulations, ses jambes flageolantes tassées dans ses bas de contention, elle poussa doucement la porte. Il était tard et sa mère, enveloppée dans sa peau lâche de quasi-centenaire, écoutait la radio dans son salon à peine éclairé. Elle ouvrit ses bras à Auréa, qui courut s'y blottir et se laissa bercer jusqu'à ce que ses sanglots s'apaisent.

Le retour

Valérie dormait recroquevillée dans la voiture parquée devant la gare. Sans la délicate dilatation de son dos, l'employée de la Quebec North Shore & Labrador Company l'aurait cru morte. Elle donna trois coups secs sur le pare-brise. Valérie s'éveilla brusquement, faisant voler assez de feuilles de notes pour rendre l'habitacle opaque l'espace d'un instant. Complètement mêlée, elle toupilla la manivelle qui fit descendre la fenêtre.

— Valérie ? demanda l'employée en ajustant ses lunettes.

— Oui, oui, c'est moi.

— Bon, chus contente de pas avoir eu à trop chercher. J'ai un message pour vous. Un Paul-Émile Gingras, de la police, m'a appelée de Schefferville.

— Oui, je le connais, oui.

— Il dit qu'il s'est trouvé un autre moyen de transport. Il repassera pas par Sept-Îles.

— Il va repasser par où ?

— Je sais pas, madame. Il fait demander si vous pourriez pas ramener son auto.

— À Montréal ?

— Non. Il m'a bien répété de vous dire que vous devez vous rendre à Trois-Rivières, pas à Montréal. Trois-Rivières.

— Des rivières, c'est formidable !

— Il m'a aussi dit que vous étiez dure à comprendre, et de la comprenure, des fois, alors je vous laisse un papier. Tout est écrit dessus, suivez les indications. Oubliez pas : Trois-Rivières.

— Merci, madame.

— C'est rien. S'il y a quelque chose, je suis dans la gare. Mon nom, c'est Irène.

Valérie tassa les sacs de chips et les pommes qui envahissaient la banquette. Elle vivait dans la voiture depuis que les deux garçons étaient partis. Elle alternait ses séances de rédaction avec des promenades jusqu'au bout de la rue Retty où, une fois passé les chantiers maritimes, les installations portuaires, les clôtures grillagées et les bâtiments de tôle sale, elle pouvait contempler l'estuaire du Saint-Laurent.

Le seul problème avec la requête de Paul-Émile Gingras, c'était qu'il avait présumé que la poétesse savait conduire.

Elle mit un peu d'ordre dans ses manuscrits et alla chercher Irène dans la gare. Celle-ci prit son heure de lunch pour lui apprendre les rudiments de la conduite.

À Sept-Îles, tout le monde sait chauffer à huit ans, c'est pas compliqué tu vas voir.

En début d'après-midi, Valérie relâcha graduellement la clotche de son pied gauche et, après deux essais, fonça vers la route dans un crissement de pneus : trois rivières l'attendaient.

V. DU MONDE À LA MESSE

Chapelles ardentes • L'enfant prodigue
La romance à Renée-Ange • Les archives
Document L-3903 • Acte manqué • La dispa…
Un homme et son péché • …rition • Pandémonium
Noces de fumée • Ascendance • Chef, toujours
Une petite visite • Le drapeau

Chapelles ardentes

On mit le cercueil dans un des petits avions de la Hollinger, peut-être le même qui avait mené Duplessis à Schefferville. Personne au guest house n'était très chaud à l'idée de passer quatre heures en l'air avec la dépouille. Le corps recousu du Chef indisposait tout le monde et, pour dire vrai, sentait fort. Gingras et Godin, pragmatiques, levèrent la main. Ils embarquèrent avec Étiennette et Jacques Bureau, sœur et neveu du mort. C'était la première fois qu'ils prenaient l'avion. Le vol ne leur donna pas la nausée. Mais la tête de Duplessis, finalement mal fixée, qui jouait du tambour sur le côté du cercueil, s'en chargea.

À l'aéroport de L'Ancienne-Lorette attendaient Cottingham, Pouliot, Bourque, Bégin, Paquette, Leclerc, Talbot et Johnson. C'était l'avant-dernier conseil des ministres. Ils n'avaient pas plus de décision à prendre que lorsqu'il était vivant. L'Église s'occupe de la messe funèbre ; le patronage, qui vous suit jusque dans la tombe, se charge du corps : la dépouille irait au salon du député unioniste Maurice Cloutier où, en toute discrétion et sans autopsie, ouvre, tire, vide, remplit, rafistole et maquille, pis shippe shippe shippe au Parlement.

Duplessis passe la dernière journée de ses trente-deux ans de service dans un cercueil de velours à demi ouvert. Les citoyens, en file indienne, attendent dans les couloirs de l'Assemblée législative pour lui rendre leurs derniers hommages au Salon vert. La colonne qui en ressort descend l'escalier monumental pour émerger par la grande porte et s'émietter dans les rues avoisinantes. Cent mille personnes dans la journée.

Le lendemain, resucée à Trois-Rivières. Les Mauriciens jouent du coude au palais de justice pour faire leur chemin jusqu'au cercueil. Tous veulent voir le Chef une dernière fois. Trois-Rivières rapetisse. Demain, le dix courant, c'est l'enterrement.

L'enfant prodigue

Quand René Pastorale ouvrit son exemplaire du journal français de Lowell et apprit la mort de Maurice Duplessis, il sut que son purgatoire était achevé. Il donna sa démission dès le lendemain, ramassa ses affaires et quitta Lowell en moins de temps qu'il n'en faut pour éternuer.

Son agitation montait à mesure qu'il se rapprochait des lignes. Avec les années, René, bien qu'il ne fût pas doté de la nature pieuse suggérée par son patronyme, avait fini par croire en l'influence de quelque force ineffable sur sa destinée. Qui donc aurait pu agencer le monde de telle façon qu'au retour d'une guerre lointaine dans laquelle il avait été enrôlé de force, un petit gars de Montréal se ramasse sur la ferme à Hector Marceau au moment pile, pile au moment, où les crues printanières propulsaient des billots devant Sainte-Anne-de-la-Pérade ? La construction de la Pastorette avait été pour lui l'aboutissement de cette chaîne d'événements hétéroclites et improbables qu'il pouvait étirer aussi loin que le portait son esprit: au krach de 1929, au traité de Versailles, aux faisceaux de licteurs, jusqu'à ses parents et à ses ancêtres, jusqu'au tabac, au flottage, au mouvement des glaciers et des astres. Cette somme incommensurable de hasards imbriqués les uns dans les autres, à laquelle il devait sa bonne et sa mauvaise fortune, avait éveillé en lui, oui, une sorte de piété qui le faisait se tourner, chaque fois qu'il s'y arrêtait, vers le ciel. Sa bonne étoile s'était retrouvée dans la trajectoire d'une comète du nom de Duplessis qui, tenace et fourbe, avait lentement traversé le firmament de la province, semant des ponts, des routes et des digues qui imprimaient la marque d'un progrès en dents de scie. La destruction de la Pastorette avait sonné le glas d'une ère libre et joyeuse, le ricochet de son destin vers la triste condition de locataire et, pour le dire en un mot, l'échec de sa vie.

Venons-en aux faits. Le soir de l'effondrement du pont, René était intoxiqué par un alcool frelaté qu'une connaissance brassait dans les forêts mauriciennes, et bien décidé à porter un dur coup à Maurice Duplessis. Oui. Mais l'étendue de son crime se limite à ceci: ses pensées crochies par la rancœur, armé d'un gallon de peinture à bitume subtilisé à l'usine, il s'était couché à plat ventre sous la rambarde du pont et, dans le froid polaire, copiant une à une les lettres que le petit Gérald avait écrites dans sa main, avait tracé une virile mise en garde qu'il voulait visible depuis Bécancour: *DUPLESSIS FOURRE SA PROV*. Ses doigts gelés l'avaient empêché d'achever cet ingénieux détournement du slogan électoral de 1948, qui proclamait : « Les libéraux donnent à l'étranger, Duplessis donne à sa province ! »

Le lendemain, au réveil, René avait failli vomir. La chute du pont, il l'avait rêvée, souhaitée, et obtenue. Il était convaincu d'avoir dirigé la colère divine sur l'objet de son ressentiment. Quand un ami, relayant une rumeur qui courait dans la ville, lui dit qu'il avait été aperçu sur le pont la veille, René, pris de panique, sauta dans sa voiture et roula vers le sud. Loin du Saint-Maurice. Toujours plus loin. Depuis, chaque nuit ou presque, il voyait les corps bleuis et crispés des quatre pauvres hommes qui avaient péri par sa faute, sinon de sa main.

En arrivant à Trois-Rivières, René alla directement cogner à la porte des Godin, comme il l'avait fait tant de fois, dix ans auparavant. Louisa lui dit que Gérald n'était pas encore rentré de voyage. Pas grave, René avait tout son temps. Il comptait demander à son ami de l'accompagner au cimetière ; il aurait besoin de lui pour identifier les tombes de Noël Doucet, Henri-Paul Gendron, Maurice Beaumier et Paul Fiset, victimes innocentes d'un choc cosmique, martyrs d'un bras de fer où la grâce toute-puissante du Seigneur avait triomphé de la patte coriace du ministère de la Voirie.

La romance à Renée-Ange

Les gens. Les gens pensent tout de suite à l'argent, au sexe, au pouvoir. Ils oublient l'amour. Ça ne leur traverse même pas l'esprit. Leur cœur est noir de jalousie et d'envie.

On sait depuis longtemps que Duplessis a eu un amour de jeunesse. Elle s'appelait Augustine, Augustine Delisle, et elle était la fille d'un marchand de charbon de la Mauricie. Duplessis, jeune avocat de province ambitieux et déjà alcoolique, lui avait promis de lui donner une vie confortable et cinq enfants. Ils faisaient des tours dans sa voiture toute neuve ; ils se retournaient sur leur banc, à la messe, pour se faire des clins d'œil. Bref, ils filaient leur amour comme des tourtereaux. Puis les autres Duplessis, les Duplessis insensibles, bourgeois et bornés, les oncles et les tantes et surtout, la mère, et surtout, le père, ont convaincu Maurice qu'Augustine n'était pas un bon parti, qu'il devait penser au nom, au destin, au statut de la famille. Le grand-père, Joseph, avait été agriculteur. Le père, Nérée, avocat sur Laviolette, se voyait en gardien de la fraîche noblesse des Le Noblet Duplessis. C'est bien le régime des parvenus, le régime des sans-cœur. Maurice avait fini par s'incliner. Et Augustine avait disparu dans la brume d'un mariage avec un insignifiant.

Or voilà que des lettres d'Augustine, que Duplessis avait toujours gardées près de lui, au Frontenac, s'étaient mises à circuler. Les dernières étaient toutes récentes, le fil entre eux n'avait donc pas été coupé, pas définitivement. Les passions du printemps marquent les cœurs à l'encre indélébile. Ses enfants partis, son mari – infidèle – sorti du portrait, Augustine Delisle s'était retrouvée dans une situation matériellement confortable. Elle n'avait rien perdu de sa simplicité, de sa douce retenue, de son cœur fier et aimant. Puis il y avait eu la coïncidence – parlons plutôt de destin. Un dimanche que le curé de Saint-Philippe était enrhumé, elle était allée à la messe à la cathédrale, là où le premier ministre se recueillait quasiment tous les dimanches, et elle l'avait vu, et il l'avait vue, et la joie nubile qui sommeillait encore en eux s'était réveillée.

Ils s'écrivirent. Ils se revirent, souvent, à Trois-Rivières, un déjeuner par-ci, un café par-là, et il dut lui dire : voudras-tu de mon amour aveugle, sans fond, brûlant, de mon amour ininterrompu, je le jure, de l'amour de celui qui t'a abandonné il y a trente ans ? Et elle a dû lui dire oui, oh oui, mon Maurice, je t'ai tant attendu, mais sauras-tu, sauras-tu me garder, cette fois ? Oh oui, oh oui, mon Augustine !

Vous comprenez bien qu'un mariage avec une divorcée, c'était une défaite électorale assurée pour le gardien de nos traditions chrétiennes. Alors je vais vous dire ce qui s'est passé. Quand on lit les journaux religieusement et attentivement comme moi, on sait ; quand on est bien informée, comme moi, on la connaît, la vérité. Elle est toute simple. Duplessis a feint sa mort. Pis il est parti avec la petite Delisle, quelque part aux États ou dans les Caraïbes. C'est rendu une pratique commune, pour les vedettes. James Dean et Humphrey Bogart passent tranquillement leurs jours dans des endroits paradisiaques, c'est écrit partout – si on sait lire aux bonnes places. Pareil quand vous lirez que Maurice Duplessis a fait une « crise cardiaque », il faut comprendre le code : la crise, c'était le réveil de son cœur ! Il a tout laissé tomber pour Augustine, je vous assure, c'est l'évidence même.

Les archives

Après Schefferville, Étiennette Bureau était prestement rentrée avec son fils à la maison bourgeoise des Trois-Rivières, où elle avait vécu avec son frère. Maurice était mort, mais on sentait sa présence dans tous les racoins. Son fauteuil, tiré près du phono pour écouter de la musique. Cette enveloppe, sur son bureau de travail, dans laquelle était encore fiché un coupe-papier d'argent. Et partout dans l'air, imprégnée dans les tentures, les tissus et les tapis, l'odeur de ses cigares.

Étiennette descendit au sous-sol, marchant entre des piles de caisses précaires. Dans le fond, elle ouvrit le classeur métallique et y prit une enveloppe cachetée. Maurice était mort célibataire, cassé et méfiant. C'est à sa sœur, et à elle seule, qu'il avait laissé la charge d'exécuter son testament personnel.

Devant la famille rassemblée au salon, elle lut que Maurice Le Noblet Duplessis léguait :

— à sa parenté proche : ses dettes (dont 46 132 $ à régler auprès de M. Frank Roncarelli) et la maison de la rue Bonaventure, à Trois-Rivières ;

— à sa sœur Jeanne-L. Balcer-Duplessis : sa collection de peintures ;

— au club de baseball de l'Exposition : sa collection de calottes des Séries mondiales ;

— à sa sœur Étiennette Bureau, née Duplessis : les bijoux et menus objets de la maison de la rue Bonaventure, ainsi que les archives et documents qui s'y trouvent ;

— à Auréa Cloutier : les disques d'opéra, bijoux et menus objets de la suite du Château Frontenac.

Étiennette était désemparée : qu'est-ce qu'elle devait faire des boîtes de documents qui encombraient la cave ? Comme elle menaçait de perdre connaissance, Jacques, pour ménager ses nerfs, offrit à sa mère de se charger de disposer des archives.

Il pensa à Pierre Boucher, le grand gouverneur des Trois-Rivières, dont les archives étaient conservées au musée du Séminaire Saint-Joseph. Il appela le collège, qui enjoint aussitôt à deux professeurs d'aller quérir les documents. Dès qu'ils furent sur place, le jeune laïc Denis Vaugeois et le frère Marcelin Carpentier furent escortés au sous-sol. Il y avait bien là plusieurs dizaines de boîtes remplies à ras bord de livres, reçus, photos, notes, macarons, fanions, doctorats *honoris causa*, attestations multiples, pavés juridiques.

— Qu'est-ce qu'on doit prendre ? demandèrent les professeurs.

— MAMAN ! cria Jacques Bureau vers l'escalier, est-ce que le ménage a été fait ?

Une voix étouffée répondit à travers le plancher.

— On n'a rien à cacher ! Je veux que ça parte toute !

Vaugeois et Carpentier chargèrent leur diable et firent la route à pied, bûchant à chaque coin de rue pour le faire descendre du trottoir puis grimper sur le suivant. Ils parvinrent en ahanant à la grande porte de fer sous le regard triste d'un saint Joseph visiblement solidaire de leurs souffrances. Ils firent ainsi l'aller-retour une quinzaine de fois dans la journée.

Après, éreintés qu'ils étaient, ils auraient pu rentrer, se masser les pieds et dormir jusqu'au lendemain midi. Ou, s'ils avaient eu un regain, aller faire la file au palais de justice, comme tout le monde. Mais ils étaient trop curieux et se jetèrent sur les boîtes. Ils classaient, lisaient, se régalant de cette masse bouillonnante de paperasse dont l'histoire est faite. Vaugeois ouvrit un livre d'où glissa une petite feuille jaunie et épaisse. Il la déplia et se mit à en déchiffrer, de plus en plus avidement, l'écriture fatiguée.

Document L-3903

Fonds d'archives Maurice Le Noblet Duplessis,
Séminaire Saint-Joseph, Trois-Rivières

Mon très-cher pere,

Je ne verroi pas la fin de la semaine. J'ay attrapé un de ces maux que ni ma medicine, ni les remedes herbeux des Montagnez n'ont reusci à endiguer. La fievre va & vient, comme des appels qui chaque fois me poussent plus loin de la rive. Je m'en remetz, icy comme tousjours, entre les mains de Dieu. S'Il me resclame, qu'il en soit ainsi.

Je prends mes quelques forces pour vous escrire iceulx mots qui, je crois, seront les derniers.

Je mourroi dans le desnuement cher à Sainct François. C'est grâce à lui que le cappitainne de Champlain a préférez les Récollets aux Jésuites. Nous estions habituez à la pauvreté, au dur labeur. Il ne se peut desirer meilleur destin. Mais je ne vous reverroi pas, pere, ni mere ni mes sœurs, et j'aurois tant de chose à vous dire.

Je ne verroi pas le prochain hiver, ce qui allège quelque peu mes souffrances. J'y ai aperçu l'enfer, mon pere. Aucun cri ni flamme vive, mais le blanc, le vide, l'alentissement fatal de tout ce qui gigote, à commencer par nos povres feux de cheminée.

Mon plus grand souhait n'estoit autre que de tourner les yeux des Sauvages vers le Createur. Mon père, je m'en confie a vous, je crains de n'avoir amenez avecque moy les Demons des vieux pays en même temps que nostre bon Dieu. Le Diable a establi son empire sur l'hiver. Il courre les bois, scellant pacte avecque les Yroquois & les colons transis. Je le vois souvent à l'oriere des bois. Il me reguarde. Il conoit nos foiblesses. Il porte une robe estrange qu'on aurait pu croire de la fabrique des gens d'ici s'il n'avait eu la face blanche comme neige. Un jour, je marchois le long de la riviere de Fouez & il me suivoit. Je pouvois humer le souffre. Je me cramponnoi au Sainct Livre & quand je me retournoi, il ne restoit plus qu'un peu d'eau, dans un trou, qui bouillonnoit toute seule. Elle desgageoit une exhalaison de pestilence. On l'appelle la fontaine du Diable. Depuys, je reuscis à le garder a distance avecque mes Prieres & mes Croix jusqu'au printemps.

Comme est savoureux le pain sec mangé apres quarante jours de Caresme. Tel est le printemps en ces terres. Ne revoir cete saison benite, vois là mon regret, & aussi de ne pas revoir l'automne, doux & sec comme escorce de bouleau, qui orquestre les feuilles des arbres dans un hommage à l'arc-en-Ciel. C'est une beauté à faire geler toustes douleurs. Quiconque leve les yeux vers cete forest en feu verra Dieu. Comment pourrait-il en estre autrement ?

En quatre ans dans la neuve France, j'auroi veu plus de spectacles celestes que ne pouvoit espérez un simple apoticaire du Vendome. J'ay veu Dieu dans un tout autre vestement qu'icelui de nos vieilles cathédrales. Que j'aurois aimé que vous voyiiez, vous aussi, comme j'ay veu pour la premiere fois, passé l'embouchure de la riviere de Fouez, le peloton des Trois Rivieres. Le promontoire de roc, qui ressemble à une boule de laine ireguliere baignée de Lumiere, me faisoit penser à la Montagne du Sermon. C'est ainsi du moins que je l'imagine à present. Les trafiquants de pelleteries occupoient le terrain sans paier redevance. J'ay choisi le lieu pour establir la mission des Trois Rivieres, conformement à mon mandat. J'y ai construit mon dispensaire, qui officie aussi en tant que chapelle, sur le monticule d'où on peut observer la grande riviere Sainct-Laurent aller à la rencontre de la mer.

Sous l'égide du pere Jamet, j'y prechoi du mieux que je pus la bonne Parole ; j'y soignoi au nom de Dieu le cors & l'Ame de tous les hommes indistinctement. Mais la tasche qui me tint le plus à cœur fut icelle de maistre d'escole. Sy la memoire devoit retenir quelque chose de ma vie, j'aimerois que ce soit cete œuvre d'enseignement. J'essayoi du plus fort de moi-mesme d'élever l'Ame de ces jeunes Sauvages & je tire certaine fiertez d'y avoir reusci, au moins pour les rudiments du calcul & du françois, mais aussi de la botanique. J'ay aussi moult appris d'eux. Leur Ame destient un vieux savoir qui s'est deposé avecque les ages. Je glisse plus loin mes notes concernant la flore dudict pays & les recettes apprises. J'espere qu'elles pourront avoir quelque utilité.

Je ne reverroi plus mes élèves. Parmi eux, le jeune Kepitenal, fils du chef, qui s'estoit entiché de moi & moi de lui ; ils estoient tous sy chers à mon cœur. Je ne reverroi pas non plus les chasseurs dont la rustre compagnie allegeoit mon sort, ni bien sur Champlain. Le pauvre homme en est ja à son huitième voyage ici & toujours on lui refuse les moiens de ses ambitions, que dis-je, de l'ambition qui devroit estre celle de la France, sy vraiment elle cherche à faire naistre une France neuve : des hommes, des femmes, des armes. Il y a une grandeur sacrée dans son obstination, à ce cher cappitainne, qui sur ses espaules tient entier le poids de la colonie, comme le titan Atlas.

Bien qu'à mes yeux moult spectacles nouveaux se soient présentez, tout n'est pas different ici. On y retrouve les mesmes haines entre les hommes, les mesmes péchez, les mesmes vices, la mesme méfiance que ni la civilisation chez nous ni la nature ici n'ont reusci à destruire. Les hommes sont sensibles aux mesmes expediens. Je pus désamorcer une attaque contre l'abitation de Quebecq, qui sera mon unique fait d'arme, grace à une harangue inspirée de Dieu. Quatre cens Yroquois vouloient s'abattre sur les colons. Certainement Champlain, sa poignée de soldats gelés & les repris de justice qui constituent la colonie n'auroient pu résister, mesme armez d'arquebuses. Par la Grace de Dieu, & par le concours de mon brave Kepitenal dont la jeune voix gagne en corps, je les convainquis plustost de parlementer, ne leur promettant rien de plus que de possible : le Salut de leur Ame & l'appui des François contre les Yroquois. Ils m'ont cru. Le fait que j'aie du troquer mon froc, perdu quand mon canot chavira sur la riviere, contre les habits d'ici y est peut-estre pour quelque chose. Jamais mon nom fut mieulx assorti a ma mission.

Je sens la fievre revenir, et la pensée qui part voguer sur les flots de la folie. Pareil à la nuit quand la moindre des affaires vient troubler les songes par des pensez recurrentes, je ne puis empescher mon esprit de croire encore et encore que mon estat n'est point naturel & qu'un poison m'emplit les veines. Mais je m'en remets, ici comme tousjours, entre les mains de Dieu. Il saura punir le coupable et contenir le Demon de la riviere.

J'aurois aimé qu'on m'enterre à la mission des Trois Rivieres, dans le jardin de mon dispensaire. Mais je ne seroi pas mal ici, à Quebecq, face à ce fleuve qui est devenu mon sang.

Je dois vous quitter, mon pere. Je vous embrasse, mere & mes sœurs aussi. Que votre vie soit longue & que Dieu vous garde.

Vostre fils

Quebecq, XXe jour dudict
moys d'aoust de l'an de Grace 1619

Acte manqué

Vaugeois en tremblait presque. Une lettre de 1619. Sous ses doigts. Plusieurs mots y étaient soulignés et des notes de plusieurs mains en emplissaient les marges. Il n'y a décidément plus rien de sacré ! Il relut la lettre pour affermir son intuition avant de la déposer comme si c'était une feuille d'or. Un récollet maître d'école, établi aux Trois-Rivières avant la fondation de la ville : il n'y avait qu'un seul candidat.

— Pacifique Duplessis, tu sais qui c'est, Marcelin ?

— Celui de la porte ? Vaguement.

La porte Pacifique-Duplessis était le joyau de béton d'une vaste campagne de travaux publics. Maurice Duplessis l'avait fait ériger à la fin des années trente pour donner du travail aux chômeurs de Trois-Rivières. C'était un monumental arc de triomphe art déco, s'ouvrant sur le parc de l'Exposition. Les colonnes et le fronton présentaient des scènes archaïques de la vie trifluvienne : des draveurs debout sur des pitounes, le frère Pacifique qui enseignait à de jeunes autochtones, le haut fourneau des forges du Saint-Maurice activé par des hommes robustes, Capitanal et son père accueillant le sieur de Laviolette.

— À ta connaissance, c'est un ancêtre du premier ministre ?

— Aucune idée... Pourquoi tu demandes ?

— Parce que j'ai frappé le jackpot ! dit Vaugeois en pointant du doigt le précieux document. Une lettre de sa main, adressée à son père. Peux-tu faire mieux que ça ?

Marcelin, qui venait d'entrouvrir une mallette noire, siffla puis répondit :

— Peut-être, Denis, peut-être... Viens donc voir ça.

Maurice disait souvent à sa sœur qu'elle était brouillonne et oublieuse. Il avait raison. Maurice avait toujours raison. Étiennette se rappelait sa boutade, lancée du porche de leur maison : « Un jour, Étiennette, tu oublieras même de respirer ! » Ça avait été précisément le cas quand Gérald Martineau l'avait appelée pour lui rappeler qu'il passerait chercher la valise noire avant les funérailles. Proche de la syncope, elle était descendue au sous-sol pour constater de ses yeux ce qu'elle savait déjà : elle l'avait laissée être emportée au Séminaire Saint-Joseph avec le reste.

Ce matin à la première heure, alors que la lettre de Pacifique Duplessis était placée sous une cloche de verre, elle avait attendu en trépignant à la porte du Séminaire. Dès l'ouverture, elle avait fait claquer ses talons jusqu'à la salle des archives, où elle avait trouvé le même religieux qui était venu la veille rue Bonaventure.

— Auriez-vous pris une valise noire, hier, chez moi ? Grande comme ça. Pleine de cossins, de papiers. Elle a une valeur… sentimentale.

Le frère avait froncé le nez, puis était allé chercher la valise, qu'il avait posée sur le comptoir. « Merci bien », avait dit Étiennette, sentant son fond de teint couler sur sa joue. Elle avait nerveusement empoigné la malette et avait pris le chemin de la sortie. Un coup son chapeau de deuil ajusté sous la statue de saint Joseph, elle s'était mise en route vers la cathédrale, sa main gantée serrant fort la poignée. Il lui avait semblé soudain qu'elle attirait tous les regards, comme si elle transportait une bombe.

La dispa…

Gingras fut réveillé par la clameur devant son appartement. C'était un grand jour, et la rue tenait à le rappeler à quiconque aurait risqué de passer tout droit. Il se traîna, en bedaine, jusqu'à sa fenêtre. Laviolette était bouchonnée du cul au goulot. Des voitures cirées de frais et une foule de piétons coulaient vers le centre-ville comme de la mélasse.

Les deux derniers jours avaient contrasté avec l'agitation de Québec et de Schefferville. Gingras avait dormi, essentiellement. Et achevé, troublé, le livre de Rose-Aimée. Et cogité, un peu, parce que d'un bord, Jos-D. attendait un rapport précis et véridique, et de l'autre bord, il avait juré avec son sang qu'il s'en tiendrait à la version officielle.

Il mit une chemise fripée et une capine sur ses cheveux gras, éteignit sa cigarette à peine entamée dans le cendrier posé sur le rebord de sa fenêtre, puis sortit. Il se mêla à la foule endeuillée. C'était en fait une bien jolie kermesse, dont la solennité toute théorique était régulièrement bafouée par des salves de rires et d'insultes joueuses. Gingras s'enfonça dans les rues derrière la Wabasso pour rejoindre l'appartement de ses parents, qui devaient s'apprêter à rejoindre le cortège.

Sur le trottoir inégal se tenait Joséphine, avec sa posture habituelle, rigide et sévère. Il accéléra le pas pour la rejoindre.

— Moman était pas sûre que t'allais venir, dit-il à sa sœur après l'avoir serrée dans ses bras.

— Je sais, elle m'appelait tous les jours. Mais là, faut que tu fasses quelque chose, elle est virée folle.

— Comment ça ? Les filles sont là ? Pis John ?

Chez les Gingras, il était de bon aloi d'haïr John Ellis, qui leur avait arraché Joséphine pour la transplanter en Estrie, où il avait trouvé du travail en usine. On le jugeait mal mis, mal peigné, malpoli et malcommode. Mais le plus grand de ses crimes était qu'il empêchait, trop souvent au goût de sa belle-mère, sa femme et leurs deux filles de la visiter.

— Moman l'a accueilli avec un air de bœuf. Il est parti se reposer au dépanneur. Les filles sont en haut avec elle pis ses sœurs.

— Pis Rosélia ?

— Elle a dit qu'elle irait aux funérailles avec les ursulines. Toute pour énerver Moman ! C'est pas une bonne journée, m'a te dire… Tu vas voir. Envoye, monte !

Il n'en eut pas le temps. Sa robe de chambre gonflée derrière elle, Rose-Aimée Bégin sortit et attrapa des deux mains la balustrade de son perron.

— Paul-Émile ! Mon Popaul ! T'es enfin là ! Ton père est disparu !

— Hein ?

— Il est parti avant que je sorte de la douche ! *Tout seul*, Popaul !

— Est-ce que t'es correcte, mémeille ? dit de sa voix d'ange la petite Diane qui s'était faufilée sur le perron.

— Oui, tout est beau, cocotte, rentre dans' maison, on va finir de t'habiller. Peux-tu croire, Popaul ? C'est la première fois qu'il sort tout seul depuis l'accident ! Tu-seul, dans c'te foule-là, avec sa canne, avec le bruit…

Ce fut le tour de Mona et Renée de sortir en panique, bousculant leur sœur, pour crier en chœur :

— Avez-vous vu Coutume ?

— Il doit pas être bien loin, dit Gingras, tout le monde le connaît…

— Popaul, bâzouelle, répondit Renée-Ange, c'est un chat ! Personne le connaît ! Je suis sûre que c'est ton sans-dessein de père qui l'a laissé sortir !

— Renée, laisse faire le chat à Mona, pis va me chercher une photo d'Émilien, Popaul va pouvoir la montrer.

— Une photo ! cria Mona, bonne idée !

Les deux tantes rentrèrent en trombe dans l'appartement en tenant leurs bigoudis.

— Il peut pas être loin, répéta Gingras, comme pour lui-même.

Rose-Aimée, un peu calmée, descendit les marches du perron et prit entre ses mains le visage de son fils.

— T'as pas compris encore, hein mon p'tit gars ? Mon pauvre p'tit gars…

Un homme et son péché

3 mai 1959. Viateur L'Espérance fait dandiner son tracteur aux pneus mollassons sur le chemin de gravelle qui mène à un de ses champs, dans l'arrière-pays de Saint-Adelphe. Au croisement de la trail qui mène aux terres à bois de Philippe Belley, Willi Blackburn, Jeannot Sirois et Mateo Turcotte, il tombe sur une voiture qu'il n'a jamais vue dans les parages. Normalement, il ne ferait rien – pour ne pas mettre ses pattes dans les affaires des brasseux de bagosse qui rôdent sur ces terres-là –, mais il voit bien le tuyau attaché à l'exhaust.

C'est ainsi que fut retrouvé un Marius Castonguay plus trop frais. Le boyau entrait dans l'auto par un trou dans le plancher. Plus efficace que de le glisser par une fenêtre entrouverte. Le coroner la trouva facile, celle-là : suicide par intoxication au monoxyde de carbone.

Mais pas si vite.

14 avril 1959. Marius Castonguay est au palais de justice de Trois-Rivières, où on l'accuse de possession illégale d'eau-de-vie de contrebande. À la question « D'où déteniez-vous cet alcool, Monsieur Castonguay ? », il répond, sous serment : « J'étais en possession de cet alcool à la demande de la Police des liqueurs, qui en avait besoin comme preuve contre un contrebandier. J'ai reçu 350 $ du policier Émilien Gingras pour acheter la baboche. » Le constable Gingras est appelé à la barre par la Couronne. Il admet avoir remis 350 $ à Castonguay, oui, mais pour des renseignements liés à une affaire d'alambic illégal ; jamais, au grand jamais, jure-t-il, pour acheter de la snoutte. Voilà qui complique l'affaire. L'avocat de Castonguay demande qu'on reporte le procès au 18 du mois.

Le soir même, le constable Gingras a droit à un procès maison dans sa cuisine : Rose-Aimée venait d'apprendre, pis dans le journal à part de ça, pourquoi il était tombé dans la boisson. Le chef Beaulieu l'avait embarqué dans ses affaires de contrebande, moyennant quelques primes et de l'alcool pas cher – juste assez pour qu'il y passe sa paie. Avec une bonne claque, elle fit comprendre à son époux qu'elle acceptait pas ça dans sa chambre, un soûlon corrompu.

18 avril 1959. Marius Castonguay ne se présente pas au tribunal. On ajourne au 20 où, l'accusé manquant de nouveau à l'appel, on évoque une chasse à l'homme. Le fermier L'Espérance le retrouve mort deux semaines plus tard.

Si Marius Castonguay, Dieu ait son âme, a mis fin à ses jours par honte et désespoir, il n'y a rien à ajouter. Si, toutefois, comme on peut raisonnablement le croire, il a été supprimé par les autorités compétentes parce que ses liens avec la police avaient été éventés, vous vous demandez peut-être pourquoi ça joue aussi dur, dans le boutte, pour quelques tonneaux d'alcool frelaté.

Reculons encore un petit peu.

Le mythe veut que Pandore, exquise créature modelée par des dieux cherchant à se venger d'un affront, fût dépêchée chez les hommes avec une jarre contenant tous les maux de la Terre. L'histoire est connue : parfois l'homme, trop curieux, mais le plus souvent Pandore elle-même, candide jusqu'à l'apocalypse, ouvre la « boîte » d'où s'échappe une désolation universelle. Or, des sectes protestantes – et quelques peintres visionnaires – en vinrent à établir que cette boîte, que cette outre, contenait en fait de l'alcool, père de tous les vices : déchéance morale, violence, maladie, chômage, pauvreté, divorce et misère humaine généralisée. Ce n'est pas pour rien que les Blancs fournissaient en tord-boyaux les indigènes et que Nietzsche condamnait âprement la bibine : elle amollit toutes les facultés de l'homme et émousse le tranchant du réel jusqu'à faire embrasser ses plus cruelles imperfections. Pour ces raisons hautement philosophiques, les associations féminines – les femmes étant les premières victimes de l'ivrognerie domestique – et les confréries religieuses se mirent, au XIXe siècle, à prêcher la tempérance. Ainsi naquirent les *dry communities* du Canada et des États-Unis.

En 1898, la pression populaire est tellement forte que Wilfrid Laurier lance un référendum duquel la prohibition sort gagnante à 51 %. Devant cette majorité trop mince et la forte résistance du Québec – à 80 % contre, allez savoir pourquoi –, Laurier laisse le soin aux provinces et aux villes de légiférer. Autour de 1915, la plupart des grandes villes canadiennes, et québécoises, ont leur loi interdisant la vente et la production d'alcool. La contrebande s'organise un peu partout. En 1919, le gouvernement américain adopte le 18e amendement qui inscrit dans la Constitution même la prohibition de la production, du transport et de la vente d'alcool. Les provinces canadiennes emboîtent le pas, sauf le Québec qui, la même année, fait son propre référendum sur la question. Canadiens français et Irlandais votent massivement pour tempérer la tempérance et rester en mesure de picoler en paix. Le Québec, seule terre d'Amérique septentrionale sans prohibition, devient pour un temps le cloaque des Grands Lacs. Dans les ruelles crasseuses de Hull, barbotes, débits clandestins et bordels en demi-sous-sol poussent comme du chiendent, envahis par les régiments de têtes carrées venus de l'Ontario. On désaltère tout ce beau monde avec des gnôles détestables produites à partir de seigle, de maïs, de patate, de mélasse, à l'aide d'un attirail de distillation approximatif, et avec le soutien d'un système de distribution gordien. La Mauricie devient vite un haut lieu de la contrebande canadienne. Elle regorge de cabanes à sucre pour distiller, de lacs où peuvent se poser des hydravions dont un réservoir sera rempli d'essence et l'autre, d'alcool, de forêts impossibles à patrouiller... Bref, le terrain idéal pour interloper.

La prohibition américaine a beau prendre fin au début des années trente, on ne laisse pas tomber un si juteux commerce facilement. Tout le réseau de la bagosse mauricienne – le maîche, le sucre, les bidons, les alambics, les chimistes, les boss, les livreurs et les tête-bouteilles – se mobilise pour entretenir la demande et continuer de distribuer de Victoria à Charlottetown. Voilà pourquoi, en 1959, des hommes comme Marius Castonguay continuent de se retrouver, de gré ou de force, impliqués dans une industrie par nature casse-gueule et, c'est le cas de le dire, intempérante.

11 mai 1959. Émilien Gingras veut accoter le canon derrière ses palettes. Incapable de contenir son tremblotement, il fait cliqueter son pistolet contre ses dents jaunies. Il s'enfonce le plus qu'il peut dans le siège conducteur de son auto-patrouille banalisée, cherchant à compacter sa volonté. Il ressasse une millième fois les tourments des dernières années : demandes du chef Beaulieu, menteries, intimidation (subie et administrée), cadeaux en liquide pour apaiser la soif insatiable qui l'a pris en otage et qui fait tout tanguer. La honte. La mort du bonhomme Castonguay, sur laquelle il s'est, en plus, parjuré. Même la confesse ne soulage plus sa conscience.

Et Maurice Duplessis en personne qui se pointe chez lui le mois dernier. Et qui s'enferme dans la chambre avec Rose-Aimée. Émilien ne comprend pas. Qui comprendrait ? Duplessis sort de la chambre. Au même moment, Paul-Émile rentre de l'école. Les yeux du père passent du visage du premier ministre à celui de son fils. Et alors, il comprend.

Une vague de désolation l'envahit, elle mouille le rivage puis monte, gonfle et varappe jusqu'au fond de sa gorge.

Gingras serre la détente. Plutôt que le cervelet, il s'éclate un œil. Il va perdre l'autre à l'hôpital.

L'affaire fut étouffée tant bien que mal. Une vraie orgie de faits contradictoires au début. Mais, en définitive, tout le monde s'entendit pour refuser à Émilien Gingras la paternité de son plus grand acte de liberté, sa tentative de libération : non, c'était le fait de dangereux délinquants.

Rose-Aimée n'était pas dupe. Paul-Émile, lui, oui. Quand on lui offrit le poste de son père dans le corps de police de la Cité des Trois-Rivières, il ne fit ni une ni deux et laissa ses livres pour s'attacher à l'idée naïve de se faire justice. En lieu de quoi, on l'envoya à la circulation pour le garder bien à l'écart de l'action.

Après l'incident, on avait vite fait disparaître la douille et le revolver, mais on avait négligé de patcher le trou dans le toit de l'auto-patrouille. On ne le fit jamais ; les jours de pluie, il rappelait à toute la brigade de bœufs corrompus le prix de son foin.

… rition

— Avez-vous vu notre Coutume ? demandaient Mona et Renée en plaquant devant le visage des processionnaires une photo du chat tigré.

Gingras, absorbé par ses pensées, ignorait son envie de fumer, le caillou dans sa galoche et ses deux tantes. Sa mère lui avait conté que l'accident de son père, eh ben, c'était pas un accident pantoute. Il avait dû s'asseoir sur le trottoir avant de partir. Une minute pour faire passer le vertige. Et lui qui avait éperonné le chef Beaulieu pour que l'enquête avance… Et les autres, au poste, qui détournaient le regard quand il abordait le sujet… Et son père, qui souffrait au point d'envier les morts… Il n'avait rien vu, rien compris.

— Le saviez-vous, matante ?

— Quoi ça ?

— Pour mon père…

Marie-Monique et Renée-Ange échangèrent un regard nerveux.

— … que c'est lui qui s'est… fait du mal ?

Les sœurs se détendirent imperceptiblement.

— Ben sûr, mon Popaul, soupira Mona en s'accroupissant pour tenter d'apercevoir Coutume dans la forêt de jambes.

— Pis vous êtes venues nous aider pareil. Vous êtes parties de Lévis pour lui.

— Pour ta mère, rectifia-t-elle.

— La famille, c'est la famille, dit Renée, en continuant de présenter la photo aux passants.

— Y'a pas à réfléchir, ajouta Mona. Quand on t'appelle, tu lâches toute, pis t'embarques dans le char. C'est notre chat, Monsieur, l'auriez-vous vu par hasard ?

Gingras, bouleversé, serra soudainement sa tante dans ses bras.

— C'est beau, mon pit, c'est beau, dit-elle en lui tapotant le dos. Faudrait que tu desserres un peu si tu veux pas que je fasse pipi dans mes culottes. C'est ça, viens-t'en Popaul, on va continuer à le trouver.

Gingras frotta ses yeux rougis, puis les trois se frayèrent un chemin dans les cordons denses de badauds de la rue Royale occupée par des berlines chargées de fleurs.

Devant la Cathédrale de l'Assomption, les notables attendaient l'arrivée du corbillard, escorté par des agents de la police provinciale en uniforme de cérémonie. En sortirait un cercueil emmailloté dans le drapeau national. La petite bande de politiciens éminents se tenait sur les marches. Diefenbaker, Balcer, Frost, Fleming, Stanfield, Smallwood, Saint-Laurent : alliés et adversaires étaient venus enterrer un des leurs. Ils tassaient leur rivalité afin de livrer, par leur présence muette, un vibrant témoignage de l'égalité devant la mort. Leur courbette empesée serait d'autant plus solennelle, sachant que Duplessis ne pouvait plus les tirer au sol.

Les ministres de l'Union nationale formaient un tapon derrière. Beaucoup avaient, sans grande discrétion, des conversations sur la succession. Daniel Johnson et Antoine Rivard continuaient de tâter leurs appuis alors que Paul Sauvé, dauphin proclamé, se tenait digne et confiant. Il cuvait en silence, seul parmi l'élite politique du grand Canada réunie aux Trois-Rivières, la fin abrupte de trente ans d'amitié politique.

Gingras vit les Godin sortir de leur maison, devant le parc Champlain. Sur leur trente-et-un, tous : Louisa, élégante comme toujours, au bras du bon docteur dans son habit de deuil ; Ivan et Guy, leurs cheveux luisants de brillantine, et Mireille, coiffée d'un chignon sage. Il les rejoignit en tirant ses tantes par la manche.

— Mon beau Paul-Émile ! fit Louisa avec sa bienveillance coutumière. As-tu aimé ton voyage à Schefferville ? Enchantée de vous rencontrer, ajouta-t-elle à l'intention des tantes qui lui montraient la photo de Coutume.

Gégé arrivait de son bachelor dans son éternel veston de tweed, saluant son monde d'un coup de capine. Il était accompagné d'un homme aux mains usées.

— Gingras ! cria Ivan qui ne tenait pas en place, Gérald a dit que tu t'étais farci une bonne femme !

Gégé haussa les épaules, un peu gêné, alors que le sang montait aux tempes de Gingras à la pensée des cheveux crêpés et odorants de Liette Potage.

— *IVAN GODIN !* tança Louisa, si tu te tiens pas tranquille, tu t'en vas drette à' maison rouler des cennes noires !

— Oui, oui, Madame Godin, c'était un beau voyage, dit Gingras. Merci de demander.

— Bon, tout le monde ! dit Gégé, vous vous souvenez de René ?

— Bien sûr, dit Louisa. Monsieur Pastorale, c'est un plaisir de vous revoir.

— Il va venir au cimetière avec nous. Il arrive direct des États.

— Vous êtes venu rendre vos derniers hommages au premier ministre ?

— Pour rendre des hommages, oui. Mais pas à Duplessis. Lui, chus ben content qu'il soit mort.

Le blasphème saisit toute la famille Godin comme une cuillérée de moutarde. Même Ivan choisit de se la fermer. Louisa lança tout de même :

— Si vous êtes libre, venez donc souper à la maison ce soir, vous pourrez nous... raconter ça.

Gingras enchaîna, un peu cavalièrement.

— Excusez, Madame Godin, les tantes et moi, on est en train de chercher mon père, il est parti tout seul à matin. C'est pas dans ses habitudes, mettons.

— Mon doux! Paul! Émilien s'est perdu!

— À Schefferville? demanda le docteur Godin en fronçant un sourcil.

Louisa entreprit aussitôt d'assigner un secteur à chacun des membres de la tribu. Ils le chercheraient de leur bord et se rapporteraient à la rue Gingras. Gégé prit Gingras par le coude et le tira à l'écart.

— Merci, Madame Godin! eut-il le temps de crier avant d'être hors de vue.

— Les gars pis moi on se retrouve à onze heures et demie au kiosque. Je leur ferai le message. On va le retrouver, Paulé.

Un policier casqué fendait le bon peuple sur le trottoir bondé. Arrivé à la hauteur des deux jeunes hommes, il dit:

— Détective Gingras?

— Pas maintenant...

— Vous êtes bien Paul-Émile Gingras?

— J'ai pas le temps, je vous dis!

— C'est Joseph-Damase Bégin qui demande!

Il n'avait manifestement aucune intention de lâcher prise. Gingras se retourna vers Gégé, le prit par les épaules et le poussa devant le policier de la Sûreté provinciale.

— Le voilà, votre détective!

— C'est bien vous, Gingras ?

— C'est… oui, confirma Gégé.

— Suivez-moi.

Gégé fusilla son ami du regard. Puis il suivit le policier, qui tassait les gobe-mouches sur leur chemin. Ils traversèrent la rue devant la cathédrale, en vitesse, pour minimiser l'accroc au décorum. Ils atteignirent Jos-D. Bégin sur le parvis au moment précis où le cercueil commençait à gravir les marches. Les porteurs d'honneur, épaulés par des policiers de la Sûreté, étaient Paul Sauvé, Antonio Barrette, Jean Lesage, Daniel Johnson et Jean-Jacques Bertrand. L'Histoire, à califourchon sur le cercueil, les scruta tour à tour. Elle avait à ses pieds, et dans l'ordre à part de ça, les cinq prochains premiers ministres du Québec.

— Si c'est pas Émile Gingras le jeune ! beugla un Joseph-Damase visiblement chaudasse, alors que le policier s'éclipsait. T'as pas la même face que l'autre fois, on dirait. Ça doit être la puberté !

Le ministre de la Colonisation était, en fait, abjectement saoul. Qui plus est, pour donner son meilleur profil aux photographes, il avait choisi de laisser ses lunettes dans sa poche.

— Ça doit, oui, répondit Gégé timidement. C'est un plaisir de vous… revoir, Monsieur le ministre.

— Tssk, tssk, tssk, dit Jos-D. en passant son bras autour du cou de Gégé. Tu m'as pas remis ton rapport, mon grand. Pis je veux tout savoir ! La moindre crotte de nez sur le tapis du guest house que t'as trouvée, tu l'écris. Pis tout ce que Martineau a dit. Pis combien de fois Étiennette a atchoumé. Tu m'écris toute.

— Oui, bien sûr. Bien sûr Monsieur.

Ils entrèrent dans la cathédrale à la suite du cercueil. Gégé prit conscience qu'il n'était qu'à quelques pieds de la dépouille de Duplessis.

— Raconte-moi tout, souffla Jos-D. trop près du visage de Gégé. Dis. Moi. Tout.

— C'est que j'ai beaucoup de matériel, beaucoup d'information. Je dois faire le tri, vous comprenez. Mettre ça en ordre.

— OK, OK, mais commence par le début : y'était où, donc, Maurice ?

— On peut pas parler ici, Monsieur le ministre. C'est trop risqué…

— T'as raison, t'as raison, fit Jos-D., maussade. Mais dis-moi au moins ça : il s'était-tu fait enlever ?

— J'aimerais mieux vous écrire tout ça dans…

— *Dis-le-moi, j'ai dit !*

Quelques têtes se tournèrent. Jos-D. ne quittait pas Gégé des yeux en se trempant les doigts dans le bénitier. Gégé tenta d'improviser.

— Enlevé, euh, d'une certaine manière, mais pas complètement, disons que ce n'est pas impossible.

— Ostie ! Je l'savais !

Jos-D. se signa, puis sortit de sa poche une petite fiole qu'il plongea dans l'eau consacrée.

— Les communistes ? Non, réponds pas, pas ici, t'as raison, t'as raison. Pis la vieille picouille à Auréa

Cloutier qui veut rien me dire. Ciboire, lâcha-t-il en se tournant vers la sortie de l'église. C'est gros. Bon. Je l'veux au plus sacrant, le rapport, mon homme.

— Oui, Monsieur le ministre.

Jos-D. but d'un trait la fiole d'eau bénite, la remplit à nouveau, puis la glissa dans la poche de son veston.

— Fais donc pas l'offensé, ti-gars. Rien de mieux pour repousser le Malin.

Il entraîna Godin dans l'allée en cherchant des yeux Gérald Martineau. Ce dernier lui faisait de grands signes pour signifier qu'il lui avait gardé une bonne place.

— Schefferville, là, c'est-tu aussi laitte qu'on le dit ?

— C'est… fonctionnel, je dirais ? Mais c'est du ben bon monde.

— T'as l'air d'un bon gars, Paul-Émile. Un peu nono, mais un bon gars. Et prudent. Exactement ce qu'on recherche dans un chef de police. Tu vas en faire un excellent, dans quelques années.

— Vous m'honorez, dit Gégé en réprimant une sorte de haut-le-cœur politique.

— Non non, tu le mérites. En attendant, sur cette affaire-ci, tu dis pas un mot. Pa-z-un-mot.

— Oui, bien sûr.

— Tu t'en tiens à la version officielle : crise du cœur, trois jours d'agonie, paralysé pis toute, jamais repris conscience. Custeau a écrit une timeline où toute fitte. Tu vas m'apprendre ça par cœur.

— Oui.

— C'est un plaisir de travailler avec toi, mon cher petit-neveu. Passe le bonjour à ta mère.

L'église était pleine à craquer. Gégé s'éclipsa alors que le cardinal Léger et Monseigneur Roy commençaient leur messe. « Nous sommes ici réunis pour rendre un hommage ultime, attristé et respectueux au chef temporel de notre peuple, le premier paroissien de notre ville bien-aimée… »

Ultime, sans doute. Attristé et respectueux ? Voyons voir.

Pandémonium

En le cherchant dans les quelques endroits qu'il avait eu l'habitude de fréquenter, Gingras se rendait compte que la vie de son père était circonscrite par le quadrilatère irrégulier formé par l'appartement, le poste, le dépanneur et la taverne. La vie de Gingras aussi avait été longtemps contenue dans les limites étriquées de la Petite Pologne. Son quartier, centré sur la terre de son aïeul, lui paraissait entier, un monde autosuffisant duquel on ne pouvait s'extraire que par une transgression cosmique. Gingras n'était pas Gégé. Il ne rêvait pas de Montréal, de Paris ou de New York. Et pourtant, et pourtant. La Côte-Nord et le Bouclier canadien lui avaient ouvert les yeux sur l'étroitesse de la rue Gingras.

Ses infatigables tantes continuaient de tendre la photo de Coutume aux processionnaires. Ils repassèrent devant la cathédrale. Gégé, au bras de Jos-D. Bégin, était en train d'entrer dans l'église. Gingras se disait qu'il faudrait aller voir Marcel, le barbier. Ou passer au poste, tiens ! C'était juste de l'autre côté du parc.

Il laissa ses tantes et traversa laborieusement un parc Champlain bondé. Il s'abstint, pour une fois, de faire claquer la porte d'entrée contre le bureau de La Brosse, qui était inoccupé de toute façon. La salle semblait vide. Il s'avança entre les rangées de bureaux délaissés. La chaise du chef Beaulieu était virée du mauvais bord, un bout de tête dépassant du haut dossier.

— Chef, auriez-vous..., commença-t-il en passant de l'autre côté de la chaise.

Ce n'était pas le chef qui était assis dedans.

— *La Brosse*?

— Gingras! C'est pas ce que tu penses!

Mais oui, c'était ce qu'il pensait. La Brosse était en train de se rentrer l'asperge par le trou du zipper.

— Oublie ça, Bilodeau. Je veux juste savoir: as-tu vu mon père?

— Je m'en allais aux toilettes et pis j'étais étourdi, faque je me suis assis...

— Déclotche, La Brosse, je te dis que je m'en sacre. As-tu vu mon père?

— Euh, non... Tu diras rien, Paul-Émile, hein?

— Ils sont où les autres?

Tout le monde était aux funérailles. Gingras inspecta quand même les toilettes et le vestiaire. Il revint sur ses pas, ignora Bilodeau qui l'implorait toujours de ne rien raconter, et sortit du poste. Il retraversa le parc pour rejoindre le kiosque à musique. Des jeunes gens s'entassaient dans les deux étages du pavillon qui leur donnait une bonne vue sur le parvis de la cathédrale.

Il repéra vite Papouille qui, penché sur Petro adossé à une colonnade, gesticulait et semblait couper un gâteau invisible. Puis il vit le chevalin Léonce, assis sur la rambarde. Et Gégé, de dos, qui parlait avec Willy Tourigny.

— Hingras ! dit ce dernier, ça va-ti ? Hérald nous a r'porté la macédoine. On va l'quérir, ton pé, apeure-toi pas !

Ils conçurent, comme les soirs de spectacle, un plan pour quadriller d'abord le parc Champlain. Ils revinrent bredouille vingt minutes plus tard, non sans avoir relevé dans la foule les ventrus, les velus, les bonnes sœurs, les fiers pets, les p'tites mères, les grands-pères, les Magouas de Village Saint-Pierre, les chignons, les Capons, les Panneton, les frais rasés, les mal léchés, les portiers, les papetiers, les crêpées et Georges-Léon Pelletier, suivi du cardinal, qui sortaient de la cathédrale.

Un jeune organiste du nom de Thompson entama la marche funèbre de Chopin. L'église expulsa lentement le cercueil laqué dont la paie annuelle de cinq ouvriers n'aurait pas suffi à couvrir le coût. La procession s'engagerait sur Royale pour bifurquer sur des Forges. Vite, vite avant de les pardre ! disaient les retardataires au fond du parc.

Gingras et ses amis se laissèrent porter par la masse qui suivait le cortège de tête. Ils badinaient, comme d'habitude. Seul Gingras restait muet, avisant parfois une boucle de cheveux étincelants, un visage radieux qui, sitôt aperçus, s'en retournaient au chaos originel. Il cherchait son père, mais trouvait tout autre chose : des enfants, avec leur âme de verre dans un corps vigoureux. Des couples, souvent mal assortis, clopinant dans leurs vêtements sombres. Tous ces gens en quart de deuil, en huitième de deuil, en seizième de deuil. Ils marchaient, tous, vers le cimetière où, il en était de plus en plus convaincu, l'attendait son père. Soudain, Léonce lui serra l'épaule et lui pointa quelque chose.

— Tu l'as trouvé ?

Presque. Dans un attroupement d'ursulines, le portrait craché de son père. Sa sœur Rosélia, le visage encadré dans sa cornette. Gingras se fraya un chemin jusqu'à elle.

— Tu sais que popa a disparu ?

— Oui, Joséphine a appelé au couvent tout à l'heure.

— T'as même pas l'air inquiète.

— Je m'inquiète pour maman. Il était déjà mort, pour moi.

— Tu peux pas dire ça, voyons donc !

— Il a enfreint la loi de Dieu. Il mérite le champ du potier.

— Tu savais...

Gingras décela, sur les lèvres pincées de Rosélia, un léger tremblement. Elle acquiesça.

— C'est quand même notre père !

— Mon père, il est là, dit-elle en pointant le ciel.

Ils montèrent le coteau des Forges. La foule commençait à se compacter devant les grilles du cimetière Saint-Louis.

— J'en reviens pas que tu dises ça, Rosélia.

— J'ai choisi ma famille.

Gingras allait lui dire ses quatre vérités, à la nonne au cœur de glace, quand il se sentit tiré par le collet. Il manqua tomber à la renverse, mais se rattrapa à la dernière seconde pour se retrouver devant le corps massif de Walter Duchesnay. Des gouttelettes brillantes luisaient entre la base de son fedora beige et ses sourcils hirsutes.

— T'es allé ouvrir ta grand yeule à Schefferville, asshole ?

Rosélia en profita pour rentrer dans les rangs de ses sœurs.

— Wow, wow, wow... de quoi vous parlez ?

— Le trésor ! Explique-moi donc pourquoi les Polaks me courent après, pour le fun ?

Le fait est que Gingras n'avait rien à voir là-dedans – ou très peu. Duchesnay avait été vu, plusieurs semaines plus tôt, en train de sortir en douce une mallette du musée provincial. La machine à rumeurs n'avait pas eu besoin d'un petit policier dépassé pour s'emballer même si, à la vérité, Gingras s'était un peu ouvert la trappe à propos du magot de 60 millions qui attendait derrière une porte dont l'unique clé se trouvait à pendre au cou de l'ancien gorille à Duplessis.

Pourquoi diable avoir pioché dans le trésor ? Les avis divergeaient. Mais ça n'avait plus vraiment d'importance, parce que le prix à payer pour Duchesnay de s'être cru blindé au point de passer, au su et au vu des témoins de la Grande Allée, par la porte avant du musée, avait pris la forme de Polonais baraqués et agressifs. Le garde du corps ne savait pas, et les Polonais non plus, de toute évidence, que la valise était passée de la suite du Frontenac aux mains d'Auréa Cloutier, puis à celles de Jacques Pinault qui avait pensé faire plaisir à son boss Johnson, pour finalement atterrir sur les genoux du garde-chasse latuquois Henri Bellemare, lequel s'apprêtait à en tirer un maudit beau motton. En tout cas, c'est ce qu'il croirait pour encore une dizaine de minutes.

— Ils m'ont dit qu'ils étaient allés apprendre des techniques de torture en Sibérie just for me, reprit Duchesnay sur un ton presque convivial. Je suis dans' marde knee-deep à cause de toi, mon morveux.

Il s'apprêtait à lever sa mailloche pour l'enfoncer solide dans la face à Gingras.

— Y'a-ti une prune icitte-dans, Hingras ? Le coco quiert-ti une bourgnole ?

Tourigny, qui toisait le garde du corps avec ses 230 livres de prose inquiétante, était accompagné de Papouille, qui dégageait bien ses six pieds quelques de puissance agreste.

— C'est tes little friends, ça ? Je vais juste lui donner une petite leçon de discrétion pis je continue ma route, promis, les boys.

Et Walter Duchesnay envoya son poing sur la mâchoire du jeune policier. Papouille s'était déjà élancé pour servir à son tour une espèce de crochet primal sur le bord de la tête de Duchesnay, qui vacilla en perdant son chapeau. Tourigny, dans un mouvement caractéristique de la savate pratiquée à Saint-Narcisse, lui asséna un coup de pied dans le dos. Duchesnay s'effondra en grognant.

La foule, qui ne voulait manquer ni l'enterrement ni la bagarre, se fendit comme si un dangereux animal rampait à ses pieds. Arrivèrent alors, attirés par le tumulte, deux hommes petits, mais de belle corpulence, qu'on aurait pu imaginer tout droit sortis, comme Petro, de quelque mine de sel slave. Ils scrutaient les belligérants à la recherche de leur homme. Ils spotèrent le gaillard chauve qui peinait à ramasser son feutre mais, faisant fi du dicton selon lequel les ennemis de nos ennemis sont nos amis (qui devait bien avoir un équivalent dans leur langue), ils plaquèrent Papouille et Tourigny au sol. Walter Duchesnay, lui, se releva et chercha à s'enfuir, mais il buta sur un Georges Pietraszkiewicz qui s'était lui aussi faufilé jusque-là. Petro le repoussa dans les pinces des Polonais, alors même que Léonce, avec la grâce d'un dieu, s'avança pour lui balancer un coup de poing au foie. Deux Témoins de Jéhovah se mirent à lancer des exemplaires de *La Tour de Garde* aux pugilistes.

Quelques courageux commettants trifluviens étaient entrés dans le cercle pour séparer tout ce monde, c'est pas l'endroit pour se tapocher, bon Dieu, ni le moment, Seigneur ! mais ils reçurent quelques taloches perdues et, dans la confusion, s'en envoyèrent autant. Des rivalités sortaient du fond des âges et, sans rien y comprendre, Lechasseur sauta sur Pasteur, Haché empoigna Lanthier, Plouffe poussa Deschamps, et ainsi de suite. Les Malenfant étaient trop occupés à mordre des mollets au hasard pour remarquer la présence du bibliothécaire Jean-Charles Bonenfant, qui choisit de toute façon de rester en retrait, prenant des notes en lissant sa moustache de temps en temps. À côté de lui se tenait une jeune femme rentrée de France exprès pour dire adieu à Duplessis, parent éloigné qui lui avait procuré une bourse pour parfaire son art en Europe. Gégé, passant tout proche à la recherche de ses amis, fut foudroyé par son sourire.

Les Irlandais vinrent s'en mêler, torse nu, pour le pur bonheur du pugilat. À la périphérie de la mêlée se dessinaient les profils de figures oubliées et d'ouvriers de l'Ancien Régime, de colons hirsutes vêtus de toile épaisse et coiffés d'une calotte de castor et, entre deux navigateurs, le froc à capuche de Pacifique Duplessis.

René Pastorale, qui était venu visiter d'autres tombes, saisit l'occasion de distribuer des torgnoles aux représentants du ministère de la Voirie. La confrérie de l'Old Homestead, quant à elle, convergeait, éparse, vers le champ de bataille. Tout *Cité libre*, réuni à Trois-Rivières pour enterrer le vieux Québec, avait été emporté dans la tornade et enfilait les mornifles. La horde des bleus sacrait des claques aux troupes des rouges, qui appelaient les fédéraux en renfort, parant les coups avec des exemplaires reliés du Statut de Westminster.

C'est le moment que choisit Étiennette Bureau pour paraître devant les grilles du cimetière, traînant sa lourde valise noire. Toujours pas de Gérald Martineau en vue. L'action s'arrêta autour d'elle. À sa gauche, les Polonais lâchèrent un fin finaud ensanglanté qui avait osé dire que Chopin était français. À sa droite, les ministres, qui s'apprêtaient à sortir le cercueil du corbillard, le laissèrent aux gars de la Sûreté et relevèrent leurs manches. À go, les Polonais comme les politiciens coururent ventre à terre vers la pauvre Étiennette tétanisée. Elle attendit le choc les yeux fermés. Daniel Johnson, le plus rapide de tous, lui arracha la valise, avant d'être arrêté net par le poing d'Antoine Rivard. Il fut vite rejoint par sa faction de sympathisants, qui tentèrent de se passer la valise de main en main, mais ne firent pas le poids contre les Polonais qui réussirent à se saisir de la poignée. Chaque clan tirant de son bord, la poignée céda et la mallette s'ouvrit en tombant au sol. Les Polonais regardèrent dedans les premiers et, aussitôt désintéressés, s'en retournèrent à leurs clés de bras. Il n'y avait là que des papiers. Les ministres, eux, plongèrent. Leurs crânes s'entrechoquèrent dans un bruit de quilles.

Georges-Émile Lapalme, qui avait enduré huit ans de misère et d'humiliation au Salon vert, avait soupiré d'aise avant de sauter dans le tas. La valise fut vite hors de portée, bottée en tous sens par des pieds sans corps. Le latiniste Guillaume Monroyaume, qui avait discerné dans la Bible un cryptogramme lui ayant permis de prédire, certes *post facto*, la mort de Duplessis, avait fait imprimer à son compte cinq cents copies de son *Code de la Bible*, qu'il cherchait à vendre 15 sous la pièce. Un prêtre fut avalé par la fanfare alors qu'il ramassait un beau trente sous tombé des poches d'un certain Pichette, qui était en train d'acheter un exemplaire; tout un contingent de franciscains et de filles de Jésus s'engagea à sa suite. Le frère Carpentier, entouré d'une bande de séminaristes venus calmer le jeu, arrachait les hommes un à un à la mêlée. Les associés de Roncarelli, qui charriaient des caisses de Yum Yum à destination des tavernes et hôtels de la ville, furent pris d'assaut; bien vite, les sacs se mirent à exploser comme des feux d'artifice et une pluie de chips se mit à tomber. Le père Georges-Henri Lévesque plongea dans le fouillis pour faire un peu de ménage. Il était entouré de sa gang de réformateurs: les Dion, Falardeau, Lamontagne, Dumont et Rocher. Même le flegmatique Parizeau, dont les mouvements étaient contraints par son trois-pièces trop ajusté, avait abandonné son épouse près de l'entrée du cimetière pour aller inculquer un peu de Keynes aux disciples de l'École de Chicago. Albert Tessier, juché sur une pierre tombale, avait déballé son attirail pour filmer la scène.

Henri Bellemare et sa clique de Latuquois, appliquant leurs techniques de chasse à l'ours, avancèrent sur Roncarelli et ses alliés. Quand il s'était retrouvé en possession du trésor polonais, Bellemare avait cru naïvement qu'il lui serait facile de faire monter les enchères et de s'en débarrasser. Alice Parizeau, modérément motivée par la promesse du gouvernement communiste de la laisser revoir la Pologne, savait qu'elle trahirait en partie les idéaux de l'insurrection de Varsovie en négociant le rapatriement du trésor, mais y voyait aussi un moyen d'agir pour le rapprochement de son pays d'origine et de sa terre d'accueil. Elle avait offert à Bellemare, au nom de la République populaire de Pologne, quelques centaines de milliers de złotys. Il avait accepté le tribut, mais avait compté, en fait, privilégier le marché conclu en *dalleurzes* avec Frank Roncarelli, lequel avait entendu contrecarrer les plans, quels qu'ils fussent, de Duplessis. Or, maintenant que le bonhomme était mort et presque enterré, sa vengeance était caduque, et il se foutait royalement des bijoux, dont le recel aurait été bien trop dangereux ; il entendait se concentrer entièrement sur son affaire de chips pour se remettre riche.

Bellemare n'eut finalement pas le temps de closer le deal. Ni d'un bord ni de l'autre. Waclaw Babinski et Jozef Polkowski, accompagnés de compatriotes fidèles au gouvernement polonais en exil, attrapèrent tous les gardes-chasses par le caleçon, dont leur chef qui, surpris, lâcha le magot pour s'empoigner la bonne place. Ivan Godin, qui surveillait son homme depuis qu'il l'avait vu sortir d'un char bien trop cher pour un garde-chasse, agrippa la valise en même temps que Polkowski, qui tira dessus brutalement, si bien que, dans un élan de fronde, elle vola au-dessus des grilles, loin dans le cimetière.

D'anciens grévistes matraqués, dirigés par l'ardente Madeleine Parent, embrouillaient le potage en distribuant des tracts. Les policiers de la ville, conduits par le chef Beaulieu – enfin ! pouvait-on entendre, les forces de l'ordre ! –, se frottaient aux officiers de la Sûreté pour savoir qui arbitrerait les combats. On est à Trois-Rivières, on enterre un Trifluvien, mes hommes s'en occupent, c'est-ti clair ? disait le chef Beaulieu. On est au Québec, on enterre le premier ministre du Québec, laissez-nous faire, répondait le directeur de la Sûreté, Hilaire Beauregard, qui était en train de se faire rayer de la carte côté croustilles. Ils se tirèrent la barbichette. Personne ne rit. Des cannes, des lames, des battes, des louches et des pics étaient acheminés depuis les maisons du centre-ville jusque devant les grilles ; on voyait même des encensoirs transformés en fléaux tournoyer au-dessus des têtes. À l'autre bout du cimetière, la porte Pacifique-Duplessis recevait les blessés. Les pages arrachées du *Code de la Bible* et des brochures jéhovistes, les tracts et les feuilles de textes de loi volaient en tous sens. Les forces vives et mortifères du Québec se percutaient dans un ballet sanglant, atomes qui, au gré de leurs charges, se fédéraient et se disloquaient. Des ruines de cette gigantomachie immense s'élèverait la promesse d'un nouvel équilibre provincial.

Gingras, pas inconscient mais bien sonné, lové en position fœtale au milieu des jambes flageolantes, fut tiré sèchement hors du cercle de pagaille par des mains osseuses.

Tout près, une autre main, grasse et baguée celle-là, faisait signe que la blague avait assez duré.

Paul-Émile glissait rudement sur l'asphalte. Il voyait des bandes de ciel derrière la silhouette à contre-jour qui le traînait. Il tenta de se débattre, mais la prise du spectre était ferme. On finit par l'accoter contre la clôture du cimetière.

À quelques pas de là, Alice Parizeau fumait une cigarette. Bellemare ne se pointerait pas, et elle ne reverrait pas la Pologne. Elle avait vu les scènes atroces, entendu les chants de mort de l'insurrection. Cette puérile foire d'empoigne lui avait fait constater toute l'étroitesse de son nouveau pays, sa myopie politique et historique. Il n'y avait plus rien à attendre de cette grise journée. Elle vit son mari sortir de la cohue, penaud. Ils s'enlacèrent, puis entrèrent ensemble dans le cimetière, où les fossoyeurs se préparaient à ensevelir le cercueil du premier ministre au son des pets plaintifs d'une trompette solitaire. Ils n'avaient pas remarqué, au fond de la fosse, une valise noire.

Noces de fumée

Les saisons passaient. Rose-Aimée continuait d'embouteiller l'Abénakis pour son grand-oncle, mais autour d'elle, tout changeait. La franchise Pepsi-Cola s'était révélée être un excellent coup. Joseph-Alexis avait doublé son chiffre d'affaires en quelques mois et faisait construire une nouvelle usine dans l'ouest de la ville. Il projetait déjà d'emménager avec sa famille dans une maison plus grande.

Rose-Aimée travaillait fort et dépensait ses paies en vêtements coquets. Elle rêvait d'une vie où les gens s'arrêteraient sur son passage ; une vie de grande dame, manteau de fourrure et bottes de cuir fin. Elle était intimement convaincue que l'homme qu'elle avait vu discourir sur le toit de sa voiture, l'année d'avant, pouvait la lui offrir. Elle s'était renseignée. Avocat de vingt-cinq ans son aîné. Célibataire. Étoile montante des bleus. Rose-Aimée s'amusait à marcher près de chez lui, rue Bonaventure. Quand l'occasion se présentait, elle se mettait ingénument dans son chemin pour qu'ils se rentrent dedans. Il s'excusait alors profusément, mais il comprenait le jeu. Elle le voyait, juste là, au fond de ses yeux perçants.

Leur manège ne passait pas inaperçu. Joseph-Alexis n'aimait pas trop que sa protégée flirte avec un ténor des conservateurs. Ça ne pouvait qu'être mauvais pour ses affaires, alors que les libéraux dominaient encore la ville. Sans oublier que la petite n'avait pas encore vingt ans. Mais ses remontrances n'y firent rien. Au contraire, elles attisèrent la nature rebelle de Rose-Aimée. Elle s'en fit une idée fixe : elle allait se marier avec Maurice Le Noblet Duplessis.

On ne connaît pas avec précision la nature de leur relation dans la première moitié des années trente. Certains faits sont néanmoins établis.

En 1932, Joseph-Alexis Bégin met à pied sa petite-nièce et l'expulse de sa maison. Elle habite un moment chez sa bonne amie Anna Brisebois, qui travaille à l'usine de coton de la rue Saint-Maurice. Les propriétaires de la factrie remplacent un nombre toujours croissant d'ouvriers par des jeunes femmes et des adolescents, qu'ils paient mal. Rose-Aimée est engagée. Elle gagne moins que chez son grand-oncle. Ça ne la dérange pas trop, d'autant qu'elle peut potiner à loisir avec Anna au-dessus du vacarme des fileuses et des cris des contremaîtres. Mais que les hommes et les garçons soient mieux payés pour faire la même job qu'elle, ça, par exemple, ça la fâche quand elle y pense. Dans ces moments-là, elle fixe la nuque fluette d'Émilien Gingras, un incapable qui emmêle constamment les fils sur sa machine.

De plus en plus de Trifluviens en viennent à remarquer que Rose-Aimée Bégin entre et sort très souvent de l'hôtel Caumartin, pas loin de la rue Bonaventure. On lui prête, à mots de moins en moins couverts, une liaison avec Duplessis. Elle ne fait rien pour démentir les potins.

Puis, tout se précipite. Les registres de l'église paroissiale indiquent que Rose-Aimée Bégin épouse Émilien Gingras en juillet 1933. On s'en surprend. On dit que Gingras lui aurait fait la grande demande dans un placard à balais de la Wabasso (certains ajoutent : les culottes baissées). Le jour des noces, la famille Gingras remplit tous les bancs du côté du marié. De l'autre bord, il semble que Renée-Ange et Marie-Monique aient été les seules représentantes des Bégin. Ce sur quoi tout ce beau monde s'entend, dans l'église et à la ville, c'est que cette union soudaine a quelque chose de louche. Mais Émilien, lui, semble heureux comme Dieu en France. Les quelques jours qu'il vient de passer dans les brumes euphoriques de la volupté, nous dirait-il si on le lui demandait, ont été les plus beaux de sa vie.

Le 19 mars 1934, Rose-Aimée donne naissance à une fille joufflue. Elle la baptisera Joséphine, en l'honneur du saint dont c'est la fête ce jour-là, et aussi, peut-être, pour tenter une réconciliation avec le grand-oncle.

De qui la petite tient-elle ce nez ? demandent bien des visiteurs dans les premiers temps. Rose-Aimé leur répond invariablement que les nez n'appartiennent à personne, et son ton sec leur fait vite comprendre qu'on ne s'amusait pas à jouer au jeu des ressemblances chez les Gingras.

Deux ans plus tard, Maurice Duplessis raflerait une majorité écrasante pour devenir le 16e premier ministre du Québec. Les caricaturistes de la presse rouge s'en donneraient à cœur joie, étirant le nez déjà massif du chef unioniste aux proportions de la province.

Ascendance

Les Duplessis et les Bégin s'étaient croisés pour la première fois deux siècles avant Rose-Aimée et Maurice. Au même endroit à part de ça, en 1726, quand, en lieu et place de l'hôtel Caumartin, se dressait la buvette du Port.

Les frères Gastineau-Duplessis, de retour au pays natal entre deux courses au castor dans les Grands Lacs, éclusaient des chopes de bière, assis à une table en bois mal équarri. Ils avaient longtemps eu leurs habitudes à la taverne du Platon, mais l'intendant de la Nouvelle-France, que tout le monde aguissait, avait réduit à deux par paroisse le nombre de cabarets toléré. Plus que ça : trop d'ivrognerie. Moins : pas assez de concurrence. C'était là un bien mauvais calcul (un de plus) : on avait ruiné des cabaretiers par dizaines, encouragé la contrebande et fait s'entasser les buveurs dans des petites cabanes où ils finissaient toujours par se tapocher ou mettre le feu.

Louis et Jean-Baptiste Gastineau-Duplessis rentraient donc d'un fructueux périple au lac Érié. Pour fêter leur bonne fortune, ils s'étaient alignés sur la buvette malgré la tempête, traînant avec eux le fils de Jean-Baptiste, qui portait le prénom de son père, mais que tout le monde appelait Petit Jean. L'adolescent, dont la peau hâlée détonnait avec celle de son père et de son oncle, avait l'œil inquiet. Un tantinet trop jeune pour fréquenter les cabarets, il surveillait la salle nerveusement, redoutant l'irruption de miliciens zélés. Son oncle le prenait de temps en temps par l'épaule et lui disait de changer de face, en riant aussi fort que sa voix éraillée le lui permettait. Le tenancier tolérait la présence de Petit Jean qui, par le mariage de sa propre belle-sœur avec le gendre de la fille de Madeleine Gastineau-Duplessis, n'était pas bien loin d'être son neveu. Jean-Baptiste et Louis, entre deux gorgées et trois obscénités, repassaient les étapes du prochain rapatriement de pelleteries de Sainte-Anne-de-Détroit. Bientôt, Petit Jean pourrait y aller seul; on comptait fort là-dessus.

La clanche tigna brusquement sur le loquet. La porte frappa le mur. Les flocons, aspirés par le tirant de la cheminée, entrèrent comme au moulin. Deux hommes traversèrent l'air embué de la taverne en secouant leurs perruques. Seul un aveugle n'aurait pas su reconnaître l'intendant en personne, Michel Bégon de La Picardière, dont le palais venait tout juste de brûler à Québec (pour la seconde fois), et son frère, Claude-Michel Bégon de La Cour, lieutenant des troupes de la Marine à Montréal. Quelqu'un leur cria néanmoins, et rudement, de fermer la maudite porte, parce qu'on chauffait pas le dehors. La Picardière, superbe, ignora la demande. La Cour s'empressa d'y déférer en évitant les regards, avant de ramener son corps embarrassé par ses pelisses jusqu'à la table que six colons avaient cédée à son frère, juste à côté de celle des Gastineau-Duplessis. L'intendant et l'officier se délestèrent de leurs lourds manteaux pendant que le cabaretier descendait à la cave chercher le tonnelet de vin des grandes occasions, celui qu'aucun habitant des Trois Rivières ne pouvait s'offrir, à part à Noël, et encore. Où pouvait-il bien l'avoir fourré…

— Marie-Josèphe, viens-t'en m'aider, faut faire bonne impression, bien les chauffer. Sinon, avec le petit Duplessis qu'est pas en âge, ils pourraient nous faire fermer.

Les frères Bégon vidèrent le tonnelet à une vitesse qui faisait fi du prix du vin importé, sous les regards envieux de la roture. Encore ! tonna La Picardière en levant son verre vide. L'aubergiste, qui n'avait plus que de la vinasse, lui proposa un vin de bleuet sauvage que l'aristocrate repoussa du revers de la main. Puis il lui servit un vin de boutons de rose, qu'il goûta puis recracha par terre. Il boirait le sang de la Loire, et rien d'autre. Le cabaretier envoya aussitôt sa femme acheter le nectar au cabaret du Marché, à l'autre bout de la bourgade. Marie-Josèphe se drapa dans sa cape de fourrure et sortit dans la nuit furieuse.

— Pour qui cette catin se prend-elle ? siffla La Picardière. Satanée démone ! Du diable, que s'imagine-t-elle ? Que je vais l'accueillir sous mon toit, avec son sauvage ?

— Tout de même, Michel, c'est ton fils…

— Oh, toi, rien ne te touche ! Tu as marié la fille d'un magasinier canadien…

— J'ai fait mes choix.

— Moi aussi ! J'ai pour épouse une Beauharnais ! Le nom des Bégon vaut de l'or, et je ne le laisserai pas ternir ! À bonne queue, bon con ! Je me le tiendrai pour dit désormais. Dire que je suis enfin sur le point de quitter cet enfer blanc ! Ah ! Si Maurepas l'apprend, il me faudra dire adieu au poste qui m'attend au Havre. Quoi, je perdrais tout, pour cette noiraude et son gniard ? Jamais !

Les frères Duplessis s'étaient tus et serraient la mâchoire. Dans leurs courses, ils avaient marché, pagayé, mangé, fumé, dormi avec les Anichinabés. Trafiqué. Guerroyé. Ils avaient même ramené, chacun, un enfant naturel né d'une union avec une belle Mascoutaine rencontrée sur la fesse gauche du Mississippi. Ils les avaient adoptés et les avaient élevés comme les leurs. Petit Jean scrutait furieusement les rainures dans la table. Il reverrait au printemps le pays de Détroit, où il était né et, bien des années plus tard, il ferait graver le fier nom de Jean-Baptiste Noblet, dit Duplessis, sur sa tombe à Yamachiche.

— Que comptes-tu faire ? reprit La Cour. Tu ne vas tout de même pas les abandonner à leur sort…

— Et pourquoi pas ?

— Monsieur mon frère, vous méritez votre réputation.

— Tu vas me ressortir la damnée lettre de Scipion…

— Si fait. Pontchartrain n'avait certainement pas tort d'écrire à notre frère que tu te rendais maître de tout le commerce…

— J'ai bien servi la Nouvelle-France !

— Bien servi, c'est le mot ! Que disait de toi le secrétaire d'État à la Marine ? Ah oui ! Que les gens du Canada sont perdus si on ne met pas ordre à ton avidité et à ton injustice…

— Aubergiste, où est ce vin ?

— Il est en route, monseigneur ! Il roule ! s'empressa le bonhomme.

À cet instant précis, Marie-Josèphe, essoufflée, poussait la porte du cabaret du Marché, sa face mouillée de neige et de sueur. On lui offrit un plein tonneau de vin de Saumur, mais au double du prix mauricien, donc au vingtuple du prix français. La mort dans l'âme, elle accepta.

— Et trouvez-nous mieux cette chaude-pisse que vous nous avez servie tout à l'heure ! brailla encore La Picardière.

— Michel, que feras-tu ?

— Puisque tu insistes – et sache que je ne le fais que pour toi –, je consens à accorder une petite rente à cette… femme.

— Et à son fils ?

— Quoi, à son fils ?

— Lui donneras-tu ton nom ?

— Tu n'y penses pas !

Petit Jean bouillait de tous les ancêtres qui se soulevaient en lui. Comme il haïssait ces hommes, et leur mépris, et leur rapacité. Et comme il se haïssait lui-même de participer, avec ses oncles et son père, au pillage qui était la seule raison de leur présence en Amérique.

— Comment peut-on, rouspéta La Picardière, demander à un homme de montrer à la face du monde le fruit de ses péchés !

— Péchés qu'il a commis, objecta La Cour.

Les frères Gastineau-Duplessis, avisant la colère de Petit Jean, lui firent vider sa chope – c'était pas vrai qu'on l'avait payée dans le beurre – et le tirèrent dehors. Ils croisèrent en sortant la pauvre Marie-Josèphe, qu'ils aidèrent en hissant son fardeau sur la galerie de la buvette, puis s'en furent.

Le cabaretier trépignant perça le tonneau, y poussa un robinet d'argent et versa le liquide grenat dans une carafe bien astiquée, qu'il posa obséquieusement sur la table de ses nobles visiteurs.

— Soit ! cria soudain Michel Bégon de La Picardière, sixième du nom, se levant subitement en titubant. Morbleu, soit ! J'en ferai un Bégon !

Claude-Michel Bégon de La Cour le toisa d'un regard méfiant.

— Tu en fais le serment ? Devant Dieu et sur l'âme de notre mère ?

La Picardière acquiesça en calant son verre de saumur. Il grimaça. Le vin était passé.

Le lendemain matin, l'intendant regretta amèrement sa promesse à son frère. Mais comme il avait un peu de religion, il prit la route de Québec, son traîneau progressant péniblement dans deux pieds de roi de poudreuse. À son arrivée, il se rendit en maugréant à l'église. Les autorités compétentes enregistrèrent le nom de Jacques Bégin dans leurs registres, étant entendu que le baptême aurait lieu dans les plus brefs délais. En sortant de l'église, La Picardière leva les yeux au ciel. Sa mère, Marie-Madeleine, ne serait sans doute pas damnée pour une voyelle.

Chef, toujours

Ça faisait, le niaisage. Au signal de Gérald Martineau, quelques hommes forts de l'Union nationale s'étaient mis à faire le ménage, secondés par les policiers de Trois-Rivières et de la Sûreté provinciale. Martineau s'avança dans le chemin qu'on lui avait libéré et ramassa la valise pleine de papiers, qu'il parvint à refermer. Il fit cliqueter ses bagues sur le bois dur de la poignée puis s'éloigna avec son butin, intouchable.

Les clans Johnson et Rivard, qui avaient espéré pouvoir rivaliser avec Paul Sauvé pour obtenir le poste de chef de l'Union nationale et de premier ministre, surent en le voyant partir qu'ils avaient perdu la bataille. S'ils continuèrent un peu à varger, c'était pour se passer les nerfs.

Cette valise-là aussi contenait un trésor national – du moins, aux yeux des haut placés de l'Union nationale. Maurice Duplessis y avait rangé seize dossiers épais. Chacun portait le nom d'un de ses ministres : Barré, Barrette, Beaulieu, Bégin, Bertrand, Bourque,

Cottingham, Dozois, Johnson, Leclerc, Lorrain, Pouliot, Prévost, Rivard, Sauvé, Talbot. Photos, articles de journaux, lettres, rapports de dépenses, factures et autres documents.

Pour l'un, c'était l'adultère. Pour l'autre, la spéculation frauduleuse. Beaucoup de preuves de délit d'initié aussi, dont celles afférentes au scandale du gaz naturel. Menus larcins. Atteinte à la pudeur. Correspondance lascive. Alouette. Le chef tenait son monde par les couilles. Il serrait plus ou moins fort, mais personne n'était épargné. Homme pragmatique, il savait que l'alignement des intérêts est chose fugace et qu'un jour ou l'autre, certains de ses ministres ambitieux chercheraient à outrepasser leur condition. Au premier signe de dissidence ou de mutinerie, Duplessis n'avait qu'à brandir le spectre de la valise noire. Les rebelles rentraient dans le rang. Ou étaient contraints de démissionner. Ou de rester en poste, comme Johnson.

Duplessis savait qu'il n'était pas éternel. En cas de pépin, il avait été entendu qu'Étiennette ferait passer les dossiers à Martineau. Avec les cordons de la bourse dans une main et la valise à chantage dans l'autre, le grand argentier de l'Union nationale serait en mesure d'imposer les dernières volontés du chef, notamment en matière de succession. Dans son cercueil vernis, Duplessis présidait encore aux destinées de son parti, de sa province, de son peuple. Joseph-Mignault-Paul Sauvé serait premier ministre. C'est-ti clair ?

Une petite visite

L'agitation qui sévissait aux Trois-Rivières en ce jour de deuil offrait aux organisations de l'ombre une occasion inespérée. Roncarelli, par exemple, en profita pour tasser un peu partout en ville les Duchess des présentoirs. La pègre irlandaise, quant à elle, descendit au Cabarin, au Saute-Mouton, au Club touristique et à l'hôtel Saint-Maurice pour essayer de disputer le contrôle de la robine au clan italien. Ce dernier envoya de son côté, ce qui nous intéresse plus, trois fiers-à-bras voir un peu ce que devenait Émilien Gingras. Il fallait rattacher les fils lousses, et un policier corrompu devenu aveugle et suicidaire était un de ces éléments instables qu'une business bien menée ne saurait tolérer.

Les trois spadassins cognèrent donc à la porte de l'appartement de la rue Gingras. Rose-Aimée leur ouvrit en peignoir, sa face boursouflée par les larmes. Les borsalinos la rendirent aussitôt suspicieuse. Elle leur dit sèchement qu'Émilien était aux obsèques, comme tout le monde, et leur ferma la porte au nez.

N'ayant personne d'autre à portée de main, Rose-Aimée intima sèchement à son gendre, qui était revenu du dépanneur les bras chargés de nananes et de liqueurs, de suivre les Italiens. John accepta ses ordres sans rechigner, dans l'espoir de tomber enfin dans les bonnes grâces de sa terrible belle-mère.

Le drapeau

Gingras sentait sur son visage le souffle tiède de Liette. Elle était descendue de Schefferville. Juste pour lui.

— Paul-Émile ! M'entends-tu ?

Cette voix, aigre et claire comme le vinaigre, n'était pas celle qu'il attendait.

— Paul-Émile ! Réveille !

Quand ses yeux furent revenus à peu près en face de leurs trous, il reconnut, penché au-dessus de lui, le visage d'Auréa Cloutier. Encore elle. Toujours elle.

— Bon, écoute-moi bien mon garçon, je suis pressée.

— Quessé… c'est *vous* qui m'avez traîné ?

— Oui, je t'ai sauvé les fesses.

Il essuya, incrédule, le sang qui coulait de son nez. Auréa Cloutier, qui devait peser 50 livres toute mouillée, l'avait tiré loin du champ de bataille et l'avait adossé contre la clôture du cimetière. Le haut crucifix de la pierre tombale des Duplessis se trouvait à quelques mètres d'eux.

— Je voulais te remettre ça, aussi.

Elle tendait un drapeau plié, le même drapeau qui avait flotté en haut du mât de l'école de Schefferville, le même drapeau qui avait suivi Duplessis jusqu'aux portes de la cathédrale.

— Pourquoi vous me donnez ça ?

— C'est compliqué. Mais c'est juste... normal.

Gingras en avait assez des allusions, des rébus et des indices. Il lui fallait l'admettre : il n'était pas fait pour enquêter. Lui manquait cette curiosité insatiable qui anime les vrais limiers. D'ailleurs, il était bien résolu à clore son investigation au plus vite. Il remettrait à son grand-oncle un rapport succinct et mensonger, exempt de complots et de forces inexplicables.

— Écoute-moi, mon p'tit. Jos-D. et Martineau t'ont pas envoyé à Schefferville par hasard. Ils s'étaient préparé une couple de boucs émissaires, si on retrouvait pas Maurice. Tu faisais un beau spécimen, je pense, avec ton histoire familiale.

Le jeune policier trouva l'idée farfelue. Sa face dut le montrer, car la secrétaire ajouta :

— Ces hommes-là ont dix mille façons de te mettre dans le trouble. T'as même pas idée.

Gingras vit dans ses yeux une terreur qui lui donna à nouveau le tournis. Sans comprendre entièrement le pourquoi du comment, il l'acceptait : il avait manqué d'être sacrifié sur l'autel de l'Union nationale. Mais comme le bras d'Abraham avait été retenu par l'ange, celui de ses bourreaux ne s'était pas abattu sur lui ; et son ange à lui s'appelait Auréa Cloutier. Si elle n'avait pas su retrouver Duplessis…

La secrétaire lui flatta les cheveux avec une étrange bienveillance. Puis elle se releva dans un craquement de genoux et lissa soigneusement les plis de sa jupe.

— Bon, si t'as besoin de moi un jour, Paul-Émile, je serai pas loin. Pis je sens que mon emploi du temps va se vider vite…

Auréa partit retrouver les ministres et les dignitaires qui essayaient tant bien que mal de remettre de l'ordre dans leur tenue, près de la tombe.

La bagarre était finie devant les grilles du cimetière. Les blessés revenaient de la porte Pacifique-Duplessis. Gingras repéra parmi eux son beau-frère, qui marchait plié en deux.

— John ! Qu'est-ce qui t'est arrivé ?

Celui-ci parla difficilement, en se tenant les côtes.

— Ta mère m'a demandé de suivre des gars qui sont venus chez vous. Ils cherchaient ton père… Un coup devant le cimetière, je les ai perdus dans la foule… Première chose que je sais, je suis à terre pis je me fais donner des coups de pied… Les trois gars ont dû me repérer. Pis toi ?

John pointait le visage maculé de sang séché de Gingras, qui ne répondit pas et coinça le drapeau sous son aisselle pour passer le bras de son beau-frère derrière son cou. Ils se mirent à descendre le coteau des Forges. Les amis de Gingras, eux aussi amochés, les rejoignirent un à un. La bande recomposée suivit la track qui remontait jusque dans la Petite Pologne, piqua à travers les ruelles et les terrains vagues, et aboutit sur la rue Gingras. Rose-Aimée se tenait avec ses sœurs et sa fille sur le trottoir pendant que les deux petites leur tournaient autour. La nervosité apparente de Rose-Aimée contrastait avec le calme de Mona, qui tenait le chat Coutume dans ses bras : on l'avait retrouvé dans le buffet, sur la pile de napperons en papier dentelle bien imbibés de pisse. Joséphine accourut vers son mari blessé.

Les deux frères de Gégé arrivèrent à la course. Ils venaient de se taper un sprint depuis le parc Champlain. Ivan, en reprenant son souffle, s'adressa à tout le monde :

— La cousine de mon père, a entendu dire que, madame Bouffard dit, que sa bru lui a dit, qu'un de ses chums de quilles a dit, qu'il a vu…

Guy le coupa :

— Gingras, ton père est sur la rue Saint-Maurice. Il marche vers le Cap, proche du pont.

VI. SAINTE PAIX

Trois rivières • Descendance • Sauvé

Trois rivières

Émilien Gingras était assis sur la rambarde d'acier noir du pont Duplessis, les pieds ballants, humant la brise. La pointe de l'île Saint-Quentin lui pendait au nez. La rivière, scindée en trois, allait se jeter dans le fleuve un mille devant. Il tripotait le bord de son chapeau, au-dessus de l'estacade qui retenait du bois descendu de Saint-Jacques-des-Piles. Des piétons s'étaient arrêtés et le pointaient du doigt. Il y a bien des façons de se tuer. Sauter du pont Duplessis n'est pas la meilleure. Il faut une pitoune bien placée pour se casser net la colonne, ou sinon, on glisse sous les billots serrés et on y reste jusqu'à la noyade.

Paul-Émile, qui avait dévalé la rue Saint-Maurice, arriva sur le pont hors d'haleine. Le drapeau, qu'il avait attaché à son cou faute de mieux, volait derrière lui comme une cape. Il ressentait une sorte de fièvre, une colère mêlée de honte. Il allait retrouver son père, le mettre en sécurité, puis il laisserait derrière lui Trois-Rivières et la police, pour partir, pourquoi pas, à Schefferville, marcher avec Liette au bord du lac Knob. Il se ferait mineur, tiens. Juste pour faire enrager Rose-Aimée.

Il aperçut son père sur le parapet. Il accéléra sa course au moment même où des Italiens de notre connaissance se mettaient à traverser la travée vers l'aveugle. Gingras lança un cri de mort.

Les trois Italiens s'arrêtèrent en tapon au milieu de la chaussée, décontenancés. Ils ne virent pas la voiture qui fonçait sur eux. Elle les percuta à vive allure. Ils roulèrent lourdement sur le capot, le pare-brise et le toit pour finalement s'écraser sur l'asphalte.

Les pneus crissèrent enfin sur le bitume sec. L'auto s'arrêta en travers de la voie. Paul-Émile reconnut la berline poussiéreuse et cabossée. Une jeune femme en sortit, sonnée, son épaisse chevelure blonde en bataille.

— Valérie ?

Oui. C'était bien l'étrange pouceuse que Gégé et Gingras avaient laissée à Sept-Îles. Elle ramenait le tacot banalisé, comme promis.

Calliope avait choisi le pont Duplessis pour couler des rimes divines dans l'esprit de Valérie Degasconradissontaglianiverville. Lorsqu'elle avait voulu en prendre note, elle avait échappé son calepin à ses pieds. Elle avait tendu un bras pour le cueillir entre les pédales et, lorsqu'elle avait relevé la tête, elle fonçait sur un homme qui traversait le tablier. C'était René Pastorale qui, parvenu au dernier tableau de son chemin de croix, venait faire sa paix avec l'ouvrage qui avait infléchi son existence. Valérie avait donné un coup de volant et ramassé sur son houde les trois mafieux. Comme s'ils ne s'étaient jamais quittés, elle dit à Gingras :

— Je pense que j'ai percuté une bête !

Paul-Émile alla prestement derrière la voiture, pour se placer entre son père et les Italiens. Inutile précaution. Il y en avait deux d'encore étendus, tout croches et tortillants sur l'asphalte. Le troisième clopinait péniblement vers Trois-Rivières. Valérie se mit à pleurer :

— J'ai embouti ces quidams, ces olibrii en déambulation jovienne…

Gingras courut jusqu'à son père, qu'il enlaça pour s'assurer qu'il ne saute pas.

— C'est moi, c'est Popaul. Viens-t'en popa, viens avec moi.

Le drapeau se dénoua et, avalé par le vent, fit voler ses couleurs loin au-dessus du Saint-Maurice. On en perdit la trace quelque part au-dessus de la Wayagamack.

Descendance

Duplessis s'était levé de bonne heure, le dos en compote. Comme il allait caler la seconde moitié de son gallon de jus d'orange, on lui offrit d'aller pêcher sur une rivière clubbée. No thank you. La pêche l'enquiquinait. Il préférait encore rester au guest house, quitte à souffrir la compagnie de Maurice Custeau. Et puis non, finalement, il décida de laisser Custeau à ses cigares pour aller visiter ce trou géant, œuvre maîtresse de l'Iron Ore, dont les pépines étaient – n'en déplaise aux mauvaises langues – tout de même en partie manœuvrées par l'Union nationale. Il emprunta le char de la company et se dirigea vers la mine. Même sans la secrétaire qu'il avait réquisitionnée pour pas se perdre, il aurait trouvé. Timmins avait dit left left pis two miles straight, you can't miss it Maureece. C'était pas plus compliqué que ça. Bien vite, il vit au loin la fosse dont on disait qu'une journée entière ne suffirait pas pour en faire le tour, l'une des plus imposantes de l'hémisphère Nord. Il y avait de quoi être fier, ça oui ; que la mine tienne les habitants de Shefferville en otage, c'était peut-être vrai, mais c'étaient des otages de plus en plus riches. Et puis au fond, c'est ça, l'émancipation, comme il l'avait dit un jour dans un de ces jeux de mots qu'il affectionnait: *L'homme est le roi de la création: les ressources naturelles et les choses doivent lui servir et non l'asservir.* Mais le fer, comme tout le reste, ne vaut rien en lui-même. Il doit être converti en jobs, en votes, en pouvoir. L'entente avec l'Iron Ore stipule que chaque tonne de fer extraite renvoie une cenne de redevances à la province. C'est 50 000$ par année, ça, messieurs-dames! Cinquante mille, droit dans les poches de l'État! Et pis ça chiale! Ça rouspète! Sans les efforts de Duplessis, il n'y en aurait même pas, de trou! Tout ce beau fer dormirait et on n'en tirerait pas une cenne, et pas une job – il n'y aurait même pas de Schefferville. Timmins n'arrêtait pas de dire qu'il aurait pu aller chercher son fer en Afrique ou en Amérique du Sud. Dites-moi donc, mes pleurards, elles sont-ti pas mieux au Québec, ces jobs-là?

Tout ce qu'il demandait, Timmins, c'était la stabilité politique et la paix sociale. Je lui ai dit: on est champions là-dedans! Creusez, creusez, et laissez-moi m'arranger avec les grèves et avec les bras. Des colons en manque de travail, on en chie! Oui oui, je sais, on arrive. Mais je vous entends d'ici avec vos histoires de cheap labour de damned canucks et de syndicats catholiques, vous allez m'arrêter ça tout de suite, parce que c'est moi qu'on a élu pour accomplir la mission historique du seul gouvernement catholique d'Amérique du Nord. *Pourquoi disent-ils qu'il fait nuit alors que le soleil brille* ? Chialeux. Quatre cent quatre-vingts millions de dollars de production minière l'an dernier, et vous allez me dire qu'il fait pas clair ? Ils m'haïssent, ils me traînent dans la boue, ils m'accusent de tous les maux et de faire du Québec le cancre des Amériques, mais ils regardent pas en Ontario, en Alberta, en Colombie-Britannique ! Partout des Duplessis, partout, l'ordre, le patronage *et le progrès* ! Je ne veux pas être un empereur, chef, c'est ben en masse. Je veux juste plus avoir Lapalme dans la face à toutes les semaines, allez, allez, flushez-moi Montréal-Outremont de la carte électorale quelqu'un ! Il est pas méchant, Georges-Émile, mais il est fatigant… Quin : vivement que Lesage se fasse élire et vienne se faire engueuler à sa place. *Rouge à Ottawa, rouge à Québec, rouge à Moscou !* Ah ça oui ! Il va rougir encore plus quand je vais lui fermer le clapet en Chambre, enfin un peu d'action au Salon vert ! Parce que c'est vrai qu'on s'y ennuie depuis que T.-D. Bouchard est parti au fédéral. Lesage, je l'écraserai comme tous les autres. Si ça continue de même, l'Union nationale va gouverner jusqu'au prochain millénaire, merci bonsoir. Bon, c'est ici, merci Madame Potage, je vais continuer tout seul, vous avez quelqu'un pour vous ramener en ville ? La navette des employés va vous prendre, bon, c'est bien ça, au revoir, oubliez pas de voter !

C'est vrai que c'est gros. Batinse. Il faut s'incliner devant le génie américain. Il faut leur donner ça. C'est pas des théoriciens comme les mages de la vieille Europe, mais c'est des christies d'ingénieurs. Avec les gradins en spirale tout le tour, on se croirait au Colisée de Rome ! Ah ! J'aime l'industrie lourde, mais je n'oublie pas, moi, que le Québec a une vocation agricole et colonisatrice, et que ce sont là les assises les plus solides du progrès, économique comme moral. Ça se vérifie dans tous les comtés ruraux. Nulle part l'homme n'est plus heureux qu'aux champs, avec sa bêche ou sa faux, avec l'odeur des bêtes et du foin qui lui imprègne l'âme.

La vérité, elle a été donnée au monde il y a deux mille ans, et cette vérité-là, provenant de la source de toute vérité, de toute science, de toute connaissance et de toute lumière, est invariable, éternelle, immuable et n'est pas susceptible de modification. Il faut le travail, dont l'importance n'est pas reconnue assez souvent, travail nécessaire pour assurer notre salut éternel, travail indispensable pour assurer notre salut national et notre salut individuel. Vous en donnez l'exemple, Messieurs les colons, Messieurs les défricheurs. Parce que votre travail vous mène chez vous, vous conduit chez vous, vous donne la propriété du sol. Alors restez attachés à la terre, c'est encore ce qu'il y a de mieux dans la vie. Ce n'est pas comme l'attrait fallacieux des villes, pas comme l'argent qui est le produit de la vente d'une terre. Cet argent-là est liquide, l'expression est bien choisie. À la campagne, vous avez le grand air, vous avez la nourriture, vous avez le logement, vous avez le vêtement, vous avez le contentement, vous avez le bonheur et vous avez la notion du travail bien accompli et la satisfaction du devoir bien rempli. Vous êtes pour ainsi dire dans un vrai paradis terrestre.

On peut pas dire que je sais pas lui parler, au peuple. Ça me rappelle les étés à Yamachiche, sur la ferme à mon grand-père. Je rentrais des champs la peau toute brunie dans des nuits rendues tellement profondes par la fatigue qu'on n'en voit pas le boutte. Un peu comme ce trou-là, qui n'en finit plus de noirceur. Des journées entières d'une peine sans pensées choisies, parce qu'enfin l'esprit se fond dans le corps. C'est comme quand je roule sur l'autoroute vers mes commettants, tout en idées flottantes. Elles émergent parfois à l'improviste, comme au Salon vert, où le souvenir d'Augustine venait troubler mes discours sur la voirie. À Yamachiche, j'avais quinze ans. Que j'aimais donc ça me regarder dans le miroir du salon à grand-père! Je bandais un triceps saillant, je bandais tout court, avec pour seule maîtresse mon ambition qui ne trouvait de soupape que dans mes rêves; à l'automne, je retournais au collège, la parole redevenait mon arme, et l'oisiveté physique, précipitant la mollification du corps, reprenait ses droits jusqu'au prochain printemps.

C'est profond de chez profond, j'en reviens pas. Mais on se fatigue de tous les spectacles. Faudrait que je retourne au guest house. J'ai soif, de cette vieille soif qu'on avait apportée en traversant l'océan et que j'essaie de mon mieux d'étancher avec du maudit jus d'orange. On se pensait ben bons à fourrer les Indiens avec nos barriques de tord-boyaux, et puis la trappe s'est refermée sur nous autres… Mais où ce qu'elle est, l'auto ? J'aurais juré l'avoir parquée là. Tu commences à oublier, Maurice. T'en perds des bouttes. J'aurais dû venir avec Duchesnay, ou ben Auréa. Mais la vraie solitude, ça se goûte. Pas de famille. Personne à entretenir à part mes cinq millions de fils et de filles. Non, pas de femme, pas de temps perdu, pas de temps à perdre. Et puis, *exit* la culpabilité quand je file les doigts sur les cuisses de Mary Abbotsford, blanches comme des crottes de fromage, son odeur aussi, je la sens presque, oui. Et Madeline à Thetford, et madame Massey à Montréal, et madame Flynn à Québec, toujours ma préférence pour les belles catholiques anglaises. Et la petite Bégin, fougueuse, dangereuse, qui me laissait tout faire. Mais je reviens toujours à toi, mon Augustine, mon Anna Belle, fixée pour moi en 1915 dans ta robe bleue fleurie couvrant un corps dont je rêve encore. On m'a interdit ta main pour préserver notre statut bourgeois. Vous le saviez, mon père, mes oncles et mes tantes, vous que j'ai tant haïs, que toute la lignée s'élèverait par moi, et qu'il me fallait jouer non pas dans les culottes à Augustine mais dans celles du Parlement. Là-bas, je trouverais un buffet d'écornifleuses attirées par le parfum du pouvoir, comme Victoria, que je bécotais, à la française, au 11e étage du Frontenac, en embrassant ma capitale du regard, les yeux embués par la fierté.

Parfois j'avais aussi au front la sueur d'une guerre dont j'avais été dispensé, parce qu'indispensable, et bon avocat. Maudit que j'ai eu chaud ! J'ai failli finir dans une tranchée en Belgique. Quel drame ç'aurait été pour le pays. La modernité, c'est moi ! Et pourtant je me suis imposé la modestie : pas une rue, pas une place à mon nom, rien, sauf un pont aux Trois-Rivières en hommage à mon père. Espérons quand même que j'aurai, le temps venu, des obsèques dignes de moi, le descendant de Pierre-Esprit Radisson des Trois-Rivières ; oui, dignes de moi, le descendant – bon, présumé... – d'Armand Jean du Plessis, cardinal de Richelieu, ministre entre les ministres, bras du pouvoir catholique, actionnaire précoce de la Compagnie des Cent-Associés et fondateur, en pensée, de la Nouvelle-France. Ah, ces vieilles terres de France d'où je m'en suis venu, leurs murailles tressées de bois vert ! Je dis ça, mais au fond, c'est de mes racines paysannes que je suis le plus fier, moi qui descends, comme nous tous, *des pionniers, des découvreurs et d'une petite race héroïque* – des mots qui cachent, je l'admets, la misère des colons qui se démènent depuis des siècles pour la survie du Canada français. Maurice, tu deviens mélancolique ! Au moins les portes du Royaume des cieux sont à nous, pauvres d'esprit et de moyens.

Le jour faiblit. On doit commencer à m'attendre. Mais voyons donc du baptême, je trouve vraiment pas l'auto. C'est pas mon char en plus ! Quelqu'un l'aura poussée dans la spirale. Vandales... Bon, ben, prêt pas prêt, je descends ! Il faut tout faire soi-même, icitte. La police, faut pas trop compter sur elle. J'en suis le chef, comme de tout le reste ; mais elle est pas plus fidèle qu'un lièvre. Ça dépend du temps qu'il fait. En ce moment, le nordet continue d'envoyer ses fragrances de cocottes rabougries, mais il pourrait tourner vite. J'ai pas trop de leçons à donner, regardez ben, parce que moi aussi, j'ai fait la guédaille, le vire-capot, couteau dans le dos, mains sales. Sales comme ces étés-là, sur la ferme, quand ma peau noire de bouse et piquée d'échardes se desquamait sur le manche de ma fourche à foin, dans les champs où je jouais au cadran solaire de l'ennui, à attendre le soir pour me purifier. Je passais en deuxième dans le bain trouble de grand-père, et cette vérité toute crue me giflait chaque fois : la misère aime ça, se jeter sur le pauvre monde. Je vous le dis à vous, mais il faudrait pas le répéter, parce que je trompette exactement le contraire aux quatre vents : l'enfer n'est pas rouge comme les libéraux, mais brun gris, comme cette terre rouillée qu'on vend à la tonne. Et il bleuit à mesure qu'on s'enfonce. Je vous vois venir, encore, avec votre morale d'esclaves et de victimes, pardon, la repentance et tout le tralala, je n'ai rien contre, mais j'achète pas ça. Moi, je crois aux héros qui, comme Napoléon, n'ont pas à s'excuser de leur grandeur ni des sacrifices à faire et des violences à infliger, parfois à soi-même.

Vous pensez aux grèves. Ça vous brûle les lèvres. Parlons-en. Je n'ai rien à cacher. Ce n'est pas ce dont je suis le plus fier, mais que voulez-vous, un État doit se faire respecter. *Dans le Québec, ce n'est pas la force qui fait la loi, mais la loi qui fait la force,* et ces grèves étaient illégales, m'entendez-vous ? Illégales ! J'avais tout mis en place pour que les ouvriers puissent en faire, des belles grèves en bonne et due forme. Il leur suffisait de passer d'abord par la conciliation, avec un conciliateur bien tenu par l'Union nationale ; puis, par la médiation, avec un médiateur sur le payroll du parti ; puis par l'arbitrage, avec un arbitre choisi par lui ; et quand tout ça foirait, ils avaient droit à leur vote de grève, organisé par la Commission des relations de travail. Un vote secret, et compté secrètement. Les relations de travail paisibles sont essentielles à la santé économique de la nation. Ça me rappelle que je dois appeler Gaston Frenette pour prendre des nouvelles de sa mère…

Je crois bien l'entendre, oui, en dessous du vent. Oui, c'est bien ça, le grondement d'un moteur. Il ressemble à celui que faisait mon premier char. C'est un peu plus bas. Ça arrête pas de tourner ; j'ai mal au cœur. C'était une grosse Winton achetée à crédit – je ne le regrette pas – sur le toit de laquelle j'ai fait mon premier discours de victoire, le 16 mai 1927. Inoubliable. Il pleuvait battant mais tout de même, une petite foule m'attendait devant la maison familiale sur Laviolette. Mon père venait de mourir. J'ai parqué la Winton dans la voie de gauche, je suis grimpé sur le capot pour haranguer les citoyens, qui me firent un triomphe. J'ai murmuré : je t'ai vengé, mon père ! J'aurais tant aimé que tu sois là pour me voir ! Je t'ai vengée, ma famille, oui, vengés les Duplessis humiliés, mal amanchés, forcés de giguer leurs convictions pour se sortir la tête de l'eau. À trente-sept ans, j'en avais déjà au moins trente de vie politique. Certains disent que je suis né neuf mois tout juste après le passage d'Honoré Mercier chez mon père. Son nationalisme circule peut-être dans ma caboche, mais c'est du sang de Duplessis qui m'emplit les veines ! M'avez-vous vu le nez, pour l'amour ? Je suis né pendant que mon père discourait à Saint-Étienne-des-Grès, pour tenter de garder son siège de député de Saint-Maurice. Il m'a donné son nom. Je suis tout pétri de cette vie publique avalée par la bête populaire. Je l'ai bien voulu, debout sur ma Winton : merci, merci de votre confiance ! Vraiment, c'est trop ! *Les Trois-Rivières d'abord ; les Trois-Rivières ensuite ; les Trois-Rivières toujours !* Et, enivré, je ne pus m'empêcher d'ajouter : *Vous avez devant vous un futur premier ministre du Québec !* Je savais que j'avais raison, tout mon être vibrait de cette vérité, j'étais inspiré comme jamais. C'est ce jour-là que j'ai croisé la tendre chipie qui d'un seul regard a mis le feu en moi. Trois-Rivières, elle, avait déjà brûlé, quand j'avais dix-huit ans. J'en ai soixante-neuf aujourd'hui, et elle brûle encore, regardez seulement les cheminées des usines à papier… Tout ce que j'ai fait pour ce pays ! Et on me dit égoïste !

Si, Mesdames et Messieurs, je voulais mon confort personnel, si je voulais vivre dans la quiétude, vivre dans la liberté, la politique, je la laisserais et je prendrais mon bureau où j'ai gagné ma vie. Mais tout ça, cette vie de sacrifices, cet abandon d'une profession qu'on aime, cet éloignement nécessaire des amis avec lesquels on a grandi, des amis qu'on estime, ces heures, aux petites veillées le soir et de très bonne heure le matin, tout ça, ça représente quelque chose, et ce quelque chose c'est avec plaisir que je le dépose, avec sincérité et désintéressement, que je le dépose dans la balance des destinées de la province et de la race.

Laissez-moi reprendre mon souffle deux minutes. Je ne m'appartiens pas, non, comment ne pas le voir ? Je ne fais qu'un avec l'État. La retraite ? Moi ? Autant mourir en fonction. Le premier depuis Félix-Gabriel Marchand. Une raison de plus de passer à l'histoire. Quoique ma place y soit déjà faite. Je ne crois pas à tout ce que je dis, car la vérité, c'est le pouvoir, mais ce qui est vrai, vrai de vrai, c'est que je mourrai en dettes. Le Frontenac et le Victoria et l'hypothèque de la rue Bonaventure... J'ai fait des dépenses effrayantes pour séduire les électeurs, au point qu'il me restait à peine de quoi lancer des dix cennes aux enfants. Une chance qu'on me donnait des billets pour l'opéra et les Séries mondiales et qu'on m'invitait au restaurant. J'aime mieux pas y penser, tiens, quand cet hypocrite du saint christ de Roncarelli, avec ses communistes déguisés en Témoins, ose me courir après pour 46 000 piasses ! C'est autant que les redevances annuelles de l'Iron Ore, cibole ! Je vais passer une loi juste pour eux, et pis aussi pour ceux qui ont poussé le char dans le trou.

On me suspecte d'avoir pigé dans le trésor des Polonais pour éponger mes dettes. Je n'ai vu ni ces coupes ciselées ni cette épée splendide ni ces pièces antiques ni ces bijoux ni ces pages de la main même de Chopin, peut-être de cette main droite rubato, la seule que j'aimais écouter, ses pièces sans joints ni coutures, leur souffle souple et continu qui me tirait des larmes, sous mon masque d'inculte, alors que je regardais les ciels italiens de Krieghoff, mais personne pour me croire, personne pour croire que je ne suis pas un voleur; ils ont poussé l'audace, ces sans-Dieu d'Europe, jusqu'à m'envoyer une fille de rien pour négocier le rapatriement du magot. Faut-ti être couillon! Personne pour me croire, vraiment, sauf ceux qui veulent quelque chose de moi. Jusqu'à la parole sainte est mise en doute. Il faut le faire! Je suis pour qu'on laisse leur liberté aux hommes, tant qu'ils votent du bon bord. Il n'y a pas moyen d'empêcher les ti-casses, les nonos, les fifis, les cuculs, les tarlas de me haïr. Eh bien! qu'ils m'haïssent tant qu'ils veulent, j'ai forgé ma cuirasse au Collège Notre-Dame, quand je pinçais les tétins et frottais les caleçons au poivre et déboulonnais les lits de tout le dortoir sans jamais me faire pincer, pareil qu'au Parlement. On m'adorait alors, et on me haïssait aussi. Rien n'a changé. Au moins, j'ai le frère André et saint Joseph de mon bord.

Bon, une fourche, et je sais pas quel bord prendre: le char ronronne, dirait-on, en tous sens. Ça tourne encore et les cercles sont de plus en plus petits; je ne comprends pas pourquoi je m'entête à le chercher moi-même. Mon caractère... Ne me demandez pas de le changer rendu où je suis! J'avoue aussi que parfois, on dirait que ma parole me possède. Elle se vide de moi et il ne me reste plus qu'à l'écouter. Un don, peut-être, pour consoler mes compatriotes qui ont la langue toute tachée de cambouis. Je suis la voix de leurs cris rauques – mais pourquoi il y a tant de monde dans ce trou ? C'est pas le Yukon icitte ! Quasiment plus de têtes que de bougeoirs à la basilique Notre-Dame ! Je comprends pas qu'ils travaillent si tard alors qu'on a payé, non, je veux dire, qu'on a subventionné l'Iron Ore pour l'achat de machinerie dernier cri. Ça travaille donc fort, des Canadiens français. L'abnégation touche parfois au sublime. Ça crève le cœur tellement c'est beau. On m'accuse de mettre le Québec en retard, mais bon Dieu, j'aimerais qu'on me les pointe, ceux qui sont en avance. Regardez Maurice Richard, c'est pas un pissou, c'est un vrai bleu, il porte sur ses épaules tout ce qui parle français dans le Nouveau Monde. J'aime à croire que les sept coupes Stanley gagnées pendant mon règne sont des victoires sublimées de mon gouvernement, c'est pas pour rien que le Canadien a attendu 1944 pour reprendre la coupe !

Oh, je me suis tiraillé, moi aussi. Avec Ottawa, par exemple, que je devais tenir en respect parce que les centralisateurs cherchaient à faire de nous des quêteux. Cette bataille-là, je l'ai gagnée pas juste pour moi, pas juste pour nous, mais pour toutes les provinces, contre Mackenzie King et Saint-Laurent – tiens, deux autres avec des noms de cours d'eau. *Vous savez tous que le Saint-Maurice se jette dans le Saint-Laurent. Mais avez-vous déjà entendu dire que le Saint-Laurent soit sorti de son lit pour faire inonder le Saint-Maurice ? Aussi longtemps que le Saint-Laurent et le Saint-Maurice suivront leur cours, tout ira bien.* Oui, car quoi qu'on en dise, je ne suis pas un séparatiste. Oh que non ! Je tiens au respect scrupuleux de l'Acte de l'Amérique du Nord britannique, c'est tout. Il me semble que c'est pas deux océans à boire ! Il faut juste être fidèle à l'esprit comme à la lettre de la Confédération, et j'y veille, en chaussant les grands souliers de Mercier.

Bon, qu'est-ce c'est faire qu'avec cette belle machinerie là, y'aille autant de piochements partout ? *Avec Duplessis c'est la voie du progrès !* On remplace les bras par des pistons, on est au XXe siècle, autant ici qu'ailleurs ! Heille toi ! Viens ici, mon bedeau, mon porte-verge, mon peigne-cul en lèse-majesté, viens voir ton premier ministre pour lui dire ce qui se passe ici, et où il est son char, et pourquoi elles dorment, les machines ? J'ai dit viens ici ! Oh ! Oh. Le pauvre yable est pogné dans le sol jusqu'à la taille, avec tous plein d'autres damnés autour de lui, des jack mistigris qui me regardent comme de la viande à chien. C'est pas des pioches que j'entendais, mais les cris qui sortent de leurs gorges déchirées et leurs doigts qui griffent la terre gelée et le feu qui leur dévore les pattes ! Oublions le char, je remonte, moi là ! Envoye, Maurice ! Mais voulez-vous bien me lâcher les jarrets, bande de mécréants, avant que je vous sacre en pensionnats, vous aussi ! Tassez-vous je vous dis, ou vous aurez affaire à un bataillon d'avocats et à une volée d'évêques !

Mais mes yeux s'habituent au noir et je vois que vous n'êtes plus en mesure de voter, avec vos dos râpés et vos coussins cousus au cul et vos membres coulés dans le béton des villes nouvelles et vos cous bombés de couleuvres ! Par saint Paul, vous êtes si nombreux ! Donnez-moi donc vos noms quand même, je vous mettrai sur les listes du Bas-du-Fleuve. Ma plume est dans l'auto, bonyenne, et je n'ai plus ma mémoire d'antan ! Mes enfants, mes pauvres orphelins...

Ça m'embête tout de même un peu, aujourd'hui, de ne pas avoir d'héritier. Il y a ben Paul Sauvé, le seul que je respecte dans mon cabinet... Les têtes bien faites ne sont pas légion dans la province, on dirait qu'elles la fuient, et voilà qu'elles tombent devant moi, c'est une scène bien singulière, les hommes n'en finissent plus de mourir de toutes les manières inimaginables, noyés dans les bouches des rivières ou dans leur sommeil ou d'ennui ou saouls comme une botte ou les poumons encrassés d'amiante – combien de fois faudra-t-il que je le répète : j'y peux rien ! – ou essorés dans les sweatshops de Louiseville ou dans un coffre de char ou la gorge enflée d'avoir mangé de la terre, comme les Cubains, ou à genoux devant une fosse ou écartelés par quatre rosses ou percés de vingt-trois coups de couteau. Un calvaire, partout, partout ! Affreux ! Universel ! À cette profondeur, ciel et terre se confondent. Sainte Lucie, venez en aide à votre pauvre serviteur qui s'enfonce à tâtons dans le trou du diable. Je ressens une fatigue... toute nouvelle, et pourtant, je me sens bon pour un autre mandat ; le dernier, promis juré ! *Laissez Duplessis continuer son œuvre !* Non, l'achever, cette fois, juré, promis. C'est que je suis couvert de corne, voyez-vous, résistant à l'usure, la retraite, pas tout de suite, pas encore, pas déjà. Me retrouver dans mon coin avec mes vertèbres maganées et mon diabète pourrissant, qui mériterait d'ailleurs que j'y voie, une bonne injection, oui, il faut remonter ben vite. Une vie sans politique serait une autre vie, et pas la mienne, alors autant m'exploiter entièrement, épuiser la carrière et le filon, les électeurs, le peuple, les institutions, l'histoire, la nation. On s'est trouvés, elle et moi. Envoyez-moi en France et je me désosse…

Je vois le monde et les idées changer, je suis pas fou, mais que voulez-vous que je fasse ? Que je *me* change ? Que je me renie et m'aliène en virant à l'envers la maison que j'entretiens depuis trente ans ? Non, je laisse cela à d'autres, qui viendront après moi continuer d'accomplir le destin manifeste de la survivance. Ne me faites pas dire ce que je n'ai jamais dit : je suis convaincu que le meilleur nous attend dans l'avenir. S'il ressemble au passé. Mes successeurs, pour réussir, devront savoir faire corps avec le peuple. On peut aider le destin à coups de frigidaires neufs et de clés de bras et de passe-passe comptables et de verve pompée au scotch, mais on ne peut pas gagner vingt ans de pouvoir sans être en communion avec le monde. Moi, je l'étais, ça, personne peut me l'enlever. J'ai cousu un grand rêve en courtepointe, et pis j'ai bien abrillé la province.

Malhonnête, brutal, on m'a traité de tous les noms. Les indécis comme Gouin peuvent bien se la secouer sans jamais aboutir, il faut savoir détruire pour construire ! Il faut creuser un trou ici pour élever les gratte-ciel à Montréal ! Ce n'est pas un secret, j'ai magané des gens pour me garder à flot ; je pense à vous, ma chère sœur, et à Auréa, et à ce bon vieux Bonenfant qui a rédigé mon nouveau *Catéchisme des électeurs*, et à mes ministres, et à mes rares amis, et à mes têtes de Turc, bref, à tout ce beau monde, illustre et anonyme, avec qui j'ai gonflé ma besace de capital politique. Je vous aime tous, même les grévistes, même les communistes ! Et je me suis sacrifié, moi aussi : m'avez-vous vu m'aplaventrir devant Timmins et son compère ? Je fais ça pour la nation ! C'est le rêve de Champlain de nous posséder au moins un peu nous-mêmes que je poursuis en négociant notre servitude, au moins on a un Parlement pour construire nos propres barrages et mettre nos propres bâtons dans nos propres roues, alors qu'on me lâche le gourdin avec les affaires de redevances trop basses, en autant que l'Iron Ore et les autres plantent leur graine industrieuse dans la seule terre catholique du continent, ça pourrait être gratuit, saint Thuribe ! On a dit que je bradais le territoire, que j'allais trop vite, mais ça fait quatre-vingts ans qu'il se passe rien, en ces terres-là, à part les chicanes du Labrador ! C'était le temps d'agir, et la Hollinger était prête à investir deux cent millions ! Ils auraient ben pu juste saupoudrer les crevasses du lac Knob avec un peu de limaille de Thunder Bay et annoncer qu'un gros filon de fer dormait sous les pieds des Montagnais, le temps de faire grimper leurs titres à la Bourse de Toronto, puis remballer leur camp sans donner un coup de pelle, ça s'est vu… mais je les aurais pas laissés faire, non, c'est chez nous, icitte. Et voici que le sol lâche des gaz qui n'attendaient que mon passage pour fuser et se dissoudre dans l'air sans désir de durer. Que je les envie. La toux me prend et ça goûte le soufre et je m'enfarge dans ma langue et mon souffle se pogne dans les filets de mon vieux corps, si je pouvais juste aller un peu plus loin, passer les jaloux pis les hypocrites pis les traîtres, je verrais peut-être le bout mais de toute façon, il y a déjà bien longtemps que je ne sens plus rien, ici c'est encore pire avec ce froid coupe-pistolet. Il m'attend, le vieil ange aux pieds de bouc, je lui dois un verre, mon premier en quinze ans. Me faut continuer à m'enfoncer dans ma terre qui, dans ce coin du monde, m'est parfaitement étrangère, sinon que j'y entends le bruissement de ma langue dans la boue du pays et la traîne à mes pieds, je m'en targue et je m'en vante et je veux la dire mienne, oui je sens qu'elle me prend dans ses bras froids peut-être oui devrais-je me laisser bercer, c'est mon heure sûrement oui laissez-moi penser un moment ne serait-ce qu'un moment aux sacrifices du passé qui seraient vains si nous ne savions compléter l'œuvre commencée je connais trop bien la marche de l'histoire pour ne pas me douter qu'on aura dans cent ans gratté mon lustre mais c'est le prix à payer nous les conservateurs n'entrons jamais du bon côté de la légende et pis tant pis oui laissez-moi soupeser ce monde dont je suis le père et le fils le champ et la charrue l'ouvrier et l'usine oui et puis-je s'il vous plaît m'asseoir ici pour que cette glèbe sale qui au fond me possède déjà m'avale tout entier et lentement m'engourdisse de comptines terraquées oui qu'elle s'ouvre enfin et me glisse entre ses couvertes et qu'enserré par elles je m'abandonne à l'assurance d'être enfin arrivé chez moi oui je fais don à notre histoire de mon personnage avalé par le temps est venu que la province en entier entonne par la gloire de ses mille clochers le glas d'un de ses plus ardents amants oui de son martyr de sauveur car un peuple sans chef est perd

Sauvé

— Paul ! cria Luce. Ça sonne, encore !

Le député de Deux-Montagnes plia son journal, décroisa la jambe et laissa son garde du corps seul devant l'échiquier. Trois couples sur leur trente-six – les Sauvageau, les Coupal et, à voir leur mise, les Miller – se tenaient dans l'encadrement de la porte.

— Monsieur le premier ministre ! Quel plaisir de vous rencontrer en vrai ! Bonne année ! lança le héraut du groupe, vieillard sec et énergique.

— Tout le plaisir est pour moi, répondit le bel homme aux yeux cernés.

Les hommes s'assirent au salon, sous le portrait sévère d'Arthur Sauvé, autour de la table basse accueillant de belles tranches de gâteau aux fruits, pendant que les femmes retrouvaient Luce dans la cuisine. Sauvageau loua la splendeur de la maison de Sauvé. Coupal lui dit que leurs filles allaient à l'école ensemble. Miller, qui voulait passer aux choses sérieuses, coupa court aux banalités et se lança dans une tirade :

— Puis-je vous dire que j'admire l'orientation que vous donnez à notre province ? Elle en avait bien besoin. Le tourisme, l'éducation, c'est essentiel de nos jours. Duplessis tenait les rênes un peu serrées, là c'est le temps de s'ouvrir. De donner un coup de barre. Et la frontière avec le Labrador… On s'est fait piler sur les pieds trop longtemps, moi je dis que…

— Nous faisons de notre mieux, l'interrompit le premier ministre en levant une paume. Comme je dis souvent : la même visée, des moyens différents. Il reste tant de choses à faire.

Sauvé détestait les faux jetons qui s'improvisaient spécialistes parce qu'ils tenaient un magasin général et savaient cirer les bottes.

— Et moi, puis-je dire que votre femme fait le meilleur gâteau aux fruits de toutes les Laurentides ? dit Sauvageau, qui en était à son troisième taillon.

On rit poliment. Luce arriva alors, avec les dames, en portant des cafés.

— Vous pourriez me complimenter pour les gâteaux, en effet, Monsieur Sauvageau, dit-elle, mais ce serait injuste, parce que c'est Paul qui les a faits ! Il ne vous le dira pas lui-même, mais chaque fin de semaine, il me laisse aux commandes de la Province, et en échange, je lui confie ma cuisine.

— Monsieur le premier ministre, vous êtes vraiment plein de surprises ! s'esclaffa madame Coupal.

Cette fois, tous s'esclaffèrent, sauf Miller, que ce renversement des rôles choquait. Sans compter que l'image du premier ministre portant tablier et mitaines était pour lui un tableau fort dérangeant.

En ce 1er janvier 1960, c'est plus de trois cents électeurs qui passèrent ainsi au 83 de la rue Chénier pour souhaiter la bonne année à leur député. La maison n'avait jamais vraiment été privée ; Arthur Sauvé l'avait acquise alors qu'il était déjà chef du Parti conservateur du Québec, et il aurait fait poser des portes battantes n'eussent été les rudes hivers de Saint-Eustache. C'est dans l'effervescence d'un véritable club politique que Paul Sauvé avait grandi. Quand son père s'était fait élire au fédéral, il l'avait remplacé comme député du comté de Deux-Montagnes. Puis il avait racheté la maison à son retour de la guerre. Rien ne changeait.

Sauvé était premier ministre du Québec depuis 113 jours. La succession s'était déroulée sans surprise. Les jeux de coulisses des Daniel Johnson, Antoine Rivard et consorts s'étaient vite éteints grâce à l'autorité bienveillante de Gérald Martineau. Sauvé avait été couronné le lendemain des funérailles du Chef.

Entre les paisibles rencontres d'électeurs et les réunions du Conseil des ministres, Sauvé multipliait les annonces publiques d'où sortait l'impression qu'un certain passé avait été enterré avec Maurice Duplessis. L'Union nationale avait trouvé son nouveau capitaine et le Québec, son dégivreur. L'année 1960 promettait tout un printemps.

Les journées, toutefois, étaient longues.

— Viens te coucher, Paul ! C'est le jour de l'An.

— Cinq minutes, mon amour.

— Dépêche-toi, sinon je vais dormir.

— J'arrive. Demain après-midi, je vais libérer mon horaire, promis. On ira voir ta sœur à Sainte-Émélie.

Il s'alluma une cigarette et finit d'assembler son nécessaire de chasse. Il partait aux petites heures avec son fils. Contrairement à Duplessis, Sauvé ne comptait pas se tuer à la tâche. Il tenait mordicus à son indépendance et à ses loisirs, et espérait bien ajouter un panache de buck à son mur des trophées. Un craquement, dehors, attira son attention. Il s'avança jusqu'à la bay window et inspecta son terrain, où se déployait un jeu subtil de renvois en clair-obscur ; les arbres et l'entrée se découpaient grossièrement sur un fond de neige presque phosphorescente sous la lune. Tout semblait calme. C'était peut-être les poteaux de fer de la galerie qui couinaient dans le froid polaire. Alors seulement, il vit deux petites billes briller sous la houppe d'un sapin. Le temps de jeter un œil à la carabine couchée sur la table de cuisine, elles étaient disparues. Il chassa un frisson d'un coup d'épaule.

Au bout de la nuit, au matin du 2 janvier 1960, la maison de la rue Chénier grouillait quasiment plus que la veille. Dostie informait les ministres avec la deuxième ligne. Les lieutenants du parti s'étaient enfermés dans le bureau. Luce levait son poing à la figure du curé : non, c'est pas dans votre chapelle, mon père, que mon mari va être exposé, mais ici, dans son salon, comme on le fait depuis toujours. Prévost lâcha le téléphone pour crier : « Diefenbaker demande comment on se rend à Saint-Eustache, j'y dis quoi ? » Jos-D. Bégin lui répondit : « Qu'il mette une gang de ses fonctionnaires à 30 000 piasses sur le cas ! »

Et dans la cacophonie reposait Paul Sauvé, étendu sur son lit, enfin seul et délivré des peines de la nation.

Remerciements

Merci à tous ceux qui ont tenu, à un moment ou à un autre de sa longue gestation, un bout de ce livre entre leurs mains, et tout spécialement à mes ami.es Éric Désilets, Patricia Nourry, Jean-François Morissette et Christian Blais ;

à mes parents, Sylvie Théberge et Richard Bégin, pour leur lecture bienveillante ;

à Arnaud Montreuil pour le coup de pouce sur la lettre de Pacifique ;

à Marie-Michèle, Clément, Madeleine et Léopold, mes amours, pour tout.

Table

Cet ouvrage composé en Bembo corps 12,5 a été achevé d'imprimer au Québec
sur les presses de Marquis Imprimeur en septembre deux mille vingt-deux
pour le compte de VLB éditeur.